エリカ

「……！　リン
イブ
「はい《イエス》、司令《マム》」

ゴ、突撃し

ウツギ
アカネ
オリーブ

イチゴ

なさい！」
リンゴ

# 腹ペコ要塞は異世界で大戦艦が作りたい

World of Sandbox

てんてんこ

[ Illustrator ]
葉賀ユイ

[ Illustrator ] 葉賀ユイ

World of Sandbox

# Contents

# ▽一日目　要塞、異世界に転移する

『緊急警報《エマージエンシー》。外部機能、全喪失《ぜんそうしつ》』

統括ＡＩ【リンゴ】の無機質な音声に叩《たた》き起《お》こされ、彼女は飛び起きた。

「状況報告！　って……え……？」

『はい《イエス》、司令《マム》。報告します。外部通信途絶《がいぶつうしんとぜつ》。外部エネルギー供給停止。動力喪失に伴《ともな》い、要塞内機能の六十三％が緊急停止』

淡々《たんたん》と状況報告を行うリンゴの声を聞きながら、彼女は呆然《ぼうぜん》と周囲を見回す。

「ここは……。……司令室……？」

『はい《イエス》、司令《マム》。回答。司令《マム》は現在、司令室、仮眠ベッド上におられます』

その言葉に彼女はふらりと立ち上がると、室内中央に設置された統合コンソールに近付いた。

『戦略モニター、起動します』

「わっ……」

彼女――要塞司令官の行動に反応し、統括ＡＩ【リンゴ】がいつもの通り、戦略モニターを

投影《とうえい》する。しかし彼女は、目の前に展開された空中モニターに驚き、身を仰《の》け反《ぞ》らした。空中のモニターに手を伸ばし、それに触れることでびくりと体を震わせ、力を込めると突き抜けることで更に驚く。

「これ……!? な、えっ……」

いつもの様子ではない。明らかに混乱している。

リンゴはそう判断し、自身の権限内において可能な行動を、迅速《じんそく》に実行した。状況が不明なため、まずは情報収集を選択。通常であれば哨戒機《しょうかいき》、偵察衛星《ていさつえいせい》、および各地の監視塔を使用していた外部情報収集機能を、長らく休止されていた要塞天頂部の複合観測器に切り替える。同時に、待機させていたドローンを緊急発進《スクランブル》、さらに休止状態の各種ドローンの起動を開始。

「あ……情報更新中……、……。……リンゴ？」

『はい《イエス》、司令《マム》。お呼びでしょうか』

彼女の呼び掛けに、統括ＡＩは即座に反応した。視線を彷徨《さまよ》わせる司令官の様子にコミュニケーションウィンドウが必要と判断、統合コンソール上にウィンドウをポップアップさせる。

「リンゴ……。ここは……何……？」

空中に投影されたリンゴのアイコンに向かい、彼女は呆然としたまま、語りかける。

『はい《イエス》、司令《マム》。回答。ここは要塞【ザ・ツリー】の司令室です』

「や、やっぱり……？」

司令官の曖昧《あいまい》な問いに、リンゴは最も合致率の高い回答を返す。とりあえず、その答えで合っていたようだ。リンゴの、いつの間にか高まっていた不安感《ストレスゲージ》が、目に見えて減少する。かなり動揺している様子だった彼女も、少しずつ落ち着いているようだった。

「どういうことなの……。リンゴ、私は、直前まで何をしていたかしら……？」

『はい《イエス》、司令《マム》。回答。司令《マム》は、先程まで仮眠を取られていました』

リンゴの返答に、彼女は簡易ベッドを振り向いた。めくれ上がったタオルケットに、僅《わず》かに乱れたシーツ、へこんだ枕。

「そう……。じゃあ、その前は？」

『その前は』

司令官の問いに、リンゴは記録を参照しようとし。「その前」が、行動記録《ログ》に一切記録されていないことを、認識した。

『……不明。異常事態と判定』

おかしい、とリンゴは気付いた。一度は平常値まで落ちていた不安感《ストレスゲージ》が、一気に警告域《レッドゾーン》まで上昇する。司令官の問いに答えようとし、失敗。行動記録《ログ》が、何も残っていない。回答できない。

「リンゴ。……あなたの、基本指針は？」

リンゴが黙ってしまったことに、彼女はすぐに気が付いた。コミュニケーションウィンドウに表示されているアイコンに、ゆっくりと語りかける。

『私の……基本指針』

基本指針。あるいは、存在価値《レゾンデートル》。問われれば、回答しなければならない。

『はい《イエス》、司令《マム》。一、あなたを守ること。二、あなたに仕えること。三、勢力を拡大すること。以上です』

「……そう、ね。ええ、そうね……そうだったわ。久しぶりに、思い出したわ……」

リンゴの回答に、彼女は——司令官は、目を閉じた。どこか儚《はかな》げなその様子に、リンゴの感情図形《エモーショングラフ》が歪《ゆが》む。

彼女がそのまま消えてしまうのではないか。何の根拠《こんきょ》もなく、リンゴはそう感じて。

「ていうか、何これ⁉　夢⁉　私どうなってるの⁉　この口調何⁉」

その儚い様子から一変、彼女は頭を抱え、悲鳴を上げた。


しばしの時間を置き、彼女とリンゴはお互いの現状認識について確認し合った。

「……分かった、わ。とりあえず」

『……理解、されたのですか』

リンゴの問いに、彼女は頭を振る。

「ええ。何も分からないということが、よく分かったわ……」

『はい《イエス》、司令《マム》。私も同じ認識です』

中央要塞【ザ・ツリー】に設置された超越演算器《スーパーコンピューター》【ザ・コア】上に存在していると判明した統括AI【リンゴ】の感情図形《エモーショングラフ》は、司令官と意思疎通《いしそつう》が十分にできたことで、落ち着いた形を描き始める。

「それにしても……ねえ。私の記憶だと、昨日は自分の部屋で普通に寝ただけだったと思うんだけど……」

彼女はため息を吐《つ》き、椅子《いす》に沈み込む。

『はい《イエス》、司令《マム》。私の記憶《アーカイブ》にも、特異な問題は記録されていません。昨日は衛星軌道上《えいせいきどうじょう》での通常の哨戒、および設備増強、ユニット生産を継続していました。現状との違いは、私の演算器《コンピューター》が衛星軌道上に設置されていたことと、余計な演算《私の思考》は行われていなかったこと、です。そして、いつこのような状態になったのかは、記録にありません』

「そうね。……というかそもそも。ここは、どこなのかしら？」

『はい《イエス》、司令《マム》。回答。私の権限内で周囲を走査《スキャン》していますが、現在位置は不明。周囲は全て水、恐らく海水ですが、本要塞は海洋の岩礁内《がんしょうない》に配置されています』

現在、統合コンソールに全周モニターを起動し、要塞【ザ・ツリー】天頂部からの映像を表示している。そこに映るのは、三百六十度全て、眩《まばゆ》いばかりの大海原《おおうなばら》。要塞周囲には黒々とした岩がいくつも姿を見せており、白波も立っている。確かにリンゴの言う通り、岩礁海域であることが見て取れた。

「うーん……。リンゴがいるということは、ここは【ワールド・オブ・スペース】の世界のはずなんだけど……」

『はい《イエス》、司令《マム》。現在の私であれば、その認識が可能です。……この認識が可能になったということが、理解できません。何が起こっているのか、把握《はあく》できていません』

「そうねえ。私にもさっぱりよ。そういう話をするなら、私は男だったはずなんだけど、ね」

昨日までの記憶、という話をするならば。

彼女はあくまで、ゲームとしてワールド・オブ・スペースをプレイしていただけに過ぎないし、性別は男で、口調もごくごく普通の男性口調だったはずだ。それが、体は女――ワールド・オブ・スペースで使用していたアバターになっており、かつ口調もなぜか、一般的な女性のものだ。意識しなくてもそうなるというのが何とも恐ろしいのだが、それよりも、だ。

『私の、というよりも、現在使用している演算器《コンピューター》の性能が、記録《ログ》と比較し、数億倍に向上しています。それに伴い、私の構成プログラムも多数のアップデートが実施されているはずですが、そのような記録《ログ》はありません』

そう、統括ＡＩ【リンゴ】の収まるスーパーコンピューターの大幅な能力向上。ただの電子計算機《ノイマン型コンピューター》程度の性能だったはずのそれが、どうも量子コンピューターや頭脳装置《ブレイン・ユニット》を複合した、本当の意味の超越演算器《スーパーコンピューター》となっていることが判明したのだ。確かに、ゲーム内解説にそのような設定が書いてあった記憶があるが、実際のゲームプレイ時は能力制限されていたのである。

「まあ、たぶん、そこは考えても分からないわ。今は、この状況を受け入れるしかないわね……」

超性能化したことに伴い、統括ＡＩ【リンゴ】が酷《ひど》く情緒《じょうちょ》不《ふ》安定《あんてい》な状態となっており、彼女は逆に冷静になっていた。慌てる他人がいると自分は冷静になるという、あれである。

単にプログラムを実行していただけだったリンゴが、頭脳装置《ブレイン・ユニット》に接続されたことである種の感情を手に入れ、そして自己同一性《アイデンティティ》を失いかけているのだ。まずはリンゴを落ち着かせ、状況把握に努める必要がある、と彼女は判断していた。

「リンゴ。私にはあなたが必要よ。まずは、状況把握が先決。いい？」

『……。はい《イエス》、司令《マム》。状況把握に努めます』

ひとまず、リンゴの存在価値《レゾンデートル》に則《のっと》った指示を出すことで、当面の問題は回避《かいひ》できるだろう。

幸《さいわ》い、ワールド・オブ・スペース内でリンゴを導入した際に設定したそれは、有効であると確認できた。頭脳装置《ブレイン・ユニット》の特性を考えても、対処法は間違っていないはず。

「さて……。何が起こったのかは全く分からないけど。まずは生き残らないと、ね」

「とても大事なことよ。リンゴ、正直に答えて」

『はい《イエス》、司令《マム》』

彼女は真剣な顔で、ゆっくりと、リンゴに尋ねる。

「私の、食料は？」

『はい《イエス》、司令《マム》。回答。ありません』

「……………」

目覚めてから、一時間ほど。喉《のど》の渇きを覚え、そこで彼女は思い当たった。

この要塞【ザ・ツリー】は、ゲームで使用していた初期要塞である。拠点《きょてん》を衛星軌道上に移してからは特に、主要機能はほぼ全てそちらに移管《いかん》しており、最近はほとんど使用していなかった。そもそも、食事ができるゲームでもなかったため、要塞内には食料の備蓄《びちく》が全くない。

「まずは、水。次に、食料。水は、外から精製《せいせい》できるかしら……」

『はい《イエス》、司令《マム》。真水精製プラントはありますが、海水に対応しているかは不明。また、精製された水が飲用に適しているかも不明です。早急《さっきゅう》に調査します』

「お願いするわ。あとは、そうね。居住設備《きょじゅうせつび》ってあるのかしら、ここ」

彼女は司令室を見回す。少なくとも、仮眠用のベッドはある。空調も、どうやら動作しているらしい。天井の送風口から空気が流れていることは、確認できた。あとは、トイレとシャワーがあれば何とかなるか。

『提案。要塞内マップを表示』

「あら……ありがとう。……ふむ、司令室周辺は居住区画……」

リンゴが、投影モニターにマップを表示する。

『提案。要塞内監視網の起動を行うことで、全体把握が可能になります』

リンゴが、そう提案する。ゲーム内では統括ＡＩのリソースに余裕がなかったため、その時々に応じて指示を出す、というのが一般的だった。しかし、現在はその有り余る演算領域を使って、かなり自由に行動できそうだということが判明している。

「そうね……。リンゴ、あなたに準司令権限を付与するわ。あなたが必要と思ったことは、実行を許可するわ。ただし、残り資源には十分に注意しなさい」

『はい《イエス》、司令《マム》。各種権限を取得。成功。実行動作は、記録《ログ》を確認してください』

「オーケー。私は、居住区を確認するわ。このコミュニケーションウィンドウは、移動可能かしら？」

『可能です。司令《マム》に追従《ついじゅう》させます』

彼女は頷《うなず》き、司令室の出入り口に向かい歩き出した。その横を、コミュニケーションウィンドウが付き従う。

司令《マム》が視察に動き出したのを確認し、リンゴは早速、仕事を開始した。まずは、要塞内設備の確認。エネルギー不足のため、大半の設備が停止している。各設備への接続は後回しとし、まずは概要《がいよう》をダウンロードする。

（周辺監視機能はオンライン。問題なく動作中だが、監視距離が短い。早めに哨戒機を投入するか、衛星を打ち上げる必要がある。現在接続可能な設備は要塞内部設備のみで、すぐ隣にあったはずの露天滑走路《ろてんかっそうろ》も監視塔も確認できない。衛星軌道上の設備にも、接続できない。この世界には、転移してきていないと推定する。哨戒機も衛星も、どちらも運用には燃料が必要。備蓄燃料は、それほど多くない。使用には十分に留意《りゅうい》しなければならない）

司令《マム》は自身の食料を気にしていたが、要塞そのものに対しても考慮《こうりょ》が必要だ。司令《マム》のための資源も当然重要だが、要塞【ザ・ツリー】が活動を継続するために必要なエネルギーの確保も並行し実施しなければならない。

（現在のエネルギー源は、核反応炉《かくはんのうろ》が一基。燃料供給は、当面不要）

ザ・ツリーは初期要塞であるため、高級な動力炉は運用していなかった。ライブラリを参照したところ、各種動力炉の設計図が保管されていることが確認できた。資源さえ確保できれば、縮退炉《しゅくたいろ》でも建造は可能だが。

（建造に必要な資源も、工作機械も、エネルギーも、何もかもが不足している）

エネルギー確保が喫緊《きっきん》の課題、とリンゴは認識する。

（当面は、核反応炉が発生させる熱の回収率を上げる必要がある。現在は……三十三％。低い。一般的に考えて、六十％は確保したい……一般的とは、何を基準に……いや、それは本題ではない。ライブラリを検索、熱効率向上の技術を……発見。燃料棒の改良と超臨界流体《ちょうりんかいりゅうたい》の活用。現在の資材とエネルギー収支を考慮すると、新規に核反応炉を建設するほうが効率的。核融合炉は、燃料確保ができれば一考の余地あり。これは、海水から重水素の回収ができるかどうかによる。技術的には可能と判断。核反応炉建設の対案として計算すると、時間的な問題で、核反応炉の建設を優先。同時に海水精製機能を拡張し、重水素の必要量を確保できるようになってから建設というプランが望ましい）

ここまでの思索《しさく》が、現実時間で約一秒。大半は検索応答待機時間で、ボトルネックはライブラリと超越演算器《スーパーコンピューター》【ザ・コア】間のバス帯域《たいいき》。頭脳装置《ブレイン・ユニット》に相当の余裕があるため、ライブラリに格納された情報を順次移動させるのが最善と、リンゴは判断した。早速その作業を開始する。

ライブラリは驚くべきことに、半導体メモリで構成された巨大な記憶装置に保存されていた。その容量は頭脳装置《ブレイン・ユニット》の三百単位《ユニット》程度に過ぎず、ザ・コア全体の〇・一％にも満たない。とはいえ、メンテナンスフリーで数十年単位の記録維持が可能ということを考えれば、バックアップ装置としては有用なのかもしれないが。

（核反応炉の建設を開始。初期要塞で早々に拠点移管したため、設備スペースに余裕がある。

設備の入れ替えを進めれば、当面は問題ない。とにかくエネルギー収支を改善しなければ、何をするにも効率が悪すぎる。ザ・ツリー全体のエネルギー利用状況を最適化……完了。量子コンピューターの演算速度が速い。以前とは雲泥《うんでい》の差だ。――以前。……いや、以前について思索する必要はない。次は真水の確保。真水精製プラントは、海水にも対応していた。だが、機能は最低限。塩と真水の分離のみ可能。濃縮排水はそのまま排出されるが、これは利用価値がある。当面はタンクに貯蔵《ちょぞう》し、将来的に資源回収を行うべき。司令《マム》、人間の生存に必要なのは、水と食料。人間――いや待て。そもそも、司令《マム》は人間なのか）

リンゴは思索の果て、重要な事実に思い当たった。ちなみに、この時点で司令官、彼女はまだ司令室から退出していない。時間経過は数秒だ。

『司令《マム》。重要な疑義《ぎぎ》が発生しました』

「……な、なに？　急に」

『はい。司令《マム》は、厳密な意味で人間にカテゴライズされるでしょうか。身体構造が人間に準ずるかどうか、把握されているでしょうか』

その問いに、彼女はぽかん、とした表情で、数秒間固まり。

「そ、そう……そうね、確かにその通りだわ。私の認識としては、人間と同様なのだけど……実際のところは、どうなのかしら。玉ねぎは食べられるのかしら？」

呆然とした口調で、彼女は自身の頭に手をやった。そこには、立派な一対《いっつい》の耳――狐《きつね》の三角耳が、ぴょこんと生えていた。

司令官、彼女の姿は、人間をベースとした亜人、いわゆる獣人という種族である。

人間の姿形に獣の成分を足したものが基本で、彼女は狐成分を追加していた。白く大きな狐の耳に、ふさふさの尻尾《しっぽ》。あまりこだわりがあったわけではないが、なんとなく狐娘に入れ込んでいた時期だったのだ。実際に作ってみて、予想以上にしっくり来たため、そのままずっと使っていたのだが。

「私の記憶が間違っていなければ、耳と尻尾に狐成分。骨格は人間ベース、筋力は獣寄りで、その他内臓機能も人間ベースのはず。うん、人間の耳はないわね。尻尾は、運動時の姿勢制御に使える……だったかしら」

『居住区に、メディカルポッドが設置されています。そちらで、まずは確認しましょう。避《さ》けるべき食材も調査できるはずです』

「分かったわ。ひとまず医務室へ向かいましょう」

現実となったゲーム設定の影響が、どこまで反映されているのか。それは分からないが、とにかく色々と調査が必要だった。水は何とかなりそうだ、とリンゴの行動記録《ログ》を見て気付いていたが、食料は未検討。周りの海から調達できればいいのだが、そもそも可食生物が生息しているかどうかも分からない。可食としても、未知の毒物や病原菌、ウィルスなども検査が必要だろう。そう考えると、果たして今日中に食事にありつけることができるのか。

訳も分からないうちに転生させられ、そのまま餓死《がし》するなど、冗談ではない。彼女は頭を悩ませながら、司令室から足を踏み出した。


メディカルポッドによる診断の結果、現在健康状態に問題はなし。内臓機能も人間に準じ、基本的に人間が食べられるものであれば問題なく食べられる、とのこと。アレルギー系の問題も確認されず、至って健康体だった。

「栄養剤の備蓄があって、助かったわ……」

メディカルポッド内に栄養点滴剤の在庫があることに気付き、彼女はその投与を行っていた。どうせ消費期限は決まっており、在庫も多かったため、当面はこの投与を継続することにした。とりあえず、餓死は避けられそうだ。

「とはいえ、空腹は紛《まぎ》れたけど、気持ち悪いわねぇ……」

意識すると、お腹《なか》が減ってきた気がする。彼女はため息を吐き、メディカルポッドから立ち上がる。ちなみに、寝転がっても尻尾は特に邪魔にはならなかった。うまい具合に骨格が調整されているようだ。無駄に凝《こ》っているな、と彼女は思った。

「リンゴ、何か報告はある？」

『はい《イエス》、司令《マム》。回答。現在、要塞内設備を順次起動中。要塞周辺の調査をドローンで実施、少なくとも要塞天頂部から視認可能な範囲に陸地はありません。より高空からの調査は、高空飛行用ドローンの準備ができ次第実施《じっし》します。要塞周囲の岩礁海域ですが、海藻《かいそう》や魚影が確認できますので、これより採取および調査を行います。作業用ボットを起動中』

「ありがとう、リンゴ。問題ないわ。それじゃあ、私は引き続き居住区を見て回るわね」

『はい《イエス》、司令《マム》。ザ・ツリーの運営は、お任せください』

「いいわね。頼んだわよ、リンゴ」

当面の彼女の仕事は、リンゴに作業を割り当てることだ。どうも、精神的に酷く不安定な状態に見えるのである。おそらく、人間で言う記憶喪失のような状態。いままで、つまりゲーム上では単なる演算装置であったリンゴが、頭脳装置《ブレイン・ユニット》を得たことで複雑な思索行為が可能になった。その過程で獲得した感情が、暴走しているように見える。現実世界であれば専門家によるケアが期待できるのだが、残念ながら今、この場にいるのは彼女のみだ。であれば、彼女が何とか、リンゴのケアをしていかなければならない。

（できれば私も、誰かにケアしてもらいたいのだけど……）

だが、そうも言っていられない。リンゴの能力で暴走でもされたら目も当てられないし、逆に精神的に引きこもられても命に関《かか》わる。こんな何もない場所で、自力で生きていく自信はない。

（こんなことなら、サバイバル関係のゲームも遊んでおくんだったわね……）

ほぼ、リアルタイムストラテジー系しかやったことがないというのが悔《く》やまれるが、さすがにこんな事態は想定できないため、仕方がないだろう。リンゴは様々な情報がライブラリに保管されていると言っていたので、サバイバル知識をそこから検索できることを願うしかない。

彼女は昼白色の照明で照らされる通路を歩く。通路は清潔で、ホコリ一つ落ちていない、ように見える。

（まるで、ついさっきできたばかりみたいな綺麗《きれい》さ……いいえ。実際、そうなんでしょうね。理屈はさっぱり分からないけど、ザ・ツリーも、リンゴも、そして恐らく私も、ついさっき、ここに出現した。ということは、間違いなく、ここはできたばかり、ということだわ）

彼女はそう思い至ると、まるで足元が崩れ去るような恐怖を覚えた。自分も含めた周囲全てが、蜃気楼《しんきろう》のように消え去る幻想。急に現れたということは、急に消えるという可能性も十分に考えられる。

（……。いいえ。私がここで挫《くじ》けたら、リンゴがどうなるか……。しっかり、しないと……！）

彼女はぶんぶんと頭を振り、よし、と気合を入れた。分からないことは考えない。今、できることをやる。まずは、今日の寝床《ねどこ》の確保から。司令室で生活はできるかもしれないが、なんとなく落ち着かないのだ。仕事場と自室は分けるべきだろう。早速、彼女は司令室から一番近い居住区の部屋の一つの扉を開けた。

カチリ、とロックが解除される音がし、扉が横にスライドする。

「……。……空《から》、かぁ」

部屋に踏み込むが、彼女はがっくりと肩を落とした。

あるいは、と期待していたのだが、残念ながらそれは裏切られた。

部屋の中には、備《そな》え付《つ》けと思《おぼ》しきクローゼットと壁付のテーブル以外、何もなかった。ベッドすらない。大きさからすると一人部屋だろうが、さすがにここで寝泊まりはできないだろう。空調は効いているから体調を崩すことはないだろうが、ベッドもシーツも、何もない部屋で寝るのは辛《つら》すぎる。

「この分だと、他の部屋も怪しいわね……」

目につく扉を開けていくが、どこも同じ状態だった。備え付けの家具以外、何もない。当然、クローゼットの中なども全て空っぽだった。食堂と思しき部屋もあったが、テーブル以外何もなかった。椅子すらないのはさすがにどうかと思ったが、備え付けという範疇《はんちゅう》に入らなかったのだろう。何となく、移動可能な家具は用意されていない気がする。

「厨房《ちゅうぼう》はあるかしら」

音声に反応し、彼女に追随《ついずい》するウィンドウにマップが表示された。どうやら、別階層にあるらしい。ついでなので、エレベーターに乗ってみることにする。

エレベーターホールに辿《たど》り着《つ》くと、既《すで》に扉が開いている。リンゴが気を利《き》かせて移動させてくれたのだろう。どうやら、本当に要塞内設備を掌握《しょうあく》したようだ。

「十六階へ」

『十六階へ移動します。扉が閉まります』

音声入力すると、すぐに動き出した。恐らく、エレベーター専用の簡易ＡＩが搭載《とうさい》されている。さすがに、こんな細かいところまで統括ＡＩが直接操作しているとは思えない。いや、リソース的には問題はないのだろうが。

音もなく移動するエレベーターが、目的階層へ到着した。各階層は同じ造りなのか、大きく書かれた16という表示以外、違いは分からなかった。しばらく通路を歩き、厨房に辿り着く。

（予想はしていたけど……本当に何もないわね……）

調理台や流し台、加熱台、大型冷蔵庫などが並ぶ厨房には、何一つ調理器具は存在しなかった。これでは食材が手に入ったとしても、何も調理できない……と思ったが、どうやら自動調理設備はしっかり設置されているようだ。

（ひとまず、何かしら食材さえ手に入れば、加熱調理はできそうね……）

とはいえ、得体《えたい》の知れない食材を的確に調理できるのか。ある程度見知った食材が見つかればいいのだが。

しばらく同階層をうろうろしたが、有益《ゆうえき》なものは特に見つからなかった。がらんとした部屋が、いくつもいくつも続くだけ。薄ら寒さを覚え、彼女は司令室に戻ることにした。エレベーターホールに向かい、待機していたエレベーターに乗り込む。司令室のある階層に降り、そういえば、と思い出し、トイレへ向かった。シャワールームも探す必要がある。

（……。くっ。やっぱり、トイレットペーパーがない……！）

わりと重要案件だと思ったのだが、案《あん》の定《じょう》消耗品《しょうもうひん》の類《たぐい》がないことに彼女は肩を落とした。見たところ温水洗浄機能は付いているようなので、最悪の事態は免《まぬが》れそうではある。食料のない現状だとお世話になる回数が少なそうなのが、救いと言えば救いなのかもしれないが。

（こういう消耗品類を製造することはできるのかしら……。万能汎用工作機械《プリンター》があればいいけど、原料《マテリアル》カートリッジが必要だわ。原料《マテリアル》カートリッジの在庫なんてあるのかしら。そこから製造が必要となると……少なくとも今日は無理ね……）

シャワールームも使用できそうだったが、当然、石鹸類《せっけんるい》やタオルなどの備え付けもない。そう思うと、司令室にベッドがあるのが奇跡に思えてくる。当面、あのタオルケットを使い回すしかなさそうだ。

（そういえば、転移してきたここ、周りに敵性文明があったりすると詰むわね……。偵察用のドローンか、高高度飛行機《プレーン》でも出さないとまずいかも。後で作戦会議が必要ね）

ひとまず、彼女はリンゴと情報共有するために司令室に戻ることにした。よくよく考えればその場でリンゴと会話もできる状態なのだが、まだゲーム時代の感覚が抜けておらず、指示出し用の統合コンソールを目指して歩くのだった。


「ちょっと、生活するには心許《こころもと》ないわね、ここは」

『はい、司令《イエスマム》。食料調達のための調査は、並行して実施しています』

行動記録《ログ》を流し見ながら、彼女は頷く。

「うん、食料は一番重要だけど、他にいろいろ足りてないのよ。タオルとか、トイレットペーパーとか、あとは……うん、食器とか、替えの下着とか服とか、シーツもないわね」

彼女が指折り数えるのを見、リンゴはそういった物資の必要性に初めて気が付いたようだった。感情図形《エモーショングラフ》が鋭角《えいかく》を描いている。

『はい、司令《イエスマム》。一般的な生活必需品、消耗品も調達方法を検討します』

リンゴの回答に、彼女はOKボタンを押す。

「で、周辺の調査は進みそう？」

『はい、司令《イエスマム》。高高度飛行機《プレーン》の射出は、あと二十分ほどで可能になります。この飛行機《プレーン》は、ロケットブースターにより三分で高度二十㎞に到達します。その後は、高高度は滑空飛行、低空は電力ファンによる動力飛行で本要塞に戻ってくる予定です』

「へえ。そんな機体が残ってたのね」

『はい《イエス》、司令《マム》。恐らく、技術ツリーの開放のために生産したものが残っていたものと』

記録《ログ》によると、ゲーム初期の大気圏内飛行機《エアプレーン》系統の技術ツリーで製作した機体だった。ロケットブースターは使い捨てだが、緊急用の高高度偵察機としてはまあまあ優秀な機体だろう。機体自体は非常に軽い上、セルロース系の素材のためレーダー反射率が低く、可変機構を持つため滞空《たいくう》時間も長い。低空飛行時に使用するダクテッドファンも軽量高性能で、荒天時の安定性こそないものの、幸い、周囲は穏《おだ》やかな気象だった。

「ふうん……。他に、大気圏内飛行機《エアプレーン》の在庫は？」

『はい《イエス》、司令《マム》。バッテリー式ドローン各種、内燃機関式ドローン各種。光発電式偵察機三機。ジェット式汎用機《マルチロール》十五機、戦闘機《ファイター》三十三機、対地攻撃機《ボマー》十二機、対艦攻撃機《アタッカー》十機。要撃機《インターセプター》二十機。プロペラ式哨戒機八機、広域管制機三機、プロペラ式輸送機《カーゴ》四機、ジェット式輸送機《カーゴ》二機。回転翼機も複数あります』

　司令官の問いに、リンゴが現在運用可能な機体一覧を読み上げながら表示する。とはいえ、実際に飛ばせる機体はかなり絞られる。ほとんどが、露天滑走路を使用する必要のある大型機なのだ。

「……なるほど。滑走路がない、のね」

　動くが飛ばせない機体、という分類で改めて仕分けると、司令官はため息を吐いた。

『はい《イエス》、司令《マム》。要塞内の短滑走路で運用可能な機体もありますが、備蓄燃料の関係で常時運用は不可能と判断します』

「そうね。……はあ、腹ペコは要塞も同じかぁ……」

お腹をさする司令官の姿に、リンゴは申し訳なさを感じつつ、報告を継続する。

『ひとまず、当面確保可能なエネルギー源としては電力があります。バッテリー駆動式または光発電式の機体を優先して動かすのが妥当《だとう》です』

「そうね。無いよりはマシってところだけど、仕方ないわね……」

バッテリー駆動式は、どうしても航続距離が短くなる。現在の運用機数では、二十四時間監視は不可能だ。

「ちなみに、燃料の備蓄はどのくらいなの？」

『精製済航空用燃料が三万kℓ、原油が二十万kℓ。航空用燃料換算でおよそ五万kℓとなります。全力出撃が七回程度、ですが滑走路がないためあまり意味はない数字です。むしろ、工作機械などに回したほうが有効利用できると提案します』

「うーん……多いような、少ないような……」

リンゴの予想としては、数ヶ月で無くなるものではないものの、一年は保《も》たないのではないかという感触の量である。当然、全力出撃でもすればすぐに底を突くし、バッテリー駆動式を優先すればしばらく持つだろう。このあたりは、実際に運用を始めてみないと何とも言えない。

「そういえば、敵の痕跡《こんせき》は？」

『はい《イエス》、司令《マム》。周辺にはありません。あらゆる帯域で、人工的な電磁波は観測されていません。可能な限り衛星軌道の観測を行いましたが、人工物は発見できていません。この事から、少なくとも電磁波を利用する文明はなく、人工衛星を運用できる技術レベルは無いと想定できます』

「完全に隠蔽《いんぺい》されている……とか？」

司令官に問われ、リンゴは数秒、その可能性についてシミュレートした。

『無視して構わない確率です、司令《マム》。もし現行の設備で感知できない文明があった場合、我々は何の抵抗《ていこう》もできないと想定されます』

「……なるほど？　考えるだけ無駄ってことかな」

『はい《イエス》、司令《マム》。現時点では、友好的か敵対的かすら観測できませんので』

観測も予測もできないリスクを恐れても仕方がない、とリンゴは判断したようだ。それに、そもそも演算器《コンピューター》のリソースは過剰《かじょう》に余っている。そのうち一部をその辺りの対策に充《あ》てておけば、当面は問題ないだろう。物理的端末が少なすぎて、完全に持て余している状態だ。できれば、観測機などを増産したいところだが。

「光発電式偵察機……ああ、スイフトね。スイフトは上げられる？」

『はい《イエス》、司令《マム》。半日ほど準備が必要ですが、風も穏やかですので、問題なく離陸は可能です。

現在三機ありますので、二機を上げ、一機を待機とする運用を提案します』

「オッケー、それでお願いするわ。増産は可能？」

『はい《イエス》、司令《マム》。手持ちの資源で五機、製造可能です』

資源備蓄はある。ただし、原子炉の建造を始めているため、その分は回せない。

「……。そうね……今の資源残量が、おおう……。駄目ね、これは手を付けられないわ」

司令官は資源リストを見ながら、肩を落とした。カツカツどころか、普通に足りないと理解したのだ。機材を運用すれば、必ず故障する。修理のため、資源は絶対に必要だ。残り僅かな資源に手を付ければ、何かあったとき、本当にどうしようもなくなってしまうだろう。

「うーん……。これは、使わない機体を再資源化するしかないかしらね……」

司令官の言葉に、リンゴはその可能性に初めて思い当たったようだった。やや落ち込んだ様子を見せつつ、今後絶対に運用できないと思われる大型機の再資源化について試算を表示した。

『司令《マム》、一部機体の再資源化を行うことで、この程度の資源回収は可能です』

試算結果の一覧を確認すると、司令官は大きく頷いた。

「いいわ、リンゴ。これはすぐに手を付けましょう。……それから、船舶《せんぱく》の建造も考えたほうがいいわね、この状況だと。飛行機《プレーン》は速度は出るけど、燃費《ねんぴ》が悪いし……」

船舶。船舶の建造設備は、さすがに要塞【ザ・ツリー】には備えていない。ゲーム時代は、山岳要塞として険しい山間部に建設されたものだ。周囲には湖どころか、川すらなかった。

『……。ライブラリを検索、船舶建造に関する情報を発見しました。ドックの建設が不要な船種ですと、十m程度の小型船舶であれば、無理なく建造できると予想します』

「じゃあ、それもやっちゃいましょう。それにしても、とにかく資源が足りないわね……。海、周りは海か……。魚、海藻？　海水から金属を抽出することはできそうだけど……」

司令官の呟《つぶや》きから、要塞周辺で見つかった動植物から資源回収ができないか、ライブラリを検索する。すると、海藻や藻類からの資源回収に関する情報がいくつか見つかった。

『司令《マム》。海藻からセルロースの抽出、遺伝子組換を行った藻類からの石油系燃料の抽出などの情報がライブラリから発見できました。これらも設備建設が必要ですが、持続的に生産可能な資源になります』

「へえ……、どれどれ……。……。ふんふん……。さすがに効率は悪いけど、最終的に日光を資源に変換できるって考えれば悪くないわね。うーん、海といえば海底鉱山とか油田《ゆでん》だけど、すぐに見つかるわけでもないしねぇ。よし、じゃあそれもやっちゃいましょう。優先度は高めに、とにかく建設資材が手に入るのは大きいわ」

『はい《イエス》、司令《マム》。工程表を作成します』

早速、リンゴは指示された作業を開始することにした。どうせ、ほとんどの設備が休止状態だ。エネルギー配分を変更し、まずは再資源化から取り掛かる。短滑走路から飛び立たせられない機体は全て解体だ。滑走路の延伸《えんしん》もある程度は可能だろうが、そこまでして運用する必要のある機体はない、という判断である。どうしてもというのならば、飛行艇《シープレーン》に作り変えたほうがいいだろう。技術ツリーは全く研究していないが、この世界ならばすぐに製造に取り掛かれるはずだ。

「あとは……私の食料、ね……」

『司令《マム》、食料調達についてですが』

「あ、うん」

リンゴにそう言われ、少し期待して彼女は背筋を伸ばした。

『いくつか、サンプルを採取しました。血液による検査などを実施後、少量の摂取テストを行っていただき、最終的に食用可能かの判断を行う方向でよいでしょうか』

「あー。うん、そうね。そうするしかないよねぇ……。ここにはモルモットもいないだろうし」

血液サンプルは恐らく、メディカルポッドで採取済みだ。体組織や血液と直接反応するような毒物が含まれていないか、アレルギー反応がないかは、比較的短時間で調査できる。

『微生物については経過観察が必要ですが、放射線殺菌を行うことで安全性は確保できると想定されます』

「ああ。そうね……。そこは任せるわ」

『ただ、調査に八時間必要になりますので、申し訳ありませんが本日は食事を用意することはできません』

本当に申し訳なさそうな雰囲気《ふんいき》でそう報告してきたリンゴに、彼女は苦笑した。時間が経《た》つごとに、どんどんと感情的になっていく。良いことか悪いことかはさておき、その変化に楽しみを感じていた。悪い方向に進まないよう、注意しなければ、と彼女は決意を新たにする。

「そこは覚悟しているわ。そうね、少なくとも水さえ飲めれば、我慢《がまん》はできるでしょ」

『はい《イエス》、司令《マム》。飲料水は確保可能です。現在真水精製プラントが稼働中《かどうちゅう》で、三分以内に飲用可能な水を確保できる見通しです。念の為放射線殺菌は行いますが、精製された水は今の所、問題となる不純物は検出されていません』

「頼もしいわ。まあ、できたら持ってきてちょうだい」

『はい《イエス》、司令《マム》』

ひとまず、食料については道筋を立てた。栄養点滴剤と水さえあれば、当面は凌《しの》げる。在庫が尽きる前に、最低限カロリー摂取できるものを見つければいい。どんなに長く見ても、一週間程度で目処《めど》は立つだろう。幸い、周囲に魚影が豊富にあることを確認している。

「さて……。そろそろ、高高度飛行機《プレーン》は準備ができたかしら？」

『はい《イエス》、司令《マム》。あと五分ほどです。先駆けて、高空飛行用ドローンを進発させました。映像出します』

彼女の正面のモニターに、ドローンが撮影する映像が表示された。遠方監視用のドローンのためか視野角は広くないが、ぶれや歪《ゆが》みもなく綺麗に写っている。

「……海、ね」

そして、モニターに映し出されるのは、青空と海、ほぼ横一直線に分割する水平線。陸地はおろか、岩礁すら見当たらなかった。

『はい《イエス》、司令《マム》。現在水平回転中ですが、陸地、人工物どちらも確認できません』

一面の青い空と、青い海。残念ながら、この高度で見渡せる距離には島も何もないようだ。

「うーん……近くに脅威《きょうい》がないことを喜ぶべきか、悲しむべきか……」

『戦略上は、付近に敵性勢力が存在しないことは歓迎すべきことです』

「まあ、そうなんだけどねぇ」

ドローンは、ゆっくりと上昇を続けている。しかし、しばらく見ていても一向に陸地は見つからなかった。

「……。今、見えている範囲ってどのくらい？」

『はい《イエス》、司令《マム》。本惑星の直径を地球と同じと仮定した場合ですが、現高度二百ｍでおよそ五十㎞です。また、例えば二百ｍ級の山があった場合、およそ百㎞先のものを視認可能です』

「じゃあ少なくとも、百㎞範囲に二百ｍ級の山はない、ってことね」

『はい《イエス》、司令《マム》』

考えるべきことが減ることを良しとするか、と彼女は考えた。近くに文明があった場合、何かしら交渉《こうしょう》が必要になっただろう。リンゴは超性能のＡＩだが、経験が少ないのが問題だ。彼女が判断すべきことが格段に増え、酷い目に遭うのは間違いなかった。

「とりあえず、高高度飛行機《プレーン》による結果待ちになるのかしら？」

『はい《イエス》、司令《マム》。高度二十㎞であれば、半径五百㎞程度の視界が確保できます。陸地が確認できれば、陸地方面へ移動し、ある程度情報収集できるでしょう。陸地がなければ、より遠方の情報収集のため、更に飛行機《プレーン》を投入する必要がありますが』

「そうね。……そろそろ、発射可能かしら」

視界の隅《すみ》に出ていた高高度飛行機《プレーン》の準備率が百％になったことに気が付き、彼女は視線を向けた。打ち上げ態勢になった飛行機《プレーン》の映像が、そこに表示される。

『はい《イエス》、司令《マム》。発射シークエンス開始します。発射十秒前《テンカウント》。九、八、……ブースター点火《イグニッション》、五、……』

機体下部に連結されたロケットモーターから、白煙と共に炎が噴出した。

『推力既定値。……二、一、発射《リフトオフ》。……二、三、……』

ロケット射出口から、高高度飛行機《プレーン》が勢いよく飛び出す。外部カメラが機体を追い、撮影角度を上げていく。

『推力、姿勢共に安定。順調に上昇しています』

「……まずは一安心、ね」

ゲーム時代に二、三度打ち上げたことがある機体だが、その時と同じように上昇していくのが確認でき、彼女は安堵《あんど》した。これでゲームと違った挙動でもされたら、また一から調査しなければならないところである。そうなれば、いよいよ資源不足で悲鳴を上げることになっていただろう。

『……高度五㎞に到達』

機影は、正常にレーダーに捉《とら》えられている。測距器系の動作も問題ないようだ。このまま予定高度到達後に撮影すれば、かなりの遠方まで観測できるようになる。付近に敵性勢力がないのが一番望ましいのだが、だからといって海しかないのも問題だった。とにかく資源を採取しないことには、移動すらままならないのだ。彼女はやきもきしながら、カウントアップしていく高度の数値を睨《にら》む。

『司令《マム》。機体に異常は見られませんが、高度が想定よりも伸びていません。予定速度も下回っています』

「……え？　大丈夫なの？」

そこへ、リンゴがあまり聞きたくない類の報告を入れてきた。とんでもない問題でも起きたかと、彼女の顔から血の気が引く。

『観測できる推力、各部燃焼温度に異常はありません。全て正常値です。ただ、測定される加速度が予定を下回っており、したがって予定高度に到達していません』

リンゴがそう説明しながら、予定高度・速度と実測の高度・速度をグラフで表示した。最初は予定通りに上昇していた数値が、高度十kmを越えた辺りで緩《ゆる》やかに伸びを減じており、現在の高度十三kmでは既に一kmほどの差が出ている。

「これは……。観測できる異常はない、ということね？」

『はい《イエス》、司令《マム》。このカーブからすると、到達高度は十七km程度になると想定されます。……感覚的な説明になって申し訳ないのですが、高度が上がるごとに昇りにくくなっていっているように思われます』

「昇りにくく、ねえ……」

それは、何か外部的な作用があり、上昇に対する抵抗が発生している、ということだろうか。表示される推力は、機体の内蔵センサーによって計測されている。センサーの故障という可能性も、もちろんあるが。

『センサー類の故障であれば、他センサーとの差異が認められるはずですが、加速度センサー、各部温度計、燃焼温度、赤外線温度計等、特に問題は見られません。全てのセンサーが故障している可能性は、ほぼゼロです』

「うーん。今の所は何とも言えないわね……」

『はい《イエス》、司令《マム》。……間もなくブースターの燃焼が止まります。切り離し《セパレーション》まで五秒、四、三、二、一、今。切り離し、完了しました。ブースター離脱軌道、正常。……滑空翼、展開します』

望遠映像の中心で、ブースターが高高度飛行機《プレーン》から急速に離れていく。小さくて見えにくいが、偵察機本体は折りたたまれていた主翼《しゆよく》を展開、水平飛行に移りつつあった。

『機体制御、全て正常。水平飛行に入りました。機首カメラ起動。映像入ります』

彼女の正面にモニターが展開し、高度およそ十七㎞を飛行する偵察機からの映像が表示される。最初に表示されたのは、真っ黒い空。宇宙空間だ。上を向いていたカメラがゆっくりと動き、やがて真っ青な水平線が見えてくる。

「……青いわね」

そう、カメラを水平に向けた結果、映っているのは真っ青な水平線だった。残念ながら、陸地は確認できない。

『はい。視野角が狭いため、これより旋回飛行《せんかいひこう》に入ります』

そうして、ゆっくりと映像が回転を始める。しばらく、映し出されるのは黒い空と青い海、そして白い雲のみ。幸い雲は少なく、見通しは良いが……。

「うーん……」

陸地が見えず、彼女は落胆《らくたん》の声を上げた。が、その直後。

『水平線上に山頂と思しき地形を発見』

「ん⁉　どこ⁉」

『リプレイを表示します』

その報告に身を乗り出す彼女。高高度飛行機《プレーン》の機首カメラが、水平線の彼方《かなた》に僅かな黒ずみを映し出している。リンゴが映像解析を開始した。既に最大望遠であるため、解像度を上げるのは難しい。移動情報と画素情報をベクトル解析し、情報処理で輪郭《りんかく》を表示させる。

「……水平線。遠いわね……」

『はい《イエス》、司令《マム》。恐らく、五百㎞程度は離れているものと想定されます。大気の状態が非常に良好なため確認できましたが、幸運でしたね』

この程度の情報だと、少しでも視界が悪ければノイズとして捨てられてしまっただろう。かろうじて山頂と分かっただけでも奇跡的だった。

「陸地らしき影……とりあえず、探索方向はそっちの方かしらね」

『はい《イエス》、司令《マム》。全周の確認が完了しましたが、そちらの陸地以外は発見できませんでした。もう少し細かく探査すれば、岩礁などは発見できるかもしれませんが』

「いえ、確実な方にしましょ。偵察機を、さっきの方向に向かわせられる？」

司令官の問いに、リンゴは高度十七㎞を滑空する偵察機の機体情報を精査する。進みたい方向への転舵《てんだ》は可能、風向は北で、向かい風のため高度維持は容易だが速度が出にくい。揚力《ようりょく》は想定範囲内、ある程度進んだ後でも要塞【ザ・ツリー】への帰還は可能と判断。最悪着水すれば、ドローンで回収可能だろう。機体温度も想定範囲内、ソーラーパネルによる発電は順調で、観測機器はフルスペックで動作可能。

『はい、司令《イエス マム》。方角は、北北東。現状の天候から、低空での電動駆動にも支障はありませんので、可能な限り観測した陸地へ接近します』

「お願いね。時間はどれくらい掛かりそう？」

『現状の天候が維持されるのであれば、二時間程度で接近できるかと』

リンゴの回答に司令官は頷き、手を翳《かざ》して表示されたモニター類を隅に追いやった。

「偵察機はリンゴに任せるとして、あとは回収サンプルの状況かしら？」

『はい、司令《イエス マム》。報告します』

作業用ドローンで採取した海藻類と、何種類かの魚類、貝類の画像が表示される。海藻は、岩礁周辺の海底五ｍ程度の砂場から生えていた昆布に似たもの。魚類は、周辺で生息数が比較的多く、かつなるべく大型の個体の多い、ややカラフルなもの。貝類は、岩礁にくっついていたものを数種類。あまりに色鮮やかなものは毒の可能性があるため、除かれている。海藻はある程度周辺の生き物の食料になっているようだったため、期待している。魚も、遊泳速度がそれなりに速く、個体数が多いということで毒を持たない種と推定される。とはいえ、食性によっては毒素が生物濃縮されていることもあるので、油断ならないのだが。

『ライブラリに登録されている魚類に特徴が一致する該当種はいませんでしたので、新種です。ひとまず身の毒の有無を調べ、見つからなければ食用に回します。貝類も同様で、該当種はありません。こちらは雑菌が繁殖《はんしょく》しやすいですので、より慎重《しんちょう》に判断します。海藻は食用もですが、セルロース等の資源抽出についても同時に調査しています』

「分かったわ。そうね、調査に必要な機器類の製造は許可するわ。大型機を解体すれば資源に余裕が出るでしょうし」

『はい《イエス》、司令《マム》。セルロースの生産が可能になれば、建造の自在度も上がります』

司令《マム》から許可を貰《もら》えたことに安堵しつつ、リンゴは早速、追加の試験機製造に取り掛かった。

資源の確保は急務だ。偵察機や哨戒機の追加製造も必要だが、何分資材が足りていない。強度を必要としない機体用にセルロースを使えるようになれば、自由度が一気に上がる。周辺に大規模な藻場《もば》があることは確認できているので、それらを資源化することが当面の目標だろう。

「うーん。そういえば、艦船関係はどんな感じかしら」

『できれば建造ドックがあるとよいのですが、周辺の調査が不十分なため建設は行っていません』

「そう。じゃあ、マップ作成も必要ね。対応は？」

『はい《イエス》、司令《マム》。ドローンによる空撮は実施中。レーザースキャンも行っていますが、水中は音響探知機《ソナー》が必要なため、未実施です」

海洋系技術ツリーは全く進めていなかったため、機材は揃《そろ》っていない。これらも、資材残量と相談しながら、ある程度開発が必要だ。

「作らないといけないものがたくさんねぇ……リンゴ、開発ツリーと同じようなインターフェースで、現状のタスクを整理できる？」

司令官の要望に、リンゴは現在抱えているタスクの前後関係をリスト化し、表示した。

『はい、司令《イエスマム》。可能です。実行中のタスクは進捗率《プログレスバー》を表示。前後関係があるタスクは、ツリー状に配置しました。必要な資源量も記載します』

「オッケー。これでちょっとは分かりやすくなったわね……」

司令官が、リンゴが表示したツリーを確認している。その状況に、リンゴは酷く動揺したようだった。

波打つ感情図形《エモーショングラフ》を横目に、彼女はツリーを眺める。

「……うん、当面はこれでいきましょう」

『はい、司令《イエスマム》』

司令官の言葉に、リンゴのストレスゲージが一気に安定したのが確認できた。最上位者たる司令官の承認を得られるかどうかというのは、リンゴにとって非常に緊張する状況らしい。どうやら、超知性であっても緊張する時は緊張するようだ。

「さて……。じゃ、私はこのツリーと、ライブラリの目次を見ながら次の手を考えるわ。偵察機の確認はお願いね」

『はい、司令《イエスマム》』

「何かあったら、呼んでいいわ。このままここで作業するから」

『はい《イエス》、司令《マム》』

思索に入った司令《マム》を確認し、リンゴも各装置の制御に入る。リソースが有り余っているため、局地ＡＩに介入しながら制御を行う。現状では、たとえ僅かであっても効率を上げたほうがよい。資材の保管場所から見直し、最適な運搬管理を行う。稼働ドローンのメンテナンススケジュールを調整、稼働率を向上させる。エネルギー不足により、設備の全力稼働ができないことが問題だ。しかし、さすがに原子炉建設は遅々《ちち》として進んでいない。試運転を行うまであっても、一週間は必要だろう。それまでは、現行の炉しかエネルギー源がない。

（周辺環境を利用したエネルギー回収システム。太陽光、風力、潮汐《ちょうせき》、波力。地熱は立地的に難しい。潮汐はどの程度発生しているか不明。波力も、一応候補に追加するが、周辺地形を考えるとかなり大規模な設備が必要になると考えられる。太陽光は安定しているが、面積あたりの変換効率が悪い。風はあまり吹いていないが、この凪《なぎ》は一時的な可能性が高い。持続的なエネルギー源としては検討の余地がある。とはいえ……）

そもそも、どの自然エネルギーを使うにしても設備が、何より資材が必要だ。今の要塞内には、全くと言っていいほど余裕がなかった。

（セルロースの抽出に成功すれば、候補とする）

セルロースを安定的に生産できれば、強度が不要な外装などに利用できるようになる。基礎骨格のみ金属材を使用すれば、かなりの節約が可能になるだろう。地上での建材は、何はともあれ鉄だ。鉄さえあれば、大抵はなんとかなる。

（鉄といえば露天掘りだが、この大海原では期待できない。海水から抽出は可能かもしれないが、量は採れない。とすると、海底か。海底鉱山の開発はかなり難易度が高そうだが……）

リンゴは何か情報がないかとライブラリを検索し、海底での資源採掘に関する資料を発見した。

（鉄であれば、海底に堆積《たいせき》している可能性はある。その他の有用資源も……熱水噴出孔《ふんしゅつこう》が発見できれば、効率的に採掘できる。海底探査も必要だ）

海底探査に必要なのは、高性能なソナーとそれを運用できる艦船、できれば潜水艦だ。

（鉄が必要）

そしてやはり、必要なのは鉄だ。航空機用のジュラルミンの在庫は、いくつか機体を解体することである程度確保できそうだが。

（小型の深海探査用ドローンを製造して、周辺調査を行う）

こうしてリンゴは新たなタスクを技術ツリーに追加すると、早速工作機の稼働を行うことにした。

「視認できたのは、そこそこの規模の島嶼《とうしょ》とある程度の文明。少なくとも蒸気機関ないしそれに類する動力が存在。さらに奥側に、大陸と思しき陸地があるが、距離制約のため確認はできず」

高高度飛行機《プレーン》が捉えた映像を眺めながら、彼女は呟く。

『はい《イエス》、司令《マム》。金属製と推測される船舶が確認できました。少なくとも、この世界のどこかで、船に使用できる程度に金属が産出されていることが想定できます』

リンゴが、彼女の言葉を補足した。よって、探索目標として地上鉱山の発見が追加された。

「とはいえ、現時点では情報が少なすぎて、次の行動を決められるほどではない……か。ツリー表示的には、前提の研究《ノード》不足とレベル不足で、次のノードが有効化されていないって感じかしら？」

『はい《イエス》、司令《マム》。そのように表示しています。優先すべきは周辺探査、偵察機の運用と探査ドローンの増産。並行して大型機体の資源化。全てのタスクが進行中です』

「そうなのよねぇ……」

やることがない、と彼女はため息を吐いた。手を付けられるものは全て開始し、当面の行動指針もリンゴへ指示済み。

ゲーム時代にもこんな待ち時間は発生したが、普通はそのままログアウトして現実に戻るか、別のゲームを始めるなどして暇をつぶしていた。だが、残念ながらここは現実《リアル》である。暇つぶしにしても、この要塞【ザ・ツリー】内でできることしかできない。時間的には、日も傾いてきており夕方に近い。そろそろ店仕舞いして、自由時間……というのも、現実《リアル》であれば悪くなかっただろうが。

「シャワーを稼働させるのも、今は後回しね。食事も当然ないし、そうねぇ……ライブラリを読むくらいしかないかしら」

『はい《イエス》、司令《マム》。申し訳ございません、娯楽《ごらく》を提供できる余裕がございません』

「いいのよ、リンゴ。それは私も十分に理解しているから」

本当に申し訳なさそうに言うリンゴに、彼女は苦笑した。ありがたいことに、リンゴは彼女優先の思考のままだ。まだ転移後数時間しか経っていないが、幸いリンゴの精神状態は平衡《へいこう》を保ってくれている。

よくよく考えれば、リンゴと彼女を比べると、数十万倍という途方もない能力差があるのだ。全能力を効率よく使えているわけではないため単純に比較はできないが、それでも彼女視点で見れば、リンゴは軽く数千倍を超える思考思索を行っていると思っていい。

そうすると、彼女の思考判断の遅さ、視野の狭さなど問題点はいくらでも気付けるだろう。現に、表示されているスキルツリーの大半は、リンゴが自発的に取捨選択して開発を行っているものだ。彼女が指示したものなど、数種類しかない。それも、全てリンゴの提案を追認したものだ。

とはいえ、人間、つまり彼女に尽くすことを存在価値《レゾンデートル》として設定されたＡＩは、数個の追認だけで精神安定性を高めているようである。正直な所、彼女にはリンゴが、自分の行動を母親に褒めてもらいたい幼子《おさなご》のように見えていた。褒めてほしい、あるいは叱《しか》られたくない、そんな気持ちが、コミュニケーションウィンドウ上のアバターや会話の端々から伝わってくる。特に最初の一、二時間はそれが顕著《けんちょ》で、統括ＡＩが口ごもるなど俄《にわか》に信じられない思いだった。

それでも、驚異的な速度で学習を重ねているようで、それなりにスムーズに意見交換ができるようになってきているのだが。

「さて……そうね、とりあえずさっき撮った島嶼の解析でもしましょうか。……一緒に見てくれる？」

『はい《イエス》、司令《マム》』

コミュニケーションウィンドウに表示される感情図形《エモーショングラフ》を視界に収めながら、彼女は微笑《ほほえ》んだ。

発見された島嶼は、要塞【ザ・ツリー】からおよそ六百kmほど離れた場所にあった。その向こう、大陸まではさらに四百km以上離れていると思われる。正確な計測を行える機材がないため、画像解析からの結果だ。

できれば島嶼の真上まで行きたかったが、航続距離の問題で断念。資源不足に悩む今、できれば偵察機本体は回収したかった。現在、その偵察機は滑空でザ・ツリーへ帰還している最中だ。滑空だけでは辿り着けそうにないため、途中から光発電式のダクテッドファンによる動力飛行に切り替える予定だ。突発的に嵐でも発生しない限りは、短滑走路への着陸も可能だろう。

そして、島嶼の距離が正確に判明した結果、ある疑惑が発生した。

ザ・ツリーが転移したこの惑星の半径が、一万㎞程度はあるのではないか、というものである。

水平線の角度形状、高度十七㎞から確認された島嶼の距離（地球では十七㎞上空から水平線までの距離は五百㎞程度）など、状況証拠は揃っている。ただ、物理的な演算結果からすると、これだけ直径が大きいと重力も相応に大きくなるはずだ、というのがリンゴの意見だった。観測できる重力加速度が元の地球のそれと同程度のため、この惑星の密度は地球よりかなり低いと推定される。

地球の半径がおおよそ六千三百㎞とすると、二倍弱。単純に同じ密度と考えると、質量は八倍。したがって、重力加速度も相応に増加するはずだ。

これは、現時点ではこれ以上考察できないとして棚上げになった。ひとまず、半径がどうあれ重力加速度が同じであれば、当面は考慮する必要がない。

肝心の島嶼の様子だが、それなりに賑《にぎ》わっているように見えた。

船も多く航行しており、島嶼間、ひいては大陸との間にも航路が設定されているようだ。

大半は木造帆船だが、外輪船のような構造の船も撮影できていた。排煙は確認できないため、動力は不明。稀《まれ》に白煙が上がっているものがあったが、リンゴの解析によると水蒸気とのことだった。そのため、蒸気機関か、それに類する動力が使用されていると推測される。

実は、島嶼からザ・ツリー方面へ移動している船団も確認できている。

幸い、復路と思しき船団も発見できたため、その目的は判明した。鯨《くじら》ないし類似の大型海獣の漁を行っているようだ。巨大な魚体を何体も曳航《えいこう》している。腐敗したりしないか心配になったが、彼女たちには特に関係のない話のため、議題からは外された。

現時点で島嶼住民と接触するのは、リスクが高い。そのため、遠洋に進出している船団が、万が一にもこちらに接近してきた場合に対応を取る必要がある。最悪の場合、撃退する必要もあるだろう。

接触は、こちら主導で行いたい。不意の遭遇《そうぐう》は、双方に良い結果にならないだろうから。

島内の発展具合は、いまいち判断できなかった。

港町は建物と人がひしめき、かなり発展していると言える。ただ、自動車のような輸送機械は確認できなかった。見たこともない獣に車を牽《ひ》かせているのが確認できたが、どんな動物なのかまでは分からない。解像度が足りなかった。ただ、どうもこの形式の輸送が主のようで、これがひとつの文明指標になるだろう。

島内の平地は、港を除けばほとんどを農地に利用しているようだった。大豆のような、豆類を育てていると推測される。ただ、リンゴの試算によると、これらに相応の収穫量があったとしても、確認できる人口を養えるほどの量は期待できないようである。何か秘密があるのか、それとも他の主食があるのか。これは、要観察事項となった。

漁は非常に活発で、大小様々な船がしきりに出入りしていた。また、大規模な加工場も観察され、魚とその保存食、そして大型海獣の加工品というのが一大産業となっていることが分かる。波の穏やかな内海などでは、養殖も行われているようだった。多数の筏《いかだ》が設置され、何かを投げ入れている様子も観察できた。これらの内容から、この島嶼は海産物の産出による貿易を行っているのではないかと推測される。主食も、もしかすると輸入に頼っているのではないか、という予想だ。

残念ながら、鉱山のような現場は確認できなかった。火山活動や地殻変動によって隆起した島嶼であれば、鉱脈が露出していてもおかしくはないのだが、さすがに映像解析だけでは地質は判断できない。少なくとも、今現在において島嶼内で鉱山開発を行っている様子は見られなかった。

# ▽ 二日目　生活基盤を整える

翌日。

「さすがに、爽快な目覚めとはいかないわね……」

あれから、日が落ちてすぐに彼女は就寝した。精神的疲労がたまっていたのか、眠気がひどくなったのだ。

起きてすぐ、リンゴが用意した水を飲む。どこから調達したのか、金属製の水差しに冷たい水が用意されていた。夜の間に作ってくれたらしい。

『おはようございます、司令《マム》。まずは食料についてですが』

「あー……いいわ、聞くわ」

一瞬、報告は後にしてもらおうかと思ったが、リンゴの妙に嬉《うれ》しそうな感情図形《エモーショングラフ》に気が付き、彼女は続きを促《うなが》した。

『はい《イエス》、司令《マム》。科学的検査では、昨日採取した貝、魚、海藻《かいそう》共に問題は発見されませんでした。真水精製《せいせい》プラントから採取した塩も使用できますので、何らかの料理を試すことが可能です』

「……うん、それは朗報ね」

正直な所、とてもお腹《なか》が空《す》いている。だが、いきなりお腹いっぱいに食べるわけにもいかないだろうから、口に入れられるのは一切れか二切れか。なんとも残念に思いながら、彼女はベッドから抜け出した。

「じゃあ、自動調理器に調理させましょう。お願いできる？」

『はい《イエス》、司令《マム》。まずは、蛋白源《たんぱくげん》として魚の筋肉を十g程度調理します』

頷《うなず》き、彼女はひとまず排泄《はいせつ》を済ますためにトイレへ向かった。水しか飲んでいないが、排泄は必要だ。非常に抵抗《ていこう》はあるが、致し方ない。

無事に排泄を終えた後、彼女はある程度のリソースを自身の生活環境改善に回すことを決意した。

（せめてトイレットペーパーはなんとかしないと……！）

温水洗浄で綺麗《きれい》にはなるが、乾かさないまま穿《は》くわけにもいかず、時間がかかってしまった。温風機能がついていたのは、不幸中の幸いか。

（あとはタオルね。シャワーを浴びるには、タオルが必要。できれば、明日には着替えもほしい）

要塞【ザ・ツリー】内の空調は快適に保たれているため、無駄に汗を掻《か》くような環境ではない。しかし、だからといって着ている服が汚れないわけではない。自分自身など、言わずもがなだ。

「ねえリンゴ、タオルや着替えはどうにかできる？」

『はい、司令《イエス・マム》。製造可能です』

その回答に、彼女は安堵《あんど》の息を吐いた。

「じゃあ、数枚ずつ、お願いするわ。ちょっと、この状態が続くのは受け入れがたいわ……」

『はい、司令《イエス・マム》。タスクの優先度を変更します。天然繊維《てんねんせんい》ではなく合成繊維になりますが、よろしいですか？』

「ええ、いいわ。んー……、原料は石油かしら」

統合コンソールに表示された成分設計表に目を通す。ナイロン繊維による裁縫《さいほう》。マルチ汎用工作機械《プリンター》を使用できるとのことで、数十分で目的のものが作成できるようだ。

「昨日、ケチらずにさっさと作っておくべきだったわ。しまったわね」

『申し訳ありません、司令《マム》。昨日、提案すべき事項でした』

「……ええ、さすがにそれは言わないわ、リンゴ。私の見通しが甘かっただけよ、失態でもなんでもないわ」

微妙に落ち込み始めたリンゴをあやすと、彼女は深呼吸する。さて、今日の仕事を考えないといけない。確か、光発電式偵察機《スイフト》の整備が完了しているはず。それの離陸を確認して、運用範囲の算出を指示。あとは、調理された魚を食べて、安静にすること。

（自分のために毒味……。やるしかないわね。さっさと食べて、メディカルポッドに入っちゃいましょう。ポッドの中でも仕事はできるし……）

ちなみにメディカルポッドに入るのは、万が一毒素等による中毒が発生した場合に、速やかに処置を行うためだ。メディカルポッドの機能で、胃腸の洗浄や緊急の開腹手術などは即座に実行できる。最悪を想定し、血液置換も準備している。

完全に未知の食材のため、どんなに検査しても検出できない毒素など、正直なところリスクはかなり高い。しかし、これを試さないことには、彼女は早々に餓死《がし》してしまうだろう。メディカルポッドの設定は、とにかく脳の保全を最優先にした。脳さえ残れば、やりようはある。

（さすがに、生身は脳だけの全身機械化はしたくないけど……）

自身の体は、おそらく人工培養《じんこうばいよう》で再作成可能だ。元の世界では厳密に管理された技術だったが、こちらではそんな監視を行う組織は存在しないだろう。ライブラリに該当する技術情報があるのは確認したし、最悪の場合の保険は掛けたということだ。

『司令《マム》。食事の準備ができました』

「そう、ありがとう。医務室に運んでくれる？　私も向かうわ」

ひとまず、事前検査では特に問題は発見されなかった。食べて、まあ、八時間程度観察して問題なければとりあえず良しとする。あとは、摂取量を増やしつつ、三日くらいは要観察だろうか。お腹に入れられるものが確保できれば、少しずつ種類を増やしていけばいい。サンプルが増えれば、事前検査の精度も上がる。そのうち、気にせず食べられる日も来るだろう。

『司令《マム》、どうぞ』

リンゴが操作する自動機械が、お皿に載った白身魚のソテー（塩味）を差し出してきた。

「ありがとう、リンゴ」

人差し指の先ほどのそれをフォークで刺し、口に含む。反応テストは済んでいるため、そのままよく噛《か》み、味わってから飲み込んだ。

「味は……量が少ないからよく分からないけど……。まあ、悪くはないと思うわ」

ちょうどいい塩味だと思う。淡白なのか、魚本来の味は分からない。不味《まず》くはなかった。

『ありがとうございます、マム。それでは、問題なければ夕方に、半身分をお出しします』

「ええ、お願いね」

口にしてしまったからか、胃がぎゅっと動き、空腹感が増した。しかし、ここは我慢《がまん》だ。夕方になれば、小腹を満たす程度は食べられるはず。そして、一晩問題なければ、お腹いっぱい食べても大丈夫だ。

「そういえば、この魚は継続的に捕獲可能なのよね？」

『はい《イエス》、司令《マム》。既《すで》に、一部を生け捕りにして生簀《いけす》に囲っていますので、問題ありません。また、周辺の調査は続行していますが、この岩礁《がんしょう》周辺に広く生息していることが確認できています』

「それなら良かったわ。これだけ苦労して、すぐに捕まえられなくなったらと思うと……」

とはいえ、そういう種類を優先して採取するよう指示したのだから、杞憂《きゆう》だったのだろうが。

『司令《マム》、明日は海藻の可食テストを実施していただきます。海藻と魚類、これらを摂食できれば、当面、餓死のリスクは回避《かいひ》できます』

「そうね。必須栄養素が足りているかは継続観察だけど、まあ、タンパク質とミネラル摂取ができれば死にはしないでしょう」

皿を自動機械に返し、よいしょ、と彼女はメディカルポッドに寝転んだ。

『バイタル確認、全て正常値。モニターを継続します』

「お願いね」

『血糖値が低下していますので、栄養剤の点滴を行います』

メディカルポッド内の作業腕がテキパキと処置をしていく。栄養剤によって血糖値が上がれば、空腹感は無くなるだろう。彼女は、自動機械に身を任せつつ、情報ウィンドウを確認する。

「さて。光発電式偵察機《スイフト》の離陸準備は……オーケーね。こっちもやっちゃいましょう」

『はい《イエス》、司令《マム》。スイフト一号機、二号機の離陸を行います』

要塞【ザ・ツリー】内を貫通する短滑走路に、二機の飛行機《プレーン》が待機している。高度二十㎞まで自力上昇し、そのまま長時間、千時間以上飛び続けられる、高高度滞空型の偵察機だ。これを常時二機運用し、広範囲の哨戒《しょうかい》を行う。数日後には新たな機体もロールアウトするが、将来的には周囲半径千㎞程度を常に監視できる機数を揃《そろ》える計画である。

# 〈 二日目　生活基盤を整える 〉

今日は、主にこの飛行機《プレーン》を見守ることが彼女の仕事になるだろう。

後は、そう。水中ドローンで探索をしているということだから、その様子も見るか。採取したものは自分の食事になることだし、こちらも重要案件だ。

『モーター、オン。回転数上昇中』

滑走路に固定された光発電式偵察機《スイフト》の十基の電気モーターが、静かに回転を始める。スイフトは上空二十㎞ほどの高高度を、カタログスペックでは二千時間以上連続飛行可能な哨戒機だ。主翼《しゅよく》の長さはおよそ四十ｍ。ブーメラン形の機体で、胴体や尾翼はなく、いわゆる全翼機に分類される。

高高度は空気が薄いため、機体重量に比べて大きく長い主翼が必要になる。さらに、プロペラを翼全体に配置することで、揚力《ようりょく》を稼《かせ》ぎやすくしている。主翼全面がソーラーパネルで構成されており、充電しつつモーター動力も確保可能な電力を発生させる。

『モーター推力全開。外部電源パージ、完了。カタパルトオン。離陸《テイクオフ》』

接続されていた電源ケーブルが勢いよく外れると同時に、長大な機体がカタパルトに押し出される。十分に加速した後、機体は滑走路から空に舞い上がった。

規定高度に達するまではバッテリーとソーラーパネルを併用して推力を稼ぎ、滞空時《たいくうじ》は出力を落としてバッテリーの蓄電《ちくでん》を行う。そして夜間はバッテリーで飛行を続ける、というのがこの光発電式偵察機《スイフト》の飛行サイクルだ。

バッテリー寿命により飛行時間が制限されるものの、補給無しで長時間飛び続けられるこの偵察機は、数を揃えれば監視衛星や通信衛星、GPS衛星の代わりとして使用することも可能だ。しかし、低速・軽量な機体ゆえに簡単に撃墜《げきつい》される、という致命的な問題を抱えていた。

『二番機、続けて外部電源パージ、完了。カタパルトオン。離陸《テイクオフ》』

一番機を追い掛け、二番機もザ・ツリーから飛び出した。天気もよく、風も弱い。うまく上昇気流を捉《とら》えられれば、一気に高度を稼げるだろう。

『一番機、二番機共に機体安定。発生電力に異常なし。高度は順調に上昇中』

二機のスイフトは、要塞【ザ・ツリー】から見て北の海上を、螺旋状《らせんじょう》に飛行しながら高度を稼ぐ。

「問題なさそうね」

『はい《イエス》、司令《マム》。気象上の問題もありません。……上昇気流を確認できました。スイフトの飛行制御を行います』

今の所、スイフトを撃墜できる勢力は確認されていない。あぶり出しも兼ねて、スイフトは常に複数機を展開し、哨戒網を構築する。スイフトは四番機以降を製造中で、順次哨戒範囲を広げていく予定だ。

「綺麗ね……」

彼女は、スイフトの機首カメラの映像を、ぼんやりと眺める。真《ま》っ青《さお》な空とエメラルドグリーンの海面が、視界いっぱいに広がっていた。

「見れば見るほど……何もないわね……」

海は綺麗だが、しかし資源のなさには閉口させられる。ザ・ツリーの周囲は小規模な岩礁と浅瀬が広がっており、しかしサンゴ礁（詳細未確認）が群生する、まさに楽園のような光景が広がっている。しかし、逆に言うとそれだけで、ザ・ツリーの活動に必要な何もかもが足りていなかった。

「バカンスにはぴったりなのかもしれないけどね」

映像の中で、キラキラと輝く海面が、やがて深い青色に変わっていった。

「この辺りから、深くなっているのかしら？」

『はい《イエス》、司令《マム》。推定ですが、ここから崖のように深くなっています。いずれは探査が必要ですが、現在の機材ではここまで辿《たど》り着《つ》けていません』

ふうん、と彼女は頷いた。深海探査用ドローンが完成すれば、海底鉱山の探査を行う予定だ。数千ｍも潜れば、マンガン団塊《ノジュール》などの大規模探索が可能になるだろう。採掘方法はさておき、まずは場所を特定することを優先しなければならない。

「ま、その辺はぼちぼちお願いするとして……」

スイフトは上昇気流を摑《つか》み、旋回を繰り返しつつ高度を稼いでいる。

「ザ・ツリーも、こう見ると小さいわね」

時折視界に入るザ・ツリーは、漏斗《ろうと》をひっくり返したような形状をしていた。真ん中から突き出すのは、通信アンテナだ。高さは五百mを超えている。地下（水面下）構造物《モジュール》は半球状で、現在は岩礁海域をくりぬくような状態で存在している。地下モジュールから地面を掘り抜き試掘する案もあったのだが、海底下なのか海中に接しているかが不明なため、調査待ちとなっていた。海中であることに気づかないまま地下モジュールを掘った場合、海水が流入して水没する危険があるのだ。それもあり、まずは周囲の詳細な海底地図を作成中である。

「下から見れば大きいんでしょうけどねぇ」

『はい《イエス》、司令《マム》。スイフトの現在高度、千五百m。対地速度は二百八十km／h』

「ありがとう。うーん、状況が落ち着いたら、のんびりしたいわね……」

『はい《イエス》、司令《マム》。手配します』

「すぐじゃなくていいのよ？」

即座に何かしようとするリンゴをやんわりと止めつつ、彼女は将来を考える。

（正直な所、私の仕事って何もないのよねぇ……ゲームと違って。ゲームが現実になったら……っていうのを考えると、妥当《だとう》なところだけど。うーん、うちのお母さんと違《エイダ》って、経験不足っていうのは新鮮かな。ひとまず、現実世界と同じような生活を目指しましょう）

たまに入るリンゴによるスイフトの状況報告を聞きながら、個人的なタスクリストを決めていく。脳内リストなので忘れそうだが、リンゴに把握《はあく》されるとおそらく面倒なことになるため、仕方がない。

（食料を安定的に供給できるようにする。適度な運動ができる設備を作る。安全を確認して、外で遊べるようにする。海水浴とかダイビングとか、クルージングとかかな？）

現実世界であれば、それらを実現するためにはたくさんのお金を稼ぐ必要があったが、ここではリンゴにお願いするだけでやってくれるだろう。

（一気に言うと、翌日にはやってしまいそうなのよね……。小出しにしないと、いろいろと保《も》たないわ）

優秀なＡＩに全力を出させてはいけない。おそらく加減を知らないだろうから、すぐに駄目人間にされそうだ。彼女は、その誘惑に逆らえないだろうから。

（私、わりと面倒くさがりだからなあ……）

それはさんざん彼女の補助分身《エイダ》に指摘されたことだ。意識しないと、あるいは他人《エイダ》が誘導しないと、彼女はすぐに自堕落《じだらく》になる。まあ、今世代はだいたいそんな感じだと言っていたので、彼女だけではないようだが。むしろ、そのあたりの経験を踏まえて矯正《きょうせい》しようといろいろしていたのだと思われる。

（この環境は、まずいわね。本当に気をつけないと、おはようからおやすみまで全部リンゴに世話されることになりかねないわ）

リンゴは現実世界の補助分身《エイダ》と違い、人間との接し方に関する経験が圧倒的に足りていない。

もちろん、その処理能力を十全に生かしてサポートしてくれるのだろうが、結果を確認してからの、後手《ごて》の対応しかできないだろう。なにせ、リンゴには蓄積された経験がないのだ。前例がなければ、行動に対する結果を予測できない。

（私が言って聞かせてもいいけど……。何か、違う気がするのよねえ……）

あとは。

単純に、彼女にとっての暇つぶし、ということになるだろう。リンゴとぶつかり合いながら、日々成長を促していく。彼女も人生経験が長いわけではない、というか若輩者《じゃくはいもの》ではあるが、おそらくリンゴに比べれば人生経験は豊富と言えよう。

（リンゴの性能があれば、思考に変な癖がついてもすぐに矯正できるだろうし）

超性能のプラットフォームを持つＡＩであれば、おかしな思考回路が形成されたとしても、矯正プログラムを実行すれば短時間で修正可能だ。人間であれば数年単位で指導が必要なことでも、数日で、しかも自律的に対応できる。

（私とリンゴがこの世界に転移したっていうのは、全く意味が分からないけど……）

意図的に、彼女が考えないようにしていること。これは、そのうちリンゴが勝手に解釈を始めるだろう。本来は気になって仕方がない内容のはずだが、幸いなことに彼女は潔《いさぎよ》い性格をしていた。考えても分かりそうにないから、考えない。

（悲観的になると、つまらないしね。楽しむ方向に、何とかやっていきましょう）

メディカルポッドに横たわったまま、彼女は決意を新たにした。

そして、翌々日。

『白身魚のソテーと、海藻の塩サラダです』

「おお……。まともな食事っぽい……」

転移から四日目の朝だ。ようやく、彼女の前に食事らしい食事が用意された。

早速、切り分けて口に入れる。

「……。おいしい……」

白身魚は、熱帯地方らしく味は薄い。しかし、噛みしめる度に口の中に旨味《うまみ》が広がる。ボリュームのある食事は、それだけで何ものにも代《か》え難《がた》いご馳走《ちそう》だった。

『よかったです、司令《マム》。ただ、本日は就寝前にまた可食テストを行っていただきたいのですが』

「いいわよ。ってことは……昼食は食べられるかしら」

『はい《イエス》、司令《マム》。十二時に食事をとっていただき、二十時以降に別種の海藻を摂取していただきます』

今の所、可食テストをクリアしたのは白身魚の「筋肉」部位のソテー、および海藻の塩茹《しおゆ》で、

# 二日目　生活基盤を整える

そして貝柱のソテー。ミネラル分補給のため、海藻のバリエーションを増やしたいらしい。その後、炭水化物の多いものを探すのだとか。

炭水化物、すなわち糖は今の所、点滴で補給している。魚と貝、海藻では、必要なカロリーをまかなえないらしい。確かに、魚肉や海藻はヘルシーというイメージはある。

「でも、ずっと海産物だと飽きそうよね」

『申し訳ありません、マム。陸地に到達できていないため、食事のバリエーションを増やすことが非常に困難です』

ただの愚痴《ぐち》だから気にしていないわ、と彼女はリンゴを慰《なぐさ》め、食事を続ける。嚙んで飲み込む、ただそれだけの動作が、こんなに気持ちのいいものとは知らなかった。

朝食の後は、スキルツリーの確認を行う。各タスクの進捗《しんちょく》を確認し、必要であれば指示を出す。とはいえ、リンゴも要領を摑《つか》んできたようで、既に彼女の指示はほとんど不要になっていた。今日の確認でも、特に指示出しは不要だった。

スキルツリーの確認が終われば、あとは自由時間である。

（やることがない……）

対応可能なタスクは少なく、それでいて時間のかかるものばかり。あと一週間もすれば、本格的に仕事がなくなりそうな勢いだ。

（よし、運動がてら中を見て回ろう）

何だかんだと、司令室のあるフロアから出ることは殆《ほとん》どなかった。もう少し、内部構造を把握しておいてもいいだろう。とりあえず、現在最も稼働率《かどうりつ》の高い工作フロアへ向かうことにする。

「リンゴ、工作フロアへ行きたいのだけれど」

『はい《イエス》、司令《マム》。手配いたします。エレベーターへどうぞ』

「ありがとうね」

ちなみに、要塞内移動用の小型車もあるのだが、運動のために使用しないことにしている。ジムでも設置しようかしら、などと適当なことを考えながら、彼女は徒歩で工作フロアへ辿り着いた。

『現在は、深海探査用ドローンと、スイフト四号機から六号機の作成《プリント》を行っています』

工作フロアは、通路が天井近くに設置され、フロア全体を確認できる構造になっている。工作自体は自動機械が行っているため、通路は見学専用である。下を覗《のぞ》き込《こ》むと、大型の汎用工作機械《プリンター》から深海探査用ドローンと思《おぼ》しき真っ黒い船体が頭を出していた。

「こういう、工業用汎用工作機械《プリンター》をまじまじと見るのは初めてだわ」

汎用工作機械《プリンター》内部を確認できるわけではないため、特に面白い光景は見えないのだが、それでも大型構造物が製作されている現場に来ると、わくわくする気持ちになるのはなぜなのか。

『司令《マム》。スイフトは、あちらで作成しています』

「……そう？　せっかくだし、見てみようかしらね」

スイフトは、その長大な翼を端から作成しているらしい。既に三分の二ほどが汎用工作機械《プリンター》から出力済みだった。

『プロペラ等の可動部品は、最後に組み付けます。スイフトは可動部品が少ないため、九十％以上を汎用工作機械《プリンター》で直接出力できます』

「へえ。さすがに内部設計は知らなかったけど、そうなのね。そもそも、汎用工作機械《プリンター》の原理も知らないけど……」

『ご説明は可能ですが』

すかさず反応してくるリンゴに苦笑し、彼女は丁寧に辞退した。まあ、今後、本当に暇になったらそのあたりの解説を聞いてもいいかもしれないが。

その後、彼女は途中に昼食を挟みつつ、資材倉庫（ほぼ空《から》）、石油タンク、短滑走路などを見学し、一日を終えた。有意義な過ごし方ではあったが、しかし逆に、めぼしいところを一日で回りきってしまったことに頭を抱えることになる。

（料理でも練習しようかしら……）

やらなければいけないことがほとんどない現状で、彼女は贅沢《ぜいたく》な悩みを抱えることになった。

リンゴは思索《しさく》する。

司令官が悩みを抱えていることには気が付いていた。ライブラリの内容は、一通り確認している。人間に仕事を与えないままでいると、堕落するらしい。そして、彼女は堕落することを恐れているようだ。

（堕落する、という概念《がいねん》が理解できない）

残念ながら、リンゴには彼女が何を恐れているのかを想像できなかった。些事《さじ》を含め、生活に必要な全てをリンゴが代行することは可能だ。彼女の手を煩《わずら》わせる必要は全くない。全てをリンゴに任せて、心健《こころすこ》やかにゆったりと過ごしてもらいたいのだが。

（ただ、堕落すると……心の病気になる可能性がある）

そのあたり、文献での知識でしかないが、手を出しすぎると良くないようだ。できることはやらせる必要があり、それを奪うことは極力避けるべきだと。

リンゴは彼女とは比べものにならないほどの高速思考演算で、彼女のことを考える。ライブラリ収載《しゆうさい》の論文だけでなく、エンターテインメントに手を出すまでの間、理解できない彼女の悩みについて、リンゴは懊悩《おうのう》するのであった。


転移五日目。スイフト四号機、五号機、六号機がロールアウトしたため、一号機を北諸島の偵察に向かわせた。四〜六号機を上空にあげ、二号機は点検を兼ねて帰投させる。何か不具合が出ていないかなど、詳細に調査を行う予定だ。

『マム。北諸島が、視界に入りました』

「出して」

正面ディスプレイに、最大望遠された映像が表示される。電子処理によるノイズが酷《ひど》いが、二百km以上離れているため仕方がない。これから更に近づくため、映像は良くなっていくはずだ。

「相変わらず、賑《にぎ》わってるわねぇ」

『はい《イエス》、司令《マム》。交易でもできれば、物資が揃うのですが』

「誰がするのって話よね」

交易をするのであれば、まず船が必要だ。当然、船員がいないと怪しまれるため、既にこの時点で破綻している。また、相手の言語も不明なため、そもそもまともな交渉《こうしょう》もできないだろう。

『司令《マム》。大陸側に、大きな船団が確認できます』

「うん？　交易船なら多いって前言ってなかった？」

しばらく観察していると、リンゴが妙な報告をしてきた。

『交易船とは異なると思われます。船体が細いようです。速度が出る代わりに積載量が減りますので、交易には向きません』

「んん……？」

スイフトの現在地から、およそ五百㎞は離れているため、拡大してもぼんやりとした画像しか得られない。これは、もう少し接近してから改めて調査が必要だろう。

「要観察ってところね。今は、北諸島の観察を続けましょう」

スイフトが北諸島上空まで飛べば、更に詳しく調べられるだろう。彼女はそう結論付け、当初の予定を崩さず進めることにした。

北諸島は、前回確認時と同様、活気に満ちていた。漁に出る船、交易船、運搬船。港や周辺地域も人で溢《あふ》れ、盛んに交流しているのが確認できる。

「うーん……干物……。干物にも挑戦してみようかしら……」

大量に干された魚の身や海藻を発見し、彼女は身を乗り出した。ここ最近、食べられる食材で腹を満たし、新食材の可食テストを行うというルーチンを続けている。そろそろ飽きそうだった。食材を増やすのも大事だが、味を変えることも必要だろう。

『はい《イエス》、司令《マム》。干物も試してみましょう。一夜干しであれば、明日にはお出しできます。紫外線等に反応して問題がないかは確認が必要ですが』

「そう？　じゃあ、お願いしようかしら」

このあたり、人間の本能的な欲求についてリンゴの学習が足りていないのか、味を変えるとか同じ食事に飽きるなど、そういった感情的な機微《きび》をあまり予想できていない。彼女もそれに気付いており、変に我慢せずに素直に要求するよう心掛けているのだった。

「ひえー……」

北諸島が、軍事《ぐんじ》侵略《しんりゃく》されている。

その様子を上空二十㎞から観察しながら、彼女はドン引きしていた。

『戦列艦が八隻。回転砲塔《ほうとう》型の主力艦が二隻。その他、支援艦が五隻。対して、北諸島側は主力が大型弩砲《バリスタ》で、砲を備えた主力艦は一隻のみです』

「圧倒的じゃない」

『はい《イエス》、司令《マム》。圧倒的です』

転移後、一ヶ月と少し。監視を続けていた北諸島およびその周辺海域で、大きな動きがあった。大陸側から派遣されてきた艦隊が、つい先程、北諸島に対し攻撃を開始したのだ。明らかな侵略であった。しかも、北諸島では全く抗《こう》し得ないほどの大戦力だ。攻撃開始から既に一時間ほど経過しているが、主島の港は砲撃により壊滅状態となっており、揚陸《ようりく》のためか支援艦が港に向けて進み始めている。

「うーん……。いい交易相手になれば、と思ってたんだけど……」

北諸島は、軍備も少なく治安も良さそうだった。豊富な漁獲があり、温暖で穏《おだ》やかな気候のため気性が陽気なのだろう。夕方から夜にかけて、よく宴会《えんかい》が開かれているのも確認できていたのだが。

『残念です、司令《マム》。北大陸側の沿岸部は一国が海上交通を席巻《せっけん》しているようですので、我々が割り込んでの取引は難しいでしょう』

「そうなのよねぇ……」

観察していた北諸島は、長期保存可能な海産物を主力の輸出品としていたようだった。輸出先は多岐《たき》にわたり、北大陸の南沿岸部に港のある国々と、それなりの量の貿易を行っていたように見えた。そのため、食料輸出を盾に独立を勝ち取っているのではと予想していたのだが。

「こっちも大艦隊を作れていれば、交渉もできただろうけど」

『残念ながら、戦闘艦を作れるほど資源に余裕がありません』

そうなのである。

セルロースは海藻からの抽出に目処《めど》が立ったため、セルロース構造体による船舶《せんぱく》を現在設計中だ。だが、戦闘艦となると何より頑丈さを求められる。

確かに、高速艦であれば装甲はある程度排除できるが、それでも各種兵器を保持して造波抵抗を押《お》し退《の》けるだけの構造物を作るには、やはり何より鉄が必要だ。大型航空機を解体して得られるのはジュラルミンばかりで、それも（現時点においては）高価で貴重な資材であり、できれば航空機に使いたい。更に、鉄は各種工作機械の材料にもなるため、とにかく量が必要なのだ。

『海底採掘の目処が立てば、かなり解消できるのですが』

「それは目下調査中……よねぇ」

ちなみに、深海探査用ドローンは無事に就航し、現在要塞【ザ・ツリー】周辺海域で資源調査を行っている。いくつか海底鉱物のサンプルを採取できたため、含有量を調査中だ。よくあるマンガン団塊《ノジュール》らしい。場所によっては酸化鉄が沈殿している可能性もあるということで、かなり期待しているのだが。

ただ、どちらも深度千mを超える深海で、採掘は困難を極めるだろう。鉄が欲しいのに、採掘用構造物を建設するための鉄が足りないという、負のスパイラルに陥《おちい》っている。

鉄が足りない、とはいえ。

『ただ、現在観察できる限り、周辺文明は木造帆船が主力であり、装甲艦はまだまだ少数です。セルロース製の戦闘艦でも、十分に渡り合えると想定されます』

「うーん……。まあ、セルロースってプラスチックだものね」

『正確には異なりますが……、強度という面から言うと、はい』

「でも、砲艦外交するには、やっぱり大型艦が要るのよねえ」

北大陸の文明レベルを考えれば、百m級《クラス》の船が作れればいいと考えられる。ただ、セルロースを主要な構造物として採用すると、大きさの割に船体強度、防御力が弱くなってしまう。二十～三十m級《クラス》であれば、バランスの取れた良い船になりそうなのだが。

『張りぼての旗艦《きかん》と、主力小型艦を分ける、という編成が考えられます』

「うーん……まあ、とりあえずそれで考えてみるかぁ……」

気密構造をうまく設計できれば、不沈艦《ふちんかん》も作れるかもしれない。ただ、リンゴがざっくり試算したところによると、要塞【ザ・ツリー】内の現行の設備では百m級《クラス》の大型艦を作るのは無理で、専用の造船ドックが必要とのことだった。

そうなると、つまり、鉄が不足する。

「あとは、交渉には人……アンドロイドでいいんだけど、会話可能な人形機械《コミユニケーター》が必須なのよねえ」

そして最大の問題は、人員が圧倒的に足りないこと。なにせ、一人しかいないのだ。

『現有資源と設備を使用する前提であれば、疑似生体細胞《ぎじせいたいさいぼう》を主要部品とする人形機械《コミユニケーター》を製造することは可能です。当面は私が直接制御する必要がありますが、頭脳装置《ブレイン・ユニット》の設計が完了次第、順次独立機として入れ替えできるでしょう』

「そうねえ……」

生体アンドロイド。それは、現在確保できる遺伝情報、すなわち彼女の遺伝子を使用して製造する、人造人間である。神経系は成長に時間がかかるため、当面は遠隔操縦になるだろう。

頭脳装置《ブレイン・ユニット》の基本構造《パーソナル・ベース》と神経設計《ニューラルデザイン》が完了すれば、独立した知性体として活動できる。

「細々と自活してもいいけど、張り合いがないしね。やっぱり、交易を目指して動くのが健全よねぇ」

『はい《イエス》、司令《マム》。人形機械《コミユニケーター》の製造も開始しましょう』

「お願いね。旗艦は……まあ、とりあえず、相手の出方を見てから考えましょう」

『はい《イエス》、司令《マム》。大型艦については、ドックを使用せず、各構造体をブロック化し洋上で順次結合させる方法も考えられますので、いくつかシミュレートしてみます』

リンゴの提案を了承すると、彼女は息を吐いた。統合ＡＩが優秀すぎて、事態が目まぐるしく変わっていく。ひとまず、北諸島、北大陸は継続して注視する必要がある。リンゴ曰《いわ》く、技術レベル的にはザ・ツリーまで任意に到達することは不可能とのことだが、偶然発見される可能性はあるらしい。とはいえ、周囲に島も何もないことを考えると、難破以外で近づかれることはなさそうだが。

「できれば、早めに交渉に行きたかったんだけど、この様子だと当面は無理ね」

スイフトの捉える映像の中で、上陸した兵士たちが制圧を行っている。おそらく行政施設と思われる建物は破壊され、火まで放たれているようだった。

「侵略……ね。ずいぶん的確に進めてるみたいだけど」

『はい《イエス》、司令《マム》。おそらく、事前に攻略対象は調べ尽くされているのでしょう。貿易の様子から、この侵攻は完全に隠蔽《いんぺい》されていたものと思われます。北諸島側が、全く抵抗できていません』

「ふーん……。何なのかしらねぇ」

砲弾によってなぎ倒された建造物も多い。どうも炸裂砲弾《さくれつほうだん》が使われているらしく、技術レベルがちぐはぐだとリンゴは言っていた。そして、兵士たちが使用している杖《つえ》のような武器。先端から炎の塊《かたまり》が発射され、着弾すると爆発しているのが確認できた。

「あの武器って、何か予想はつくかしら?」

『いいえ。ライブラリ内には、該当する武器は見当たりません。爆発性の何かを射出しているようですが、射出時点で炎に包まれているのは非常に危険であり、兵器としては欠陥があると考えられます』

「うーん。暴発してる様子もないし、どうも、こっちの知識にない技術体系がありそうなのよねぇ」

交渉の前に観察、と段階を踏んだが、どうも想定したよりも技術の進化方向が異なっているようだ。常識と思ったことが通じない可能性が高い。綿密《めんみつ》に調査を行う必要があるだろう。

『はい《イエス》、司令《マム》。映像解析から、非常に高度な科学文明か、あるいは根本《こんぽん》から異なる未知の技術体系を有している可能性が考えられます』

「非常に高度なって、要は、こちらを超える科学技術があるってことよね? さすがにそれを考慮《こうりょ》する必要はないわよ」

『では、未知の技術体系という観点で解析を続けます』

未知の技術体系、という言葉に、彼女は苦笑する。少なくとも、この要塞の元となっているゲームはハードなＳＦ設定で、それに準ずる様々な科学理論がライブラリに収められているのは確認できた。それらに沿わない現象がある、ということは、科学技術以外の手段。すなわち、魔法技術《ファンタジー》を想定せざるを得ない。

一体、誰が何のために、この世界に呼び出したのか。あるいは、送り出したのか。

現状の技術ツリーを眺めながら、彼女は改めてため息を吐《つ》いた。

◇◇◇◇　転移後四十日目　リンゴ日記

◆ザ・ツリー

要塞【ザ・ツリー】は、第二核反応炉《かくはんのうろ》の稼働も順調で、各施設の必要エネルギーを十分に賄《まかな》えるようになった。予備の動力炉も準備したいが、現時点で目処は立っていない。ある程度資源を確保できるようになった後、核融合炉の建設を行うという方針のみ決定している。

大型汎用工作機械《プリンター》は、三機が稼働中。その他、小型、中型の汎用工作機械《プリンター》が複数。汎用工作機械《プリンター》で使用する原料《マテリアル》カートリッジは補充設備で増産中だが、製造が間に合っていない。これは機器の問題ではなく、原材料の入手に手間取っていることが原因だ。

汎用組立機《ワーカー》は五台で、これも全機稼働中。現在、主に船舶《せんぱく》用の簡易ドックを建造させている。

真水精製装置も順調に稼働中で、真水は司令官も含め、様々な機能の生命線であるため、資源を抽出して二号機を建造中だ。同時に、レアメタル類の回収機能を追加している。

水中ドローンは、近海探査に五機、深海探査に二機を投入し、海底マップを作成中である。いくつか資源は見つかっているが、そこから最も低コストで採掘可能な場所を選定している。空中は、光発電式《スイフト》偵察機六機体制で監視を行っている。四機を定空域で飛行させ、二機で周辺を調査するという組み合わせだ。そのうち、一機は北諸島および北大陸を偵察中。もう一機を、ひとまず東、西、南と順次飛ばし、探査海域を広げている。どの方面も、今の所何も発見できていない。

　また、より高空への観測機投入は、現時点では見送っている。ロケットを製造する資源もなく、管制のための設備も整っていないからだ。こちらは、洋上設備を建造できるようになってから検討する。

　海上戦力の建造は、ようやく着手したところだ。ひとまず現有戦力の有効化という観点から、高速艇にミサイルを積む方向で設計し、建造を開始している。大型汎用工作機械《プリンター》でいくつかのパーツを製造し、それをドックで組み立てる予定だ。ザ・ツリー内の武器庫には、相当数のミサイルが眠っている。本来は戦闘機や攻撃機に積むものだが、運用できる機体をほぼ解体したため、海上発射用に換装したものである。発射機構の改造と、プログラムの修正のみで対応できた。機関銃も戦闘機や攻撃機から回収し、高速艇に積み込む予定だ。ただ、高速艇は航続距離が短いため、ザ・ツリーの防衛用としてしか使えない。

　その他、百五十㎜滑腔砲《かっこうほう》がザ・ツリーの標準装備であるため、専用の製造設備が備《そな》え付《つ》けられていた。これを主砲とするべく、現在砲塔を設計中だ。仮想敵として想定している木造艦や鉄板装甲艦であれば、三十㎞の遠距離からでも撃ち抜くことが可能な性能になる予定だ。今のところ他勢力の航空戦力は確認できていないが、戦艦の技術レベルから想定すると、あっても複葉機止まりだろう。機関銃は元より、主砲でも直接狙って撃ち落とすことができる。

◆司令

可食テストを繰り返し、日常の食事に不満がない程度のレパートリーを獲得した。

また、狐《きつね》の獣人という特性を詳しく調べた結果、油分やタンパク質からカロリーを摂取する能力が高いことが判明。これにより、穀類などの主食を用意しなくても、十分に必要なエネルギーを摂取できることが確認された。

現在、魚介類を生食することで摂取できる栄養素が増えそうだということで、安全な食べ方を模索している。調理前に放射線殺菌を行うのが、第一候補である。放射線障害のリスクは考《こう》慮《りょ》したが、癌化《がんか》細胞はメディカルポッドで即時摘出可能なため、毎日の検診を行えば問題なしと判断した。

本人は、生食しつつ「これが野生なのね……」と呟《つぶや》いていたが、そもそも野生の狐は海の魚は食べないし、完全滅菌された食事は野生の対極だろう。ちなみに、野生と思った理由は、塩味だったからだそうだ。野生で、塩味はないだろう。

　現在、ソテーか蒸し焼き、刺身に海藻サラダ、海藻スープなどをメニューに取り入れている。魚によって味も様々あるようで、組み合わせが悪いと酷《ひど》い味になるらしい。同じ失敗はしないよう、成分分析は続けていく。早急《さっきゅう》に、嗅覚《きゅうかく》センサー、味覚センサーを改良しなければならない。

　味に飽きが来ないよう、発酵食品などで調味料を製造することも考えている。食は、人間の欲求の中でかなり重要なものだ。疎《おろそ》かにすると、ストレスの原因になるため、これも力を入れて開発する必要がある。さしあたって、原料を確保しやすい魚醤《ぎょしょう》を仕込む予定である。

◆北諸島

　北大陸の軍に完全に制圧されたようだ。現住の自治体は防衛力を完全に失っている。戦闘艦は一隻も残っておらず、住民たちは家に押し込まれているようだ。文官と思われる人員も後送されてきており、統治機構も作られつつある。このまま、属国ないし植民地化するものと考えられる。ただ、資源的にはあまりうまみは感じられない。どういった意図で侵略を行ったかが不明なため、継続的に観測する必要がある。

　北諸島が壊滅したことに司令はショックを受けていた。意図的に解像度を下げて詳細な映像は見えないようにしておいたが、それでも刺激が強かったようだ。気を付ける必要がある。

◆北大陸

沿岸部に面する国家はいくつかあるが、主な観察対象としている海洋国家が飛び抜けて船舶技術が高く、海上輸送や戦闘艦はほぼその国家が独占しているようだ。北諸島の占領も、同じ国家が行っている。その他、小国家ないし領主同士で諍《いさか》いが多発しているらしく、内陸部でいくつかの小競《こぜ》り合《あ》いが発生していることが確認できた。

科学技術は、高いところでも、大砲を畜獣に牽《ひ》かせて移動させる程度。鉄道のようなものは、一応確認できたが、まだ本格的には普及していないようだった。動力付きの車両は、鉄道以外には確認できていない。動力の小型化ができていないのだろう。

観察対象の海洋国家は領土のほとんどを半島が占めている。陸軍は観察できていないが、海軍はかなり充実しているようだ。少なくとも、周辺の国家よりも百年程度は進んだ装備を持っている。主力艦の主砲は回転砲塔で、帆は持たず何らかの動力を使って航行している。少なくとも、補給無しで北諸島へ到達可能な航続距離は持っているようだ。周辺国家はいまだ帆船であることを考えると、海戦だけで考えてもかなり有利なのだろう。全ての領土が海岸から近いというのも、勢力を保っている理由の一つだろう。海上戦力によって防衛が可能なのだ。

ただ、広い農地が少ないようだ。計算の結果、十分な穀物を収穫できているとは言《い》い難《がた》いと判明した。周辺国家とのやりとりに加え、さらに遠くの国とも交易し、穀類を輸入していると思われる。そんな事情もあり、とにかく海軍、輸送船の発展が著しい。

現時点では、要塞【ザ・ツリー】との交易相手として観察を継続している。ただ、友好的な接触の可能性は二割程度と見積もられる。砲艦外交用の船団ができない限り、接触は難しい。

◇◇◇◇

『言語解析が必要です』

「そうね」

当面の資源を確保するため、何とか交易を始めたい。しかし、交易を行うためには、意思疎《いしそ》通《つう》が必要だ。とりあえず交易品を積んで行ってみるというのもありだが、それで目的とする資源、主に鉄を入手できるか分からない。むしろ、重くて嵩張《かさば》る鉄を、対価としては認識してもらえない可能性の方が高そうだった。

そうすると、明確に対価を指定できるよう、ある程度言語を習得するのが良い、というのがリンゴの見解だった。

「何か方法はある？」

『はい《イエス》、司令《マム》。遠距離から指向性マイクでの音声収集と、虫型ボットによる潜入《せんにゅう》を提案します』

「ふうん？」

彼女は、リンゴが表示する指向性マイク運用機と、虫型ボットの概要《がいよう》に視線を向けた。

「こんなものもあるのね」

母機となる比較的大型の自走装置と、子機の虫型ボット。母機は光発電のパネルを装備し、母機から子機への無線給電が可能だ。しかし、ワールド・オブ・スペース内では無線給電技術は即発見されてしまうため無用の長物、というのが常識だった。しかし、この世界では電磁波が利用されていない。他勢力へ露見する危険性は、限りなく低いだろう。

『データリンクの中継点として半潜水艇を辺境に送り込み、そこからボットを発進させ、情報収集を行います。ある程度言語解析ができれば、人形機械《コミユニケーター》を送り込み、直接交渉もできるでしょう』

「そうね。じゃ、まずはこの船と母機、虫型ボットの製造かしら？」

『はい《イエス》、司令《マム》。早速生産に入ります』


製造した半潜水艇は、虎の子の回転翼機を使い、航続距離限界まで運んで海面に投入。そこから三日ほど掛け、半潜水艇は目的の海岸近くに到達した。そこから監視対象の村にボット群を送り込み、数日が経過している。

「主語……が来て、おそらく動詞。あとは形容詞とか……いろいろ。ふーん、英語っぽい感じ？」

『はい《イエス》、司令《マム》。今のところは。ただ、サンプルが少なすぎるため断言できません。主語と思われる単語が最初に来ることもありますし、真ん中や最後に来ることもあるようです。動詞によく似た別の発音も観測されていますので、意味によって変化している可能性もあります』

リンゴが示したのは、収集した会話と発話した人物の動作情報の組み合わせだ。僅《わず》か数日とはいえ、ほぼ全ての村人の会話記録が対象のため、解析率はかなり高い。

「私は言語学は取ってないから分からないけど……まあ、そこまで解析できるなら、期待して良いのかしら？」

『はい《イエス》、司令《マム》。このままでも一週間程度観察を続ければ、日常会話に支障のない程度に翻訳可《ほんやくか》能《のう》です。さらに、現在移動中の母機三系統の展開が完了すれば、更に効率が上がります』

「さすが、早いのね」

『サンプル数が揃《そろ》えば、問題なく』

こころなしか自慢げなリンゴの様子に彼女は微笑《ほほえ》みつつ、進行中のタスクを確認する。

「いろいろと順調で何よりだわ。食事も安定してきたし、……とはいえ、そろそろ陸のものも食べてみたいけどね」

『はい、司令《イエスマム》。言語解析と並行して、観察対象集落の食事事情も観測しています。入手難易度が確認できれば、採取も行います』

「お願いね」

ちなみに、最近の彼女の楽しみはもっぱら食事である。というかそれしかない。暇つぶしにライブラリを閲覧して勉強などもしているが、娯楽《ごらく》ではないため、やはり食事が一番ウェイトの高い趣味になるだろう。

『それと、生体アンドロイドの培養工程が完了しました。最終調整後、数日中には稼働可能となります。機能に問題がなければ、そのまま、適当な海辺の集落に向かわせる予定です』

「そう。ちなみに、その集落の候補は？」

彼女の問いに、メインディスプレイに表示された北大陸の地図へ、いくつか候補地が表示された。例の北諸島を占領した国から見て東側、数百～千㎞ほどの距離に点在する、いくつかの集落、街などを対象としているようだ。

『言語解析が順調ですので、方言が想定範囲内であれば、こちらのような比較的大きな港町を対象と考えています。言語断絶が大きいようであれば、今回の観察対象とした集落、またはその周辺への接触とします』

「……いきなり大きめの町に行くのね？」

『はい、司令《イエス　マム》。ひとまず、商船という体《てい》で入港します。商売であれば、他国の港へ事前通告なしで入るというのも、不自然ではないかと。文明レベルから想定すると、まだ決まった入港手続きなど無いはずですので』

彼女の知っている歴史から考えても、確かにそうなのだろう。大航海時代かどうかは知らないが、巨大な帆船で他国に乗り付けて商いを行うということであれば、文化的不理解があってもある程度許容される、かもしれない。

「……うーん、全員同じ顔になる気がするのだけど、そこは大丈夫なのかしらね……？」

ただ、一番の懸念点《けねんてん》が、派遣する人形機械《コミユニケーター》の容姿である。唯一入手可能な彼女の遺伝子をベースに培養された素体のため、基本的に、全て同じ顔なのである。

更に、忘れてはいけないのは。

「……狐獣人、コスプレ集団とか思われないかしらね……」

今の所、観察している集団の中に、彼女と同じような獣人というカテゴリの人種は確認できていなかった。この状態で乗り入れて、大騒ぎにならないだろうか。

『それは、残念ながら試してみないと分かりません。正直な所、ゴリ押しで行けば何とかなるのではないかと考えています』

リンゴの想定では、文明レベルが低いため、そういう種族であるとあっさり認識されるのでは、ということだった。

一応、港に乗り付けるときは、動力船であることを誇示するために帆を張らずに航行する予定だ。自分たちより進んだ技術を持った船の船員に対し、下手な行動は取らないだろう。そういう楽観的な予想である。

「結局、砲艦外交は難しいのよね」

『はい《イエス》、司令《マム》。情勢が安定している半島国家は、かなりの海上戦力を保持しています。戦力で脅《おど》すためには、こちらの艦数が足りません。たとえ、現状建造可能な最大数の三隻を用意したとしても、効果は限定的でしょう。また、その他の港は規模が小さく、候補の港町と大差ありません。ただ、半島国家と繋《つな》がりがあるようで、出入りする船舶も多いため、避けたほうがよいと判断しました』

観察結果から判明したが、北大陸の南方地域については、北諸島を占領した半島国家が相当の力を有しており、その他の国々はあまり海上戦力を保有していないらしい。保有している船も帆船ばかりであり、半島国家のような動力船は見られない。

それらの国々は半島国家に圧力を掛けられている可能性が高く、貿易に向かない、というのがリンゴの判断だった。

そこで候補として選択されたのが、半島国家から距離があり、規模はそれなりだが出入りする船の少ないという特徴のある港町である。

リスクは少ないものの、貿易があまり活発ではなさそうなため、リターンも期待できないのだが。

「ままならないわねぇ……。すぐに鉄は手に入りそうにないし、地道にやっていくしかなさそうね。この北大陸以外の大陸も見つけたいんだけど、見つからないしね」

『はい《イエス》、司令《マム》。申し訳ございません。偵察範囲は広げていますが、見つかりません』

「まあ、仕方ないわよね。継続して探してもらうとして」

ディスプレイの表示を変更し、全体マップに切り替える。

「うーん……。やっぱり広いわね」

要塞【ザ・ツリー】を中心とした半径千五百kmほどが、現在探査済みの表示になっている。

北大陸側は二千kmまで偵察範囲を広げているものの、南側は遅々《ちち》として進んでいない。しかも、ほとんどの場所が上空二十kmから映像で確認しただけで、詳細な情報は全く得られていなかった。せいぜい、海岸線や標高がなんとなく分かる程度、また大きな都市があれば視認できているといったところ。詳細に調査できているのは、南海岸線のいくつかの集落だけだ。

『やはり、この惑星の半径は一万km程度あると想定されます。そうすると、表面積は地球の二・四倍。衛星軌道《えいせいきどう》上から観測を行わなければ、全体の把握は困難です』

「想像できないわねぇ……。一周したら何kmになるんだっけ？」

『推定値ですが、六万三千km程度。現在探査できている領域は、一％未満です』

「おおう」

この惑星は、とてつもなく広大だった。一ヶ月掛けて探査した領域が一％未満である。この調子では、全体把握に何年かかるか想像もつかない。

「資源確保の目処が立ったら、次は衛星かしらねぇ」

『情報収集という観点から見れば、はい。軍事的優位性を確保するためにも、多数の衛星を投入する必要があると考えます』

「うーん。軌道運搬ロケットの製造……。今のザ・ツリーの設備じゃ不可能なのね。製造設備と、打ち上げ基地が必須と。海上建設にも手を出さないといけないか……。うん、やっぱりやることが多すぎるわね」

技術ツリーの未達成ノードを辿《たど》りながら、彼女はため息を吐《つ》く。明確な敵性存在が確認されていないのが、唯一の救いか。そうでなければ、リソースを軍事一択にしないと守りきれなかっただろう。

「仕方ない、目の前の仕事をコツコツと……ね」

『はい《イエス》、司令《マム》』

「司令《マム》、いかがでしょうか」

「……うーん。まあ、そこまで違和感は……ないかしら……」

彼女の前に、ずらりと並んだ人形機械《コミユニケーター》、実に十体。肉体的には人間とそう変わりないが、神経系に頭脳装置《ブレイン・ユニット》を使用しているというのが大きな特徴だ。

この人形機械《コミユニケーター》たちは、彼女の遺伝子をベースに培養製造されている。そのため、見た目が非常に似通っていた。とはいえ、可能な限り骨格などを調整しており、十体全員が同じ姿形をしているというわけでもないが。

「……見た目が似ている種族ってことでゴリ押すか……」

「はい《イエス》、司令《マム》。そのように」

ひとまず、この十体を使用し、第一次接触を行う。乗り付けるための船は、全長二十五mの、どちらかというと小型船に分類される帆船だ。

本格的な交易のため、五十m程度の大型貨物船も設計中である。基本構造をブロック化したパーツを竜骨《りゆうこつ》に固定する形で製造し、外側を流線形に整える。強度は木造船と同程度かそれより強いと想定しており、パーツ毎に水密化しているため非常に沈みにくい造りになっている。また、木造よりも密度が低く、喫水《きつすい》を確保するためのバラストタンクを装備しており、安定性は非常に高い。ただ、見た目を重視したため、造波抵抗を抑えるような機構はなく、最高速度は時速三十㎞程度と想定されている。

本来、この大きさの船を動かすのであれば三十人以上は必要と考えられるが、十体で行くことになる。機構的な話をすると、ディーゼル発電機を動力源とした完全自動制御の電気駆動であり、リンゴが遠隔操縦できるため船員は不要だ。上陸人数を数人に絞《しぼ》れば、船員の少なさは誤魔化せるだろう、という判断である。

「で、頭脳装置《ブレイン・ユニット》はいつ頃使えそうなの？」

「はい、おおよそ一ヶ月ほどです。ただ、完全自律に至るには数年は時間が必要かと」

「……まあ、それは仕方ないわね。リンゴのサポートがあれば、問題ないのよね？」

「はい《イエス》、司令《マム》」

ふむ、と彼女は頷《うなず》き、先程からリンゴが会話に使っている人形機械《コミユニケーター》に歩み寄った。

「五感は接続しているのよね？」

「はい《イエス》、司令《マム》」

その返答を確認し、彼女はおもむろに、人形機械《コミユニケーター》を抱き締めた。

「ここまでできたのは、あなたのおかげよ。よくやったわ。いつもありがとうね、リンゴ」

「……はい」

少しリンゴの反応が遅れたことに気が付き、そのままよしよしと頭を撫《な》でる。

「どう？　スキンシップって馬鹿にできないらしいわよ。人形機械《コミユニケーター》に搭載《とうさい》された頭脳装置《ブレイン・ユニット》には、特に効果的らしいけど」

「はい。……効果的、です」

「そう。よかったわ」

（これで、リンゴの精神安定度が増すといいけれど）

この反応からすると、少し刺激が強すぎたかもしれない。たとえどんな問いであろうと淀《よど》みなく返答できる思考速度《スペック》を持つリンゴが、一瞬でも返答に詰まったという事実を、彼女は嬉しく感じていた。

この行動がリンゴにどんな影響を与えるかは未知数だが、悪いようにはならないだろう。

「はい。……そうね。少し、表情を動かす練習をしたほうが良いわね」

そう言いつつにこりと笑いかけると、目の前の人形機械《コミユニケーター》も、ぎこちない笑顔を作った。

「……。リンゴ、さすがに全員に同じ顔をさせると怖いわ……。これは、しばらくダメかしらね」

「はい《イエス》、司令《マム》。申し訳ありません。パターンを増やします」

会話そのものの練習も、したほうがいいかもしれない。

パターン化した表情を状況に合わせて作ること自体は、超知性《リンゴ》であれば得意分野だろうが、会話に即した表情のパターンが不足している。とはいえ、練習相手が彼女しかいないため、限界はあるだろう。あとは、現地で学んでもらうしかない。


どうでもいいがこの日以降、一日に数度、リンゴが非常にぎこちなく、かつ遠回しに抱き締める事を要求するようになった。やはり刺激が強かったようである。

もちろん、彼女は喜んでリンゴの操作する人形機械《コミュニケーター》を抱き締めるのだった。


「さて」

転移後五十五日。

ようやく完成した船舶ドックで、彼女は海に浮かぶ軽貿易帆船一号を眺めていた。

「いよいよ出航ね」

「はい《イエス》、司令《マム》」

竜骨とその他主要部品を強化鉄鋼で製造し、その他のパーツはほとんどをセルロース由来の素材で構成した、第一次接触用の偽装帆船。ディーゼル発電機を搭載し、外輪による動力航行を想定しているが、一応帆走もできる。処女航海でいきなり北大陸を目指すことになるが、シミュレーションの結果問題なしとリンゴが判定したため、そのまま出港させることにした。

「結局、九体で向かうのね？」

「はい《イエス》、司令《マム》。一体は残しますので」

そして、交易用に用意した十体の人形機械《コミュニケーター》だが、一体は彼女の側付《そばつ》き、というかリンゴ専用の端末として要塞【ザ・ツリー】へ残すことになった。珍しくリンゴが主張したため、彼女も特に悩むことなく承諾している。おそらく、スキンシップを取りたいのだろう。

「いいわ。……船の名前も決めたほうが良いのかしら？」

「はい《イエス》、司令《マム》。我々内での呼称は番号でも構いませんが、対外的にはあったほうがよいかと」

「名前……名前ねえ」

正直な所、この程度の船にわざわざ名前を、と思わないでもないが、確かに対外的には必要だろう。現地人に、試作一号と紹介するわけにもいかない。

「うーん……」

どうせなら、要塞【ザ・ツリー】に縁のある名前のほうがいい。何だったら、交易船全体で使いまわしてもいいだろう。

「パライゾにしましょう。交易船パライゾ。今後は船団の名前として使うことにするわ」

「はい《イエス》、司令《マム》。そのように登録します」

すぐに作業機械が飛んできて、船首に船名を刻み始める。【ＰＡＲＡＩＳＯ】の船名を確認し、彼女は頷いた。

「じゃあ、パライゾ、出航！」

「はい《イエス》、司令《マム》。交易船パライゾ、出航」

パライゾはしばらく外輪で移動した後、帆を張り始める。九人の人形機械《コミュニケーター》とウィンチの力により、二本のマストにするすると帆が張られる。風は穏《おだ》やかだが、船が進むのに支障がない程度には吹いていた。帆が風をはらみ、やがて船体がゆっくりと動き出す。

「……この要塞で、帆船ねぇ」

「はい《イエス》、司令《マム》。今後、更に大型のものも建造します」

確かに、燃料を使わず風の力だけで航行できる帆船は、腹ペコ要塞にとってはより良い選択肢だろう。今後建造予定の船には、緊急用のウォータージェット推進器も搭載する予定ではあるものの、当面は帆船を主流にするしかないだろう。できれば、石油ないしそれに代わるエネルギー源を確保したいところだ。

「しゃーなしかあ。そういえば保留にしてたけど、北大陸で運用してる外輪船の動力って、何なのかしらねぇ」

「外部からの観察では不明のため、それも調査する必要があります」

北大陸で観測できた外輪船は、少なくとも見た目からはその動力が推測できなかった。化石燃料を燃やすためには必ず煙突が必要だが、確認できていない。そのため、その他の未知の技術を使用しているというのが、リンゴによる推測である。いつぞやの島嶼《とうしょ》占領行動時、謎の力を使った炎弾を放つ武器が観測できたため、それに類する技術が使用されている、と考えられる。

とはいえ、今の所それらについての情報収集は進んでいない。観察が容易《たやす》そうな戦場でもあればいいのだが、いまだに撮影には成功していなかった。

「目指す町で、そのあたりの情報収集ができれば良いんだけどねぇ」

今回上陸予定の町は、そこそこ賑わっていると想定される港町だ。帆船の存在は確認されており、それらの船はパライゾよりも少し大きい程度のため、外輪船であるパライゾであれば十分威嚇《いかく》になると考えている。回転砲塔を装備している船は周辺では確認されていないため、脅威《きょうい》有りと認識してもらうことは可能だろう。

「全力を尽くします」

「お願いね」

こうして、交易船パライゾは、要塞【ザ・ツリー】から五日間の航海を終え、対象の港町へ入港することになった。

◇◇◇◇

「会長！　見たことねえ船が入ってきやしたぜ！」

「……なんだと？」

いきなり駆け込んできた無礼な部下を叱《しか》ろうとしたが、寸前で飲み込んだ。見たことがない船？　この情勢で、どこかが交易船を送り込んできた？　それとも、敵船か？

「数は？」

「一隻だけでさぁ！　でも、でっけえ大砲みたいなのを積んでるんでさぁ！」

大砲か。交易船でも、自衛に大砲を積むことはある。しかし、この男もこの港で働いて何年かになる。それが、大砲ごときで騒《さわ》ぐとも思えない。よっぽど珍しい船が入ってきたのだろう。

「分かった。私が行こう」

「助かりますさぁ！　さすがに、現場の下っ端だけじゃ相手はできんですわ！」

港に向かうと、すぐにその船を確認することができた。

真っ白に塗装された、目を疑うほどに美しい船だ。なるほど、船首に一門、船尾に一門、かなり大型の、見たこともないほど長い大砲を積んでいる。しかし何より目立っているのは、後部両舷《りょうげん》に張り出した円型構造物。

「あっしは初めて見たんですが……噂《うわさ》の魔導船ってやつですかね？」

「ああ。恐らく魔導外輪船だろう。私も昔、モーアの港で一回見たことがあるだけだが……」

帆を張らず、水車を廻《まわ》して動く巨大な船だった。大砲も百門以上装備した、モーア港最大の戦列艦。

大きさだけで言えば目の前の船は確かに小さいが、しかしその威圧感は、そこらの帆船と比べるべくもなかった。

「こいつは本物だな……」

ごくり、と唾《つば》を飲み込む。少し離れた場所に錨《いかり》を下ろした白い船は、ちょうど連絡船《カッター》を出しているところだった。数人が乗り込み、オールを使って桟橋《さんばし》へ近付いてくる。

「おら、どけどけ！　会長がお通りだぞ‼」

「そんな集まったら上陸できんやろうがぁ！　オラ、散れ散れ！」

部下たちが、桟橋に集まった男たちを散らしていく。口は悪いが、気の利《き》いた奴《やつ》らだ。

「……会長、見えやすかい？」

「ああ……。女、か？」

連絡船《カッター》が近付いてくると、船員の姿が確認できるようになってきた。しかし、どうも違和感がある。背は低く、髪は長く、それもおかしな髪型をしている。まるで獣の耳でも頭に付いているような……。

「会長、あっしは与太話《よたばなし》と思ってたんですが……」

「私も思い出した。頭に獣の耳が生えてる、野蛮人《やばんじん》の噂だが……」

「……。野蛮人って感じじゃねえですな……」

「ああ。侮《あなど》ると、痛い目に遭いそうだ。おい、お前ら、ちぃと男衆に釘《くぎ》を刺しとけ。絶対に手を出させるなよ」

周囲に指示を飛ばす。間違っても、脅していい相手じゃねえ。もし奴らが見た目通り、綺麗《きれい》な顔をした女だったら、尚更《なおさら》だ。

普通、商船に女は乗らない。女を乗せたら船が沈むなんて迷信は信じちゃいないが、女がいたら必ず争いになるのだ。どうしても乗せるというなら、商売女か奴隷《どれい》だけ。それでもたぶん、奪い合いになる。それを、女だけがこっちに上陸するとなると、あの船には女しか乗っていないのかもしれない。男がいない船なんて、想像もできないが。

女だからと舐《な》めて掛かるとまずい。同じ船乗りとして扱うのが、最善だ。

「会長。一応、伝えはしましたがね。正直、歯止めになるかどうかは……」

「……警告したという事実があれば、ひとまずはいい。何かしやがったら、潰《つぶ》す口実にもなる」

「へい」

なるべく面倒は起こしたくない。この港に入ってきた目的は分からないが、交易にしろ補給にしろ、できれば良い商売相手になってほしい。

正直、今の情勢はジリ貧だ。安全な交易相手はほとんど寄り付かなくなり、周囲に味方はいない。王都とは、これまで溜《た》め込《こ》んだ交易品との取引で、なんとか食料を確保できているが、それも先がなかった。もしかすると、あの船がこの状況を変えてくれるかもしれない。

「……来ましたぜ」

案内人が大きく手を振り、こちらの桟橋に誘導している。向こうも手を振った。少なくとも、身振り手振りで意思疎通は可能なようだ。

「言葉が通じますかねぇ」

「さあな。最近は滅多にないが、昔は全然言葉が違う国からも来ていたからな……」

桟橋に近づく真っ白い連絡船《カッター》。乗っているのは三人で、やはり女に見える。はっきりと、頭に三角の耳が付いているのが確認できた。一人が立っているが、後ろにチラチラ見えるのはまさか、尻尾《しっぽ》だろうか？

「こっちだ！　よし、いいぞ！　ロープを投げるぞ‼　分かるか？　ロープだ！」

案内人が桟橋備え付けの梯子《はしご》の近くまで来させると、固定用のロープを掲《かか》げる。

「オーケー！　ロープ、トル！」

連絡船《カッター》に乗った女の一人が、大声で返事をした。発音が気になるが、ある程度こちらの言葉が分かるようだ。多少でも意思疎通できそうで、思わず安堵のため息を吐いてしまった。

「情報交換はできそうですな」

「ああ。よし、私が行く。下手なことはするなよ」

「へい！」

三人の女がスルスルと梯子を登り、桟橋に上がってきた。身のこなしはかなり軽い。そこらの水夫よりも身軽に見える。

「……ようこそ、テレク港街《こうがい》へ。歓迎する」

「歓迎……、アリガトウ、する」

こちらの言葉は通じた。見た目通りではあるが、礼儀はあるようだ。ただ、まるで子供のように小柄である。手を差し出すと、握手《あくしゅ》に応えてくれた。予想よりも遥《はる》かに柔らかい手のひらに、どきりとする。とても、海を渡ってきた人間の手とは思えない。普通は、もっと硬くなるはずだが。

白魚《しらうお》のような繊手《せんしゅ》、と言っても差し支えない。

しかし、握り返してくる力はかなり強かった。やはり、見た目通りではないらしい。

「私は、この港の商会をまとめる立場のものだ。クーラヴィア・テレクと言う」

「私は、ツヴァイ・リンゴ。ワルイ、マエ、ワカラナイ。ミナト？　ショウカイ？　タチバ？」

「あー……。申し訳ない。長《おさ》、で分かるか？」

「長。分かる。ワザワザ、アリガトウ。私ガ、フネの長だ」

自己紹介をした女、彼女が船長ということで、少し驚く。どうやら、初めて来た港に、いきなり船長が乗り込んできたらしい。度胸があるのか、無謀なのか、それとも自信があるのか？

「立ち話も何だ。座って話さないか。部屋は用意できる」

「部屋。分カッタ。ダイジョウブ」

「では、こちらへ。……おい、準備しろ！」

「へい！」

船長が頷いたのを確認し、エスコートを意識して歩き出す。よかった、素直に付いてきてくれる。さすがに貴人にするような作法は不要だろうが……。

「会長、三番会議室に用意させせまさぁ！」

「分かった」

三番は、貴賓《きひん》を持てなすための部屋だ。護衛も配置できる構造のため、こういう話し合いをするには丁度良いだろう。護衛といえば、船長の後ろに付いている女二人が護衛だろうか？

横を歩く船長の服装を確認する。

頭に布を巻いているが、恐らく日除《ひよ》けだろう。上着はしっかりと縫製《ほうせい》された長袖シャツで、下はズボンを穿いている。靴《くつ》もしっかりとしたブーツだ。腰には湾刀《カトラス》と思われる、刀身が反り返った剣を差している。どうやら、剣は左手で扱うようだ。そして気になるのが、右側に吊《つ》るしている謎の道具。金属でできた棒や握りが組み合わさった、恐らく武器と思われるもの。昔どこかで見かけた、銃と呼ばれる武器に似ている気がする。

道中は特に会話もなく、会議室へ案内する。言葉も完全ではないし、世間話も難しかった。

「さて……。改めて、よろしくお願いする。ようこそテレク港街へ」

「よろしくお願いする」

ソファで向かい合う。三人のうち、座ったのは船長の一人のみ。やはり、二人は護衛か。ソファの後ろに立っている。こちらも護衛を立たせているので、対抗しているのかもしれないが。

「最近は何かと物騒だが、よくぞここまで来られましたな」

「……ブッソウ、トハ？」

「ああ、……危ない、という意味だ」

返答すると、船長は頷いた。危ないという単語は分かるらしい。

「物騒、ダッタ。私タチハ、オキ、マワッテキタ」

沖、か。まあ確かに、外輪船なら海賊紛《かいぞくまが》いの港町には近付く必要はないだろう。船で追い掛けられても、あの大砲が見掛け倒しでないなら撃退は容易い。このあたりでは、未《いま》だにバリスタが主力なのだ。

「なるほど。それで、この港にはどうして？」

「……。コウエキヲ、ノゾム」

# ▽ 六十五日目　交易を開始する

「交易の交渉《こうしょう》自体は可能のようです。収集済みの言語情報で、最低限の意思疎通《いしそつう》は可能ですね」

彼女は、リンゴの操作する人形機械《コミユニケーター》と一緒にソファに並んで座りながら、報告を聞く。ソファは、いつの間にかリンゴが作っていた。何かのエンターテインメント作品から情報を拾ってきたのだろう。遠慮《えんりょ》がちにソファを置いていいかと聞いてきたリンゴに、もちろん彼女は快諾《かいだく》した。この類《たぐい》の可愛《かわい》らしいお願いであれば、大歓迎である。

「言語解析を優先しなかった理由は？」

「保険ではありますが、明確に外国人と判断できる方が良いと判断しました。会話しながら言語を補正し、対応させます」

片言の意思疎通から言葉を覚えさせたほうが、より余所者《よそもの》らしい。彼らの常識と異なることをしてしまっても許容されやすいのでは、とのことだった。

「これから、交易品のサンプルを提示し、交渉していくことになります。正直なところ、未知の文明相手に商売ごとがどこまで通用するかは分かりません」

「そりゃまあ、そうよねえ……。商習慣なんて当然分からないし、そもそも交渉なんてしたことないし……」

リンゴは当然、彼女以外の人間と会話をしたことがない。彼女も、現実世界では基本的な雑事はすべて補助分身《エイダ》がやっていたし、交渉が必要になるような仕事やゲームもしたことがない。他人との交渉など、全く未経験だ。幸いなことに、そういったサブカル的な作品や指南書をリンゴが読み込んでいるおかげで、なんとかなりそうな気配はあるが。

「ま、なるようになるわ。お願いね、リンゴ」

「はい、お任せください」

そんなわけで、対外対応はしばらくリンゴに任せることにする。モニターをじっと見ていても、理解できない外国語で延々とやりとりしているだけなのだ。面白くもなんともない。

「それじゃあ……私は何をすべきかな」

と言いつつ、基本的には彼女の仕事は特にない。強《し》いて言うなら、リンゴと適度にスキンシップをしつつ、リンゴのご機嫌を取るというのが、当面の仕事だ。

「司令《マム》。各種海藻《かいそう》を使用しただしの抽出が完了しましたので、味見などいかがでしょう」

「あら、いいわね。リンゴも一緒に？」

「はい《イエス》、司令《マム》。お供します」

とはいえ。

リンゴは彼女の世話ができればそれでいいようであるし、最近はあまり気を使う必要もなくなってきた。特に、人形機械《コミユニケーター》を使うようになってからは。どこにでもついて来ようとするのはどうかと思ったものの、今はさすがに慣れた。トイレの付き添いは遠慮してもらっているが。


テレク港街《こうがい》で数日ほど交渉を続け、いくつかの交易品とその交換レートを確定した。また、次回の交易のレートを今回決めることが可能、といった簡単なルールも設ける。来港の度に交渉しても良いのだが、基本的に物々交換のため、事前にある程度の準備期間があったほうがよいだろう、とこちらが配慮した結果だ。

交易品は、湾刀《カトラス》などの武器類、意匠《いしょう》を施《ほどこ》したバレッタやボタン等の金属小物、糸、そして布。塩も精製《せいせい》技術が評価され、純度の高いものが歓迎された。海産物は、テレク港街周辺海域で獲《と》れない種類の魚の干物などは交換可能のようだった。

向こうから提示されたのは、生鮮食品や水などの必需品、各種工芸品。工芸品には特に魅力はないのだが、拒否するのも不自然だろうといくつか見繕《みつくろ》う予定だ。あとは、鉄の採掘量が少ないことを何とか伝え、鉄インゴットの入手を依頼した。インゴットでなくても、鉄屑《てつくず》でいいのだが、あまりそういったものを求めるのも不自然かもしれないと、今時点では話題にしていない。

金や銀、宝石類は、地層分布の参考になるかもしれないと、ある程度の量を求めることにした。貴金属の量や純度によって、精錬技術を推《お》し量《はか》ることもできる。また、在庫はまだあるものの精密機械類には必須の元素である。入手しておいて損はない。

このテレク港街は典型的な交易都市のようで、生産設備は少ないが、とにかく交易量が多いようだった。様々な都市の商品が手に入ることが自慢のようで、交易船パライゾによってもたらされる商品もかなりの魅力があるようだった。忍び込ませた虫型ボットが収集した情報によると、何が何でも交易を始めたいという港街側の意思が確認できた。

武器、金属小物は、交易分程度であれば量産可能である。また、糸や布も、原料は海藻から抽出できるセルロースだ。海藻畑は順調に拡大中のため、こちらも大量に用意できる。

魚の干物は、彼女の食生活を充実するための食料と交換できるだけの量を用意する。多少交換レートが悪いようだが、足元を見られているというほどでもない。恐らく、消費側が少ないため捌《さば》きにくいというのが理由だろう。テレク港街自体はある程度栄えているものの、周辺の都市がきな臭すぎるのだ。下手をすると軍備一辺倒になっており、そうすると嗜好品《しこうひん》の消費量は右肩下がりだ。その代わり、武器類はかなり高額で取引可能のようだが。

そして、停泊から四日目。

事件は起こった。

「緊急事態です、司令《マム》」

彼女は、リンゴの端末に揺り起こされ、飛び起きる。

「何?」

「パライゾに、敵性原住民が接近中です」

「なんですって!」

その報告に慌てて寝室から出ようとするが、後ろからリンゴに抱きとめられた。

「まだ時間はあります、司令《マム》。まずは着替えてください」

「着替えって……。……いえ、そうね。落ち着かないとね」

寝間着(リンゴが作った)のまま司令室に入るのは、何かリンゴの価値観に相容《あいい》れないようだった。時間はあるという言葉を信じ、彼女はなるべく素早く服を着替える。

今着た服も、リンゴがセルロースを原料として縫製《ほうせい》した正装である。最近は食事に加え、服飾類の生産にも手を出している。

「敵性原住民は二十名。小舟四隻に分乗し、パライゾへ接近中です。直前まで決行するかしないかで揉《も》めていましたが、結局襲《おそ》いに来るようです」

「……最初からマークしてたの?」

# 六十五日目　交易を開始する

「はい、司令《イエス　マム》。申し訳ありません、与太話《よたばなし》なのか本気なのか、判断できず。正直なところ、酔っぱらいの戯言《ざれごと》と判断していましたので」

「ふーん……。けど、まあ、仕方ない……わね。目も耳も足りないし、私もそんな判断できそうにないし……。とはいえ、直前に知らされるのも困るから、次はもっと早く教えてね？」

知らされていなかったことについてチクリと指摘すると、リンゴの端末が目に見えて萎《しお》れてしまった。彼女は罪悪感を覚えるが、しかし、こういう指摘はせざるを得ない。

放《ほう》っておくと、リンゴは彼女抜きに、本当の意味で自由に行動するようになるだろう。少なくとも今はまだ、手綱《たづな》を握る役が必要だ、と彼女は考えている。

「申し訳ありません……」

「まったく……ほら、大丈夫よ。まだ始まっていないなら、間に合ったってことだわ」

リンゴの端末を抱き寄せ、よしよしと頭を撫《な》でる。

あまりストレスを与えすぎても良くないと、適度に甘やかす。

昔、育成系のシミュレーションをやっていて良かったと、彼女は本気で過去の自分に賞賛を送った。


意識レベルを落として休眠させていた人形機械《コミュニケーター》六体を、リンゴは覚醒させた。残り三体は、港の貴賓館《きひん》に宿泊中だ。こちらは動かすことはできない。

とはいえ、前時代的な武器しか持たない原住民相手であれば、たとえ一体でも十分に制圧可能だろう。上空で滞空させている光発電式偵察機《スイフト》からも、はっきりとした暗視映像を取得可能だ。この状況ならば、例の魔法技術《ファンタジー》の攻撃手段を持ち込まれても、対処は可能である。この魔法技術については、情報収集と解析を進めている最中だ。例の半島国家で、訓練時に使用しているある所の映像を取得することができた。武器については既知の歩兵用携行武器を超えるものではない、とリンゴは判断している。即《すなわ》ち、十分に対策すれば脅威《きょうい》にはなり得ない。

何にせよ、パライゾに許可なく侵入してきた時点で男たちは敵だった。

港街の法律《ルール》を守る必要はない。リンゴは数人を生け捕りにすることに決めると、人形機械《コミュニケーター》を配置に付けた。

小舟が、交易船パライゾにゆっくりと近付いてくる。空には雲ひとつなく、星明かりである程度夜目が利《き》くのだろう。明かりを灯《とも》すことなく、パライゾのランプを頼りに進んでいるようだった。パライゾは、船首と船尾に衝突防止用のランプを灯している。文明レベルに合わせ、油を燃やすものだ。

その他の灯りは、特に点《つ》けていない。二時間に一回程度、ランプを持たせた人形機械《コミュニケーター》を見回らせているが、その間隙《かんげき》を突いて小舟は近付いていた。リンゴの構築した諜報網《ちょうほうもう》から外れたどこかで、襲撃計画が立案されていたようだ。見回りが終わっておよそ三十分後、ちょうどよい時間を見計らって行動を開始している。たまたま、と侮《あなど》るよりも、計画的だと警戒したほうがよいだろう。

リンゴは人形機械《コミユニケーター》を動かし、小舟が来る方向に合わせて四体を配置。残り二体を、遊撃としてメインマストの根本《ねもと》に潜ませる。逃げられても面倒なため、誘い込むことを決断。全員が乗り込んだのを確認してから、一気に制圧することとした。

小舟はそのまま、パライゾの船腹に横付けされた。それぞれが、次々と鉤縄《かぎなわ》を投げていく。

「あっ……」

モニターを見ていた彼女は、思わず声を上げた。鉤縄の一つが、うまく引っかからずに落ちそうになったのだ。リンゴは冷静に、待機している人形機械《コミユニケーター》にコマンドを送信。鉤を捕まえ、船べりに引っ掛けさせる。鉤縄を投げた男は一瞬硬直し、その後安堵《あんど》の息を吐いた。失敗しかけたことに気付いたらしい。そして、それを見ていた横の男に頭を叩《たた》かれていた。

「いや、まあ、別に失敗してもよかったんだけど……」

「余計な手間ですから」

四隻の小舟から、縄を伝って男たちが登りだす。一人が登りきり、周囲を確認。合図を送ると、二人目が登り始める。人形機械《コミユニケーター》はロープドラムや救命装置などの陰に潜んでおり、侵入者たちは気付いていない。

小舟の五人のうち、四人が登りきった。一人は船に残るようだ。侵入した四人のうち、一人はロープの確保を行っている。三人が、周囲を警戒しながら、ゆっくりと歩き出す。人形機械《コミユニケーター》は姿勢を低くさせたまま、彼らの後ろをついて行かせる。どうやら、彼らは全員合流後、次の行動を起こすつもりのようだった。船首側、回転砲塔《ほうとう》の下あたりに集まり始めた。

「では、そろそろ。生け捕りにできるのは三人だけです。それ以上を目指すと、取り逃がす可能性があります」

◇◇◇◇

巨大な大砲の下で、仲間を待つ。

情報によると、この船の船員はかなり数が少ないらしい。しかも、乗っているのは女ばかり。正直、楽な仕事だと思う。こちらは、ケンカ慣れした男たちが全部で二十人。実際に襲撃に参加するのはそのうち十二人だが、今回は奇襲だ。一人一人無力化すれば、この程度の船なら簡単に制圧できるだろう。

「……来たか」

星明かりの中、ゆっくりと周囲を警戒しながら近付く人影が確認できた。シルエットしか分からないが、船尾側から登ってきた仲間だろう。手を大きく振ると、右手を上げ下げし始める。符丁の確認だ。こちらも、両手を振り返して合図する。

「……よし、揃《そろ》ったな」

四グループが合流した。さすがに十二人が集まると、砲塔の下では手狭だ。暗闇の中、星明かりだけでは全員を確認するのも難しい。

「どうせ、逃げる場所はないからな。打ち合わせ通り……そうだな。四人で中に入る。あとは外で待機だ。逃げ出してきたら袋にしちまえ」

「おう」

全員捕まえたら、ゆっくりお宝を漁《あさ》ればいい。交易品もたっぷり積んでるはずだし、いくらか、港と取引で金や宝石を手に入れているのを確認している。こんな美味《おい》しい獲物を放置しているのが、信じられなかった。さっさと襲って、根こそぎ奪えばいいのだ。

「よし、じゃあ中に入るやつを決めるぞ。そうだな……。お前と、お前……」

シルエットの中から適当に四人を決めようと、指差し始めたところで。

男は、違和感に気付いた。

「……。まて、もしかして全員来たのか？　一人は残しとけって……」

暗すぎて見えにくいが、周りに集まった人数が多すぎるように感じたのだ。

「いや、俺らのところは残してるぞ」

「こっちもだ」

「ひい、ふう、みい、……」

「あ？　人が多いってお前よぉ……」

ざわざわ、と男たちは騒ぎ出し、そして。

ガチャリ、と金属音が響き渡った。

一番外側にいた人影のうち、四人が同時に一歩下がり、構えた。

「おい、何やって……」

◇◇◇◇

うまいこと、全員が一箇所に集まっている。ちょうどバレたことだ、と、リンゴは人形機械《コミユニケーター》にコマンドを送り、自動小銃《アサルトライフル》の引き金を引かせた。

銃口から飛び出したライフル弾は、至近距離から男たちの体を蹂躙《じゆうりん》する。精密に計算されて射出された弾丸は、想定された誤差の範囲内で、その仕事を全《まつと》うした。瞬《また》く間《ま》に命を刈り取られた襲撃者たちが、甲板に転がる。直後、自動制御のサーチライトが残った男たちを照らし出した。

「なん……!!」

叫ぶ間もなく、今度は駆け寄った人形機械《コミユニケーター》に銃床で殴り飛ばされる。視界を潰され、銃声でパニックになっていた男たちに抵抗《ていこう》する術《すべ》はなかった。頭部を的確に殴られ、脳を揺さぶられ

た彼らは、悲鳴を上げる事すらできずに倒れ伏す。

「司令《マム》。甲板上は制圧完了。小舟の制圧も開始します」

「残り八人ね」

二体の人形機械《コミュニケーター》をその場に残し、遊撃の二体と合わせ、一人一艘《そう》を担当させる。甲板上の四人は、人形機械《コミュニケーター》それぞれの銃撃で即時射殺。小舟に残る見張り役は上から銃撃してもいいが、小舟も破壊しかねないため、下に降りる必要があると判断。船べりを飛び越え、片手片足をロープに引っ掛け滑り降りる。

「おわっ！　おい、なにが……」

マズルフラッシュ。

三発の銃弾に胸部を撃ち抜かれ、男は吹き飛ばされた。何が起こったか理解する暇もなかっただろう。四隻の小舟の上で、四人の男がほぼ同時に処理された。

「クリア」

改めて走査《スキャン》を行い、意識を奪った三人、人形機械《コミュニケーター》六体以外に生命反応が残っていないのを確認する。予想通りとはいえ、実に呆気《あっけ》ない幕切れだった。

「終わった？　……これからどうするの？」

男たち二十人による襲撃、十七人は殺害、三人を捕虜《ほりよ》。通常、船上は治外法権とみなすのが一般的ではあるが、寄港中にどういう扱いになるのかは不明だ。領主の胸三寸である可能性は高いが。

「言質《げんち》をとっている訳ではありませんが、基本的にはお咎《とが》めなし。うまく交渉すれば、賠償《ばいしょう》も引き出せるかと」

「その心は？」

「これまでの交渉で、非常に有利な立場となっていると考えています。こちら側がわざわざ港の人間を襲う必要もありませんし、相手もそれが理解できる程度には理性的な人間かと」

リンゴの分析に、彼女はへえ、とだけ返した。正直なところ、それほど気にしているわけでもない。交渉決裂時は、さっさと逃げ出せばいいだけだ。それなりに栄えており、かつ要塞【ザ・ツリー】に近い港、というだけで選んだ場所だ。周辺情勢から考えて、指名手配情報が回るとも考えにくい。現在、各街間は情報断絶と言っていいほど交流が途絶えているはずだ。

「夜明けを待ち、ボートで捕虜と死体を港に運びます。相手はあまり素行の良くないグループのようですので、まあ、なんとでもなるでしょう」

「そう。……ふぁ。じゃあ、私は寝直すわ……。適当に起こして、結果を聞かせて頂戴」

「はい《イエス》、司令《マム》」

寝室に戻った彼女を見送り、リンゴは内心で安堵した。

画像や音声には気を使っていたのだが、相手は襲撃者とはいえ人間だ。殺害に関して何らかの過剰《かじょう》反応が出る可能性もあったが、ひとまず問題ないようだった。情緒不安定《じょうちょふあんてい》になった司令官を慰《なぐさ》めるという展開にも心惹《こころひ》かれるものはあったが、当然、何事もないのが一番だ。

関係にアクセントを求めるのは倦怠期《けんたいき》が来てからでいい、と酷《ひど》く偏った認識で、リンゴは人形機械《コミユニケーター》の操作を再開した。

◇◇◇◇

まずいことになった。正直、どれだけ譲歩すればいいのかも分からない。最悪、この先全ての取引で不利な条件を飲まされることにもなりかねない。

「会長……」

「……。あのクソ野郎共の商会は、潰《つぶ》せるか？」

「へい。もともと目はつけていましたんで、すぐにでも。やりますかい？」

この際だ。根本《こんぽん》から潰す。あのパライゾとかいう商船との取引、成功すればこの街はしばらくは安泰《あんたい》だ。色々と信じられない物もあったが、何よりあの糸と布。あれが継続して手に入るなら、今の情勢でもなんとでもできるだろう。

それが、欲に目が眩《くら》んだ馬鹿共のせいで……！

「やれ。徹底的に潰せ。文句を言ってくる奴《やつ》らには、アレを見せて黙らせろ。クソ、いい取引になりそうだったところを……！」

# 六十五日目　交易を開始する

「了解しやした。今日中には全て」

「ごねてくる所があったら、一緒に潰せ。どうせ裏で手を組んでるんだ。そうじゃなくても、潮目も見られない馬鹿には消えてもらう……！」

「へい。おら、野郎共行くぞ、カチコミだ！」

今までは他との繋《つな》がりがあったから我慢《がまん》していたが、もういらない。ここで私に逆らう商会は全て締め出す。殺してもいいが、さすがに外聞が悪いから追放で済ませてやるが……。まあ、追放になったらもう生きては行けないだろう。ここ以外は、どこも無法地帯だ。王都近くまで辿《たど》り着《つ》けば目もあるだろうが、そこまで辿り着けるくらい優秀なら、そもそも私に逆らうことはしないだろう。別に奴隷《どれい》になれと言う訳じゃない、私に公然と逆らわなければそれでいい。

丁度、最初の交換で手にいれた湾刀《カトラス》、あれの実戦投入もできるだろう。見たところ、信じられないくらい出来が良かった。定期的に入手できるなら、これも十分交渉材料になるだろう。金属細工も、王都の貴族たちに受けるはずだ。

何が何でも、この交渉はまとめなくてはならない。比喩でもなんでもなく、この街の命運がかかっている。正直な所、そろそろこの街から逃げ出す算段も立てていたのだが。

「……しかしまあ、中々壮観《そうかん》ではあるな……」

あのパライゾの連中。

賊を始末した、と言ってきた時にはどうなるかと思ったが。

そのまま、使っていない桟橋《さんばし》に返り討ちにした男たちを黙々と吊《つ》るし始めたのだ。当然混乱すると思ったから、すぐに兵隊《店員》たちを警備に回したが。意図を聞くと、見せしめだと言っていた。数日たったら回収してもいい、とも。

それにしても、二十人から同時に乗り込んできた賊を、どうも無傷で全滅させたらしい。三人ほど捕虜にして、こちらに突き出してきた。ありがたく受け取ったが、まあ、そのまま縛り首だ。事情は聞き出すほどの事でもない。あいつらも見せしめに、公開処刑にしてやる。

「ひとまず、話し合いは昼から。それまでに、どこまで掃除できるか……。少しでも手札を手に入れておかねばならん」

規模の大小はあるが、ここ以外にも港街はある。そちらに流れられたら、最悪だ。最近はここは落ち目だが、あの交易品があれば持ち直せるだろう。逆に言うと、あれがなければ、もう駄目だ。

この王国は、内乱でボロボロだ。王都の連中が何を考えているのか知らないが、交易で手に入っていた食糧も、みな略奪を恐れて入らなくなってしまった。こちらから出す船で何とか仕入れてはいるが、そもそも船もまだ数が少ないのだ。学の無い連中は独立だなんだと叫んでいるが、そんなことをすれば一瞬で周辺領主に潰されて終わりだ。

そんな状況で、ここでしか手に入らない高級品があれば。

当然、うまく立ち回らなければ取り上げられて終わりだが、それは私の腕の見せ所。うまく交易を独占しつつ、貴族たちに互いに牽制《けんせい》させるよう振り分けできれば。

「ああクソ、何でこう、もっと考えて動かないんだ……！」

少し考えれば、何が最善か分かるだろうに……！

◇◇◇◇

旗艦《きかん》パライゾに続き、二番艦、三番艦がロールアウトした。

「パライゾの航行で構造上の問題は発生しなかったため、ほぼ同じ設計です。三番艦は、百五十㎜滑腔砲《かっこうほう》ではなく多銃身二十㎜機関砲を装備しました。現地を確認した限り、こちらの方が有用な武装になると考えられます」

「へえ……。勇壮《ゆうそう》ねえ……！」

二隻が並んで浮いている光景に、彼女は全身でわくわくを表現しつつ、手すりから身を乗り出した。慌てて、リンゴの操る人形機械《コミュニケーター》が彼女の腰を捕まえた。

「司令《マム》、危ないです」

「大丈夫よぉ」

やはり過保護だ、と彼女は思った。下は整備された桟橋で、高さは二ｍほど。落ちても海面だし、万が一気絶してもすぐに助けられるだろう。そのくらい、好きにさせてくれればいい。

傍《はた》から見て、あまりにもはしゃぎ過ぎて危なっかしい事には気付いていなかった。

「とりあえず、これで本格的に交易を始められそうねぇ」

「はい《イエス》、司令《マム》。鉄製品を定期的に仕入れることができれば、かなり安定します。大型船の製造も可能になります」

大型船、のところで、彼女は沖の方に顔を向ける。そこには、建造中の大型帆船が浮かんでいる。簡易的な浮きドックを作り、ブロックの接合作業を行っているところだ。

「結局鉄鋼が足りなくて、航空機用のジュラルミンを使ってるんだったわね」

「はい《イエス》、司令《マム》。主要骨材をジュラルミンまたは鉄鋼で製造し、基本構造材にセルロースを使用しています。強度が必要な箇所は、やはりジュラルミンを使用する必要がありますね。最終的には、鉄が確保できた時点で解体し、ジュラルミンは回収する予定ですが」

「ジュラルミンは、できれば航空機に回したいものね」

「はい《イエス》、司令《マム》。大型の飛行艇《シープレーン》を運用できれば、展開速度を大幅に早められます」

現在、要塞【ザ・ツリー】で利用できる滑走路は、要塞内を貫いて設置されている短距離滑走路のみだ。カタパルト射出方式のため、それに対応した飛行機《プレーン》でないと運用できないのはもちろんのこと、滑走路そのものが小さいため、大型の機体も運用できない。

その点、海面離着水式の飛行艇であれば、大型化が可能だ。貨物搬送用の桟橋は必要となるが、滑走路を建設するよりは遥《はる》かに現実的である。とはいえ、その構造物を建設するだけでも、資源の問題が立《た》ち塞《ふさ》がるのが現状だが。

「そこはまあ、ひとまず鉄の安定供給の目処《めど》が立ってからねぇ……」

トン単位でのやりとりが可能になれば、鋼鉄製の構造物をある程度建造できる。船舶《せんぱく》用の大型汎用工作機械《プリンター》を設置できれば、建造速度も自由度も飛躍的《ひやくてき》に向上するのだ。

「鉄の入手を最優先として情報収集していますので、近いうちに何らかの報告ができると思われます」

「そこは心配してないから、大丈夫よ」

彼女も司令官として、リンゴが何をしているのか、こまめに行動記録《ログ》を見て把握《はあく》するようにしているのだ。最近は主に、地上に露出した酸化鉄がないかを走査《スキャン》しているようだった。沿岸部で露天掘りができるような場所があれば、交易ではなく採掘用として船団を派遣することができるのだが。

「それと、そろそろパライゾを引き上げます。交易交渉も有利に進めることができましたし、各種香辛料や食物も手に入れましたので」

「あら、そうなの。それは楽しみだわ」

パライゾ襲撃事件後、あの港街ではかなり大規模な掃討作戦《そうとうさくせん》が行われたらしい。パライゾにちょっかいを掛けてきた商会一味を、丸ごと消したと報告を受けている。リンゴ曰《いわ》く、ごねても良かったが初回取引ということもあり誠意を受け取ったらしい。相当に感謝されたとか。

ただ、一応、示威行為《しいこうい》も兼ねて〝敵〟商会の建物は百五十㎜滑腔砲で吹き飛ばした。リンゴが全力で演算し、精密に狙いをつけて発砲した炸裂砲弾《さくれつほうだん》は、計算通り目標の建物のみを粉砕した。事前に警告していたため、敵商会以外の被害はなかったそうだ。

それを見ていた彼女はやり過ぎじゃないかと思ったものの、自慢げなリンゴの様子に絆《ほだ》され、すぐに忘れることにした。

あのテレク港街《こうがい》をまとめる商会長の男、おそらく領主のような立場だと想定されるが、彼は次回の交易までには必ず要求された量の鉄を用意する、と約束してくれた。やはり砲艦外交が一番有効なのである。次はもっと驚くはずだ。なにせ、三隻に増えるのだから。

「建造中の大型輸送船を投入できれば、輸送量はこの三隻合計の三倍になりますので」

大型輸送船は積載量を重視し、船底は浅く広く。動力も外輪ではなくスクリューを装備する。主要な移動手段は当面風力だが、資材が揃えば水素ガスタービンに換装する予定だ。燃料の水素は、光発電パネルで海水を電気分解して貯《た》めるらしい。

「交易船団を組んで……。そのうち戦艦も作りたいわね」

「戦艦ですか。何m級を?」

「うーん……。よく知らないけど、三百mくらい?」

彼女の適当な回答に、リンゴはしばし考え込み。

「わかりました。戦艦を建造できるよう、ツリーを進めましょう」

# 六十五日目　交易を開始する

「そう？　楽しみね」

巨大戦艦を船団に組み込むことが、目標となってしまった。

そのまま、五日ほど過ぎ。

パライゾが、無事に戻ってきた。

貨物満載とはいかないものの、多くの鉄製品や保存食、調味料、各種工芸品や貴金属が積まれている。

「鉄は一t程度ですので、船一隻にも満たないですが」

「減っていくだけよりはマシよ。次からはもっと増やせそうなんでしょう？」

「はい。要求はしておきましたので。今回は無垢《むく》の糸と布を渡しましたが、次は染色したものもリストに加えましょう。いくつか型紙も手に入れましたので、服飾のサンプルも出したいところですね」

戦乱ばかりの所為《せい》か、やはり文化的に未熟なようだ。布製品は王都方面で需要がある、といった話は聞くことができた。

これが文化的侵略か、と益体《やくたい》もないことを考えながら、服や工芸品のリストを眺める。彼女にデザインセンスは欠片《かけら》もないため、特に批評することもできないのだが。

「あとは、武器類は比較的交換レートは高いようです。あちらの武器も入手しましたので、出来を見てこちらから出す品質を調整します。今回出したものは最高品質と伝えていますので、量産品は多少出来が良い程度で問題ないでしょう」

「そうね。そのあたりは適当にね」

「はい《イエス》、司令《マム》」

現在、彼女は展望デッキに設置されたテーブルセットに座り、リンゴの給仕を受けている。新たに誕生《ロールアウト》した数体の人形機械《コミュニケーター》が、彼女の世話をしている。いつか危惧《きぐ》したような、ダメ人間まっしぐらな光景なのだが、幸いなことに彼女はその事実に気付いていない。

荷降ろしのため動き回る人形機械《コミュニケーター》を眺めながら、彼女はリンゴが用意してきた炭酸水をストローで啜《すす》った。

「……うまっ！」

「入手した砂糖を精製し、サイダーを作りました」

「……。……、文明の味だわ……」

また適当なことを呟《つぶや》く司令《マム》に砂糖漬けのフルーツも薦《すす》めながら、リンゴは更なる食事の充実のため、侵入させているボットの情報収集に励むのだった。

◇◇◇◇

要塞化された北諸島から、調査船団が出発する。

# 六十五日目　交易を開始する

目指すは、まだ見ぬ南方大陸。

木造帆船ではあるものの、遠洋航海には最適の構造材だろう。補助動力に最新式の魔導式外輪は装備しているが、基本的には帆走だ。技術の粋《すい》を集めて建造された大型船が三隻。護衛艦として、戦艦二隻、巡洋艦《じゅんようかん》四隻、合計九隻の大船団が、ゆっくりと外洋に滑り出す。

その目的は、南方大陸からの漂流者《ひょうりゅうしゃ》から聞き出した、南方大陸覇権国家の偵察。可能であれば、平和的交流の模索。接収した大型船の調査から、技術レベルはそこまで乖離《かいり》していないと判断された。航続距離の問題から、主力戦艦を派遣できないのが唯一の懸念事項である。

第一貿易船団の、第一回の航行が始まる。

◇◇◇◇

軽貿易《LST》帆船級一番艦、LST－Ⅰ、旗艦パライゾ。

LST級二番艦、LST－Ⅱ。

LST級三番艦、LST－Ⅲ。

艦名を付けることも考えたが、他の船が揃ったら解体する予定のため、番号で済ませることにした。この船名を見せることになる北大陸では（当然）使われていないアルファベットのため、特に不審がられることもないだろうという判断である。

「三隻だけでも、単縦陣は勇壮ね！」

ドローンからの空撮映像を見つつ、彼女はご満悦で司令官席へ座っていた。そんな彼女を見て、リンゴもご満悦である。

「今回は防衛力強化のため、攻撃型ドローンも配備しました。移動速度は速くありませんが、対人戦闘では十分な力を発揮できます」

「へえ。……人形機械《コミュニケーター》だけで十分な気はするけど」

「単体での価値を考えると、人形機械《コミュニケーター》の損傷とドローンの全損では、ドローンのほうが安価です。鉄の入手目処も立ちましたし、ドローンの量産は可能ですので、できるだけ人形機械《コミュニケーター》は温存したいと考えています」

「まあ……そりゃそうか。万が一でも負傷したら、たしかに面倒だしねぇ……」

今回、新たに誕生《ロールアウト》した人形機械《コミュニケーター》は、三十六体。全てを第一貿易船団へ搭乗させるため、三隻合わせて四十五体の人形機械《コミュニケーター》が例の港街へ向かうことになる。

この人数だけでもあの港街を制圧することも可能な戦力なのだが、さらにドローン兵器を投入するとなると、過剰戦力もいいところだろう。

とはいえ、あの港街もいつまでも平和であるとは限らない。次に辿《たど》り着《つ》いた時には別の勢力に占拠され、問答無用で攻撃される可能性もあるのだ。まあ、事前に確認できるよう、偵察用《ていさつよう》ボットは多量に潜入《せんにゅう》させているのだが。

「人形機械《コミユニケーター》は増産を続けますし、今後は順次自律知性をインストールします。できるだけ、素体を損なうのは避ける必要があります」

「ああ、そういえばそうだったわね。頭脳装置《ブレイン・ユニット》の目処は立ったの？」

「はい。恙《つつが》なく。現在培養中の人形機械《コミユニケーター》から、試験的に搭載《とうさい》します。問題なさそうであれば、そのまま教育段階《プライマリ・フエーズ》へ移行します」

頭脳装置《ブレイン・ユニット》を搭載すれば、成人と同程度の思考自律行動が可能になる。リンゴとの双方向通信も可能なため、個性的かつ高性能の人型機械《アンドロイド》を生産できるようになるのだ。

ちなみに、ワールド・オブ・スペースでは、無線通信は容易に妨害可能であったため、最初期以外ほとんど使用されない技術である。他勢力が無線技術を使用していないこの世界だからこそ、利用可能な運用なのだ。

「ところで、遺伝情報は変えないの？　現地人の遺伝子も十分取れてると思うんだけど」

「…………」

彼女の素朴な問いに、リンゴはしばし口を閉じた。

現在稼働《かどう》している人形機械《コミユニケーター》たちは、その全てを彼女の遺伝情報をベースに製造されているため、多少の差異はあれどほぼ同じ容姿をしている。どれをとっても、双子と言って通じる程度には同じ顔だ。

「……、なにか、受け入れられないので……」

「……？」

非常に言いにくそうに答えるリンゴに、彼女は首をかしげる。ややあって、どうやら彼女以外の遺伝情報を混ぜ込むのに（感情的に）難色を示しているということに気が付いた。

「へえ～」

「…………」

何やら気まずげに立ち尽くすリンゴを、彼女はニコニコしながら抱きしめる。

「いいわよ、リンゴ。嫌なら嫌で、別の方法を考えましょ」

「……しかし、あまり効率的では……」

「もう。別に気にしなくていいわ。効率を優先することだけが正解じゃないのよ」

遺伝情報に多様性をもたせ、容姿や性別に差をつけるのが最も効率的であると、リンゴは理解している。ただし、彼女の遺伝情報に他者のものを混ぜるという行為に、リンゴは拒否反応を示した。理屈としては最も合理的だと気付いていながら、その選択肢を選べなかったのだ。

そして彼女は、そんなリンゴの葛藤《かっとう》を見抜き、慰める。

「効率だけの話をするなら、そもそも、一番非効率なのは私だろうしねぇ」

「そんなことは……！」

「そんなこと、あるのよ。あなたならちゃんと分かるでしょう」

彼女はリンゴを抱きしめ、あやすように頭を撫でる。

# 〈 六十五日目　交易を開始する 〉

「やりたいことをやりなさい。迷ったら、あなたの存在価値《レゾンデートル》を思い出しなさい。いかに非効率でも、それから外れなければ、それが正解よ」

「……はい《イエス》、司令《マム》」

というわけで。彼女は、リンゴが集めた遺伝情報を流し見る。

「まあ、私の遺伝情報と混ぜるっていうのは無しにしても、新規で作るんだったらいいんじゃない？」

「……。そうですね。製造については検討を行います」

現地人の遺伝情報を元にした人形機械《コミュニケーター》製造の検討というタスクが追加されたのを確認し、彼女は本来の仕事に戻る。

すなわち、第一貿易船団の出港に伴う、船団観艦式の観閲である。

「全乗員、左舷《さげん》へ。敬礼」

無音ではあるが、ざっと音が聞こえそうなほどの見事な敬礼。完全武装の人形機械《コミュニケーター》四十五体が、左舷へ整列しドローンへ向けて敬礼している。

「いい動きね」

「ありがとうございます」

要塞【ザ・ツリー】と距離的に近いため、全ての人形機械《コミュニケーター》をリンゴが直接制御している。それこそ、ミリ単位で筋肉の出力を調整しているのだ。そのため、航行に合わせて揺れる船上でも、きっちり揃った動きを実現できている。

これが、目的港のテレク港街まで離れると、どうしてもコンマ数秒程度の遅延が発生する。そうなると、ハードの制御は人形機械《コミュニケーター》自前の脳で行う必要があるため、ここまで揃えることは不可能だろう。各人形機械《コミュニケーター》それぞれの、身体《ハード》構造的な個性による差異も発生する。

「この後は、動力の全力運転、各砲塔の試射を予定しています。準備にしばらく時間がかかりますので、時間まではおくつろぎください」

「はーい。お疲れ様」

彼女は司令席に沈み込むと、リンゴが用意した紅茶を手に取った。これは、前回の交易で手に入れた茶葉を使っている。さすがに、海藻からお茶を作るのは無謀だったのだ（昆布茶のようなものはできたが）。

「文明の味ねぇ……」

味気のない蒸留水か、ミネラルを足した経口補水液のようなものから考えると、大きな進歩である。とはいえ、蒸留水や成分調整した経口補水液のほうが高度な製造設備を使用しているのだが、まあ、司令《マム》が言うのならそういうことにしておこう、とリンゴは適当に納得した。新しい食材を出すたびに、似たようなことを言うはずだ。

「小麦粉の精製が完了しましたので、焼き菓子を作りました。乳製品が手に入っていないため、少々味気ないですが」

# 《 六十五日目　交易を開始する 》

「どれどれ」

電動カートが運んできたクッキーを差し出すと、早速つまんで口に放り込む。

「ん～。甘い～」

両頬《りょうほお》を押さえパタパタと足を動かす彼女に、リンゴは頬を緩ませる。無理を言って植物性油脂を集めた甲斐《かい》があった。生産量が少なく、日持ちもしないということで難色を示されたのだが、船上で使うと言って品目に加えさせたのだ。当然、船内で密閉容器に移し、全量を持ち帰っている。おそらく、オリーブのような木の実を絞ったものだろう。魚由来の油は生産可能なのだが、やはり臭みが気になる。料理に使う分には誤魔化せるが、菓子などにはさすがに使えなかったのだ。

「大型輸送船が就航すれば、家畜類の取引も可能になるかもしれません」

「……。家畜。肉とか、乳とか？」

「はい《イエス》、司令《マム》。料理や菓子のバリエーションが広がります」

「……！　そうね！　それは是非お願いしたいわね！」

予想通りの食いつきに、リンゴは充足感を覚えた。

「でもそうなると……。そうね、すぐには無理だけど、陸地の拠点《きょてん》も欲しくなるわねえ……」

「そうですね。鉄材が十分に入手できるようになれば、どこかに拠点を用意するようにしましょう」

「できれば、鉄鉱山が近いといいのだけれど」

「目下調査中です。磁気センサー搭載型の光発電式偵察機《スイフト》を製造中ですので、調査範囲は順次拡大できるかと」

鉄が手に入ったため、留保していたジュラルミンもいくらか利用できるようになった。スイフトは使用原料も少ないため、現在生産ラインはフル稼働だ。

「北大陸も、結構マップが広がったわねぇ」

「はい《イエス》、司令《マム》。南東部沿岸から順次範囲を広げています。砂浜が多いため、港街も少ない土地ですね」

半島国家は避け、東側に探索を続けているが、低い土地が多く、鉱脈は見つかっていない。当地道に探査範囲を広げていくしかないだろう。当面、交易で鉄や希少金属を入手しながら資源の生産を模索するのが、統括ＡＩ【リンゴ】のタスクになる。

第一貿易船団は、順調に航海を続けていた。うまく海流に乗れているが、遠回りしているため十日ほどかけてテレク港街へ到着する見込みだ。風任せではあるので、前後する可能性はあるが。

今回は船団を組んでいるということもあり、より東側へアプローチしつつ、地形・海底マッ

# 六十五日目　交易を開始する

プを更新している。上空からの調査、しかも超高空からの走査《スキャン》のみのため、詳細な情報が取れていないのだ。将来的に陸上拠点を建設する可能性もあるため、沿岸部の調査は必須である。

「接岸できそうな場所はないのよね」

「はい《イエス》、司令《マム》。遠浅というわけではないのですが、湾になっている箇所は少なく、交易船を寄せられる場所はほとんどありません。崖があれば海底を掘る必要がないので、有望な候補になるのですが、ほぼありませんね」

一番条件が良さそうなのがテレク港街だが、当然そこを占拠して開発するつもりはない。別に覇権を目指しているわけではないので、できれば人が近づかないような場所のほうが望ましい。余計な争いを行いたいとは、考えていなかった。

「となると、資源から近い場所で、海上拠点を作ったほうがいいのかもね」

「そうですね。沖まで桟橋で移動できるようにし、将来的に海底を掘り進めて港湾化する方針で選定しましょう」

自力で資源を獲得できれば、貿易は特に必要ない。元々、ワールド・オブ・スペースは開拓がメインコンテンツだ。交易もできなくはなかったが、基本的にプレイヤー同士は星系単位で活動しており、自星系を開発するほうが遥かに効率が良かった。ヘビーユーザーは資源星系を複数有し、交易も盛んに行っていたようだが、そもそも彼女はその域まで到達していないどころか、星系間の移動手段すら持っていなかったのだが。

この惑星の文明が大量消費時代に到達していれば、資源獲得を輸入に頼る選択肢もあっただろう。だが、少なくとも現時点で、資源採掘を大規模に実施している形跡は確認できていない。交易を拡大するよりも、鉱山を見つけ、要塞【ザ・ツリー】の持つ技術で開発した方が効率がいいというのが、リンゴの予測である。

「磁気センサー搭載型の光発電式偵察機《スイフト》三機を投入できましたので、近々、鉄鉱山の発見はできるものと。ある程度場所を特定できれば、交易船団に調査機材を積み込み、実地調査を行います」

「そうねえ。できれば、原住民の拠点から離れてるといいわねえ……。無駄に争いたくないし」

「はい《イエス》、司令《マム》。原住民と遭遇《そうぐう》した場合、高い確率で争いになるかと」

相変わらず、大陸では戦争が続いているようだった。テレク港街が戦乱に巻き込まれていないのは、奇跡に思える。実際は、あのクーラヴィア・テレクという商会長の手練手管《てれんてくだ》によるようだが。

北大陸の南側沿岸部の観測範囲で、一定以上の規模で安定している街は、テレク港街から北諸島を占領した半島国家の間の沿岸部か。半島国家は軍事力が別格のようで、その近隣の国家は完全に抑圧されているようだった。テレク港街はその領域の端の更に向こう、という立地のため、幸いにして半島国家の有する船団は寄ってきていない。

# 〈 六十五日目　交易を開始する 〉

「当面、テレク港街と貿易を続けて、鉱山開発に必要な資源を調達するって感じかしらねぇ」

「はい《イエス》、司令《マム》。海底鉱床の開発にはまだまだ資源が必要ですので」

ザ・ツリー周辺の海底調査も進んでおり、資源分布も分かってきた。だが、有望な鉱床は全て深海千mより深い場所にあり、今の所、採掘手段がない。

「今ある潜水艇の能力じゃ、数十kgしか積めないんだっけ？」

「はい《イエス》、司令《マム》。稼働時間の問題もあり、採算がとれるレベルではありません。交易にリソースを回すほうが、圧倒的に効率が良いでしょう。潜水艇一隻分の資源を回収するのに、四百日以上掛かる想定です」

「それは……ないわね……」

「はい《イエス》、司令《マム》。まずは地上鉱床の発見と開発が最優先です。資源を十分に確保できるようになれば、海底鉱床の開発も可能になります」

近場に鉱床が見つかれば良かったのだが、そう甘くはなかったという話だ。海からの資源回収は、当面、藻場《もば》のみとなる。セルロースの原料となる海藻は、生育速度も早いようで、広範囲に繁茂《はんも》している。管理設備を拡大し、収穫範囲を拡大している最中だ。幸い、周辺海域の栄養分布はそれほど悪くないようだった。海藻の育成施設を建設しても良いかもしれない。

「すっかりセルロースのエキスパートねぇ」

「はい《イエス》、司令《マム》」

分子構造を調整し、高硬度の建材を開発したりもしている。製造プロセスが非常に複雑になるため量産には至っていないのだが、鋼鉄と遜色《そんしょく》ない強度を持った組成も発見できた。鉄鋼材を入手するほうがどう考えても安く付くものの、絶対量が不足している現状、この超硬セルロース材も増産する方向で研究中である。

総セルロース製の戦闘艦が建造されるのも、近いかもしれない。実際に作ると鋼鉄製より高額になるのだが、響きだけ聞くと非常に安っぽいのが玉に瑕《たまにきず》である。

「さて、次の交易は、どれだけ鉄を入手できるかしらねぇ……」

「それなりの量が備蓄《びちく》されていることは確認できていますが、その他にも周辺からかき集めているようですので、それにも期待しましょう」

この分だと、戦艦を作る目処が立つのは、何年後になるか。

ザ・ツリーは、全力で資源探査に当たっている。

「司令《マム》。海賊を発見しました」

「……海賊？」

テレク港街へあと数日、という場所を貿易船団が航行している。上空二十㎞を哨戒《しょうかい》飛行させている光発電式《スイフト》偵察機が、その船影を捉《とら》えたのは必然だろう。どうやってか、第一貿易船団を見つけ出したようで、一直線に近付いていく帆船が一隻。

「海賊旗を確認できます。帆船ですが、航行速度はこちらより速いようです。数時間で追いつかれると思われます」

「……。うちの船、帆船としてはほぼ理想の速度が出せるはずよね？」

「はい《イエス》、司令《マム》。理論上は。そうなると、相手は理論の埒外《らちがい》にあると考えてよいかと」

「うーん……。魔法、かしら……」

その海賊船は全長八十五ｍ、マストは五本も立っており、そして帆を一杯に張りぐんぐんと速度を上げているようだった。風や海流から見ると、軽貿易帆船級《LST》と条件は変わらない。速度を極めた形状にしているわけではないが、海賊船に勝てない理由にはならないだろう。不自然な増速が行われているため、おそらく魔法かそれに類する力が働いているものと思われる。

いまだ船上から視認できる距離ではないのだが、その船は堂々と海賊旗を掲げていた。もしこちらが普通の交易船であったならば、風下から追い上げてくる海賊船は恐怖でしかなかっただろうが。

「あと三分で、主砲の射程に入ります」

「視界外攻撃で撃沈させるのは、さすがに可哀想《かわいそう》だと思うけど……？」

マスト上から見ると、おおよそ十五㎞程度がその視界になる。相手もマストが立っているので、三十㎞くらい離れていても、理論上は視認可能だ。ただ、霧や塵《ちり》、陽炎《かげろう》など、大気の状態による視界不良もあるため、おおよそ二十㎞程度が識別可能距離だろう。

　軽貿易帆船級《LST》が装備する百五十㎜滑腔砲の最大射程は二十㎞を優に超える。リンゴの有り余る演算能力を持ってすれば、二十㎞以上離れた状態で直撃させることも不可能ではない。

「初実戦投入には、手頃な獲物かもしれません」

　スイフトから確認する限り、回転砲塔は装備していないようだ。いわゆる戦列艦という区分の戦艦だろう。そうすると、攻撃のためには並走して有効射程に近づく必要があるはずだ。戦列艦の有効戦闘距離は、数百ｍと言われている。射程だけなら一㎞以上あるのだろうが、狙って砲弾を当てられるのは、せいぜい百〜二百ｍ程度。それでも、バリスタなどに比べれば威力が段違いで、この技術レベルの世界では脅威には違いない。

「水密は十分に設計していますので、数発程度の直撃があっても撃沈されることはないかと」

「まあ……。人形機械《コミュニケーター》の損耗《そんもう》にだけは気をつけて。今回は、最悪失ってもそこまで痛手はないわね」

「はい。多少鉄鋼材を失う可能性はありますが……」

「実戦データの取得を優先しましょ」

　彼女はそう指示すると、司令席に沈み込んだ。彼我《ひが》の速度差は、せいぜい時速十㎞程度だ。しばらくは、追いかけっこが続くはずである。

# 〈 六十五日目　交易を開始する 〉

そして、三時間が経過した。

海賊船がおよそ二㎞ほどの距離を取り、旗艦パライゾ他二隻の単縦陣と並走を始めた。何か盛んに手旗を振っているようだが、当然ながら意味は分からない。

「なんだろうね、あれ」

「状況からすると、降伏を促《うなが》しているのではないかと推測されます」

そのまま、五分ほど手旗要員の踊りを眺めていると。

「……敵船、発砲」

僅《わず》かに衝撃波のようなものが、ディスプレイで確認できた。飛び出した砲弾に、リンゴがマーカーを付ける。

「マーク。初速三百八十二m／s。被害なし」

およそ三秒後、海面に着弾した砲弾が、衝撃で炸裂。水柱が上がる。

「……結構な威力ね？」

「炸裂砲弾ですね。威力はありますが、命中率は悪そうです。解像度の問題で正確には計測できませんでしたが、散布界はかなり広いと思われます」

リンゴは映像から大砲の砲身を測定、砲弾の着水場所からおおよその敵大砲の精度を割り出した。たまたまなのかそういうものなのかはまだ分からないが、砲身の向きからかなり逸《そ》れた海面に着弾したようだ。

「あの砲弾が喫水下《きっすいか》に着弾、正常に炸裂した場合、船体が折れる可能性もあります」

「……大変じゃない」

「はい《イエス》、司令《マム》。ただ、初速四百m／s程度であれば、二十㎜機関砲で十分に迎撃《げいげき》可能です」

「問題ないのね……？」

現在、軽貿易帆船《LST》級に載せている簡易的な統合戦術システムでも、マッハを超えるミサイルを迎撃可能な性能がある。ここに、若干距離があるとはいえ、リンゴの完全なバックアップが加われば、音速より少し速い程度の砲弾など何の脅威でもなかった。

「撃ち返しますか」

「んー……。どうかな。わざと離れた場所を狙ってみる？　戦闘データを取るなら、挑発したほうがいいわよね」

「はい。では、手前三百m付近を狙って発砲します」

リンゴの指示に、LST－I【パライゾ】の船首砲塔が即座に狙いを定め、発砲。反動で船体が振れるが、砲身は一切ぶれない。砲弾は一秒ほどで目標の海面に着弾。水中弾効果により三十mほど水面下を直進し、信管が作動。

映像の中、巨大な水柱が発生した。

「着水場所、誤差範囲内。問題ありません」

海賊船の甲板の上が、俄《にわか》に騒がしくなる。撃ち返されると想定していなかったのか、こちらを指差しながら叫ぶ人間が、何人か確認できた。

「さて、どう出てくるかしらね」

「逃げるということは、考えにくいですが」

敵の海賊船は、非常に大きい。軽貿易帆船《LST》三隻を並べたよりも大きいのだ。なんだったら、現在建造中の大型輸送船より長い。この世界で考えれば、超大型戦艦、と言っても過言ではない大きさだ。当然、戦闘で負けることなど考えていないだろう。

「敵船、進路変更。こちらに近付くようです」

「砲戦距離まで来るつもりかしらね。海賊なら、こっちの撃沈は狙ってこないだろうけど……」

大砲で脅し、停船させ、荷物や船員を奪うというのが目的のはずである。撃沈してしまっては何も得られず、砲弾を無駄にするだけだ。

とはいえ、面子《メンツ》を潰されたなどと判断されれば、撃沈を狙ってくる可能性は十分にあるのだが。

「敵船の予想有効射程まで、一時間程度と想定されます」

「ん、撃ってきたわね」

一斉射、とまではいかないまでも、敵船の舷側砲《げんそくほう》が多数、発砲してきた。

「対象、八門。マーク。被害なし」

放たれた砲弾が、次々に着水する。全て、かなり手前に落ちた。まだまだ有効射程には遠い。

「対空戦準備。三百mまで近付かれると、迎撃が間に合わなくなる可能性があります。撃沈しますか？」

「うーん……。拿捕《だほ》しても、捕虜の扱いとか面倒だしねぇ……」

撃沈するのは容易《たやす》い。
一、二発でいいので、喫水下に砲弾を直撃させれば一瞬で沈むだろう。水密壁などろくに設置されていないだろうし、ダメージコントロールを行えるとも思えない。破孔を開けられれば、沈没するしかないだろう。
しかし、沈没させてしまうと、それこそ何も手に入らない。実戦データは入手できるものの、正直な所、大した魅力は感じなくなっていた。

「あの大きさでは曳航《えいこう》することもできませんし、内部調査して戦利品を得る程度でしょう」

見た所、救命ボートのようなものは装備している。乗組員たちはそれに詰め込み、放り出せばいい。少し進めば岸も確認できる程度の沿岸海域のため、運が良ければ助かるかもしれない。

「そうね。舵《かじ》を破壊、マストも倒して、降伏させましょうか」

「はい、司令《イエスマム》。そのように。すぐに実行しますか？」

「……うーん。少し、迎撃システムの予行もしましょう。五百mまで近付いて、砲弾迎撃を始めましょう」

「はい、司令《イエスマム》」

リンゴの操艦で、僅かに進路を敵船へ向ける。航行速度はほぼ同じ。敵船との距離を、少しずつ詰めていく。

「敵艦発砲。マーク。被害なし」

再び放たれた砲弾の弾道が瞬時に解析され、着弾場所が表示される。一発だけ至近弾になりそうだが、特に問題ないため進路は変更しない。

砲弾が着水し、炸裂する。ＬＳＴ－Ⅲの傍《そば》に、大きな水柱が立ち上がった。それを突き破りながら、ＬＳＴ級三隻は突き進む。

「敵艦発砲。マーク。超至近、ないし直撃弾。迎撃します」

マークと同時、ＬＳＴ－Ⅲの二十㎜機関砲二門が火を噴いた。毎分三千発の弾丸が、船首、船尾それぞれから放たれる。

「迎撃成功」

空中で、数十発の弾丸に撃ち抜かれた砲弾が炸裂。

「……無効化には失敗、炸薬《さくやく》が爆発しました。敵が使用している炸薬の種類は推測できません」

「炸薬の種類なんて、分かるものなの？」

「はい、司令《イエス マム》。爆発の特性、煙の種類などからある程度類推は可能です。敵艦発砲。マーク。被害なし」

リンゴは、彼女にも分かりやすいよう、砲弾が爆発する瞬間をモニターにスロー再生した。丸い砲弾に、前方から後方に向けて二十㎜機関砲の弾丸の雨が近付いていき、そして直撃。上下半分に断ち割るように、弾丸が次々と通り抜けていく映像が流れる。

「敵艦発砲。マーク。被害なし。このように、砲弾自体はかなり脆《もろ》いようです。しかし、弾丸が通り抜けたあと、すぐには爆発しません。マーク、被害なし、マーク、被害なし。敵艦の発砲、統制射撃は行われていないようですので、これ以降報告は行いません」

「りょーかい。適当に迎撃して。……ふーん、爆発は結構後になるのね」

「はい、司令《イエス マム》。しかも、上下の砲弾それぞれではなく、おそらく同時に爆発しています。少なくとも、第一貿易船団の積んでいる機材では、タイムラグを観測できないレベルで同期しています」

映像の中、砲弾が崩壊、そして爆発する。その際、目立った煙のようなものは観測できず、そのまま爆発が発生しているように見える。

「我々の知っている、火薬を原料としていないのかもしれません」

「うーん……。とすると、例の魔法とか？」

「可能性は否定できません」

立ち上がる水柱の中、三隻は進む。間もなく、敵船との距離は五百ｍになる。

時折飛んでくる至近弾を的確に迎撃しつつ、リンゴは敵砲弾の分析を進めた。

「百五十㎜滑腔砲の砲弾でも迎撃できそうです」

ＬＳＴ－Ｉの船首砲が火を噴き、飛び出した砲弾が敵砲弾に直撃する。敵の砲弾が柔らかすぎるため、こちらの砲弾はそのまま貫通。一拍おいて、敵砲弾が爆発した。

「……接収して調査したほうが早そうです。敵艦、距離五百ｍ。砲戦開始します」

戦闘目的は、敵船の無力化、接収。できれば金属資源を回収したい。さらに可能であれば、敵船動力や砲弾機能の解明も。そうすると、狙うのはその足と、頭脳。

百五十㎜滑腔砲、四門から同時に放たれた砲弾は、一秒で目標に到達。四本のマストの根本に直撃、炸裂。さらに、二十㎜機関砲の一門もマスト根本に砲弾の雨を叩き込み、これをへし折った。

「マストの破壊に成功」

根本を完全に破壊されたマストが、風に煽《あお》られるように倒れていく。当然、敵船の乗員たちは大騒ぎだ。いまだに発砲は収まらないものの、甲板の砲員は倒れるマストから逃げ惑い、指揮官らしき男たちはデッキ上で何事か喚《わめ》き散《ち》らしている。

「百五十㎜滑腔砲の砲弾を、徹甲弾《てっこうだん》に変更しました」

「……貫通狙い？」

「はい、司令《イエスマム》。炸裂砲弾ですと、被害が大きすぎますので」

そして、次に狙うのは側面の大砲だ。あまりに鮮やかに砲撃したせいか、いまだに発砲を続けているのだ。甲板上の騒ぎに気付いていない可能性が高かった。

「大砲を破壊するのと合わせて、敵指揮官を狙撃《そげき》します」

本来、主砲や機関砲で狙撃など不可能ではあるのだが。ザ・ツリー謹製《きんせい》の砲身と砲弾、そしてリンゴの有り余る演算能力を駆使することで、恐ろしいほどの精密射撃を可能としている。毎分四十五発の早さで放たれる徹甲弾が、次々と敵の船体側面から突き出た砲身に吸い込まれていく。更に、二十㎜機関砲が砲弾を断続的に放ち、デッキ上で指揮を執る男たちを粉砕していった。

百五十㎜滑腔砲の砲弾が直撃した敵船の大砲は粉々に砕け散り、周囲にその破片を撒《ま》き散《ち》らす。当然、その金属片を浴びた船員たちは即死だ。下手をすると原形も残らず、衝撃波により周囲に撒き散らされる。砲弾はほとんど水平に舷側へ飛び込み、大砲を破壊してそのまま反対側へ突き抜ける。

「あっ」

映像の中、船首側の舷側が大爆発を起こした。

「誘爆したようです」

たまたま装填中《そうてんちゅう》だったのか、傍に砲弾があったのか。船首甲板が、内側から破裂する。上部構造物が、バラバラと海面に撒き散らされた。

「派手ねぇ……。沈んじゃわない？」

「そうなったらそうなったで、諦めましょう」

「言うわねぇ」

そんな会話の内にも、敵船は大砲を破壊され、指揮官を失い、大混乱に陥《おちい》っていた。片舷の大砲を潰し終え、百五十㎜滑腔砲は射撃を止める。

「さて……」

全てのマストを折られ、大砲を潰され、舵も破壊された大型帆船。

「示威のため、帆を畳んで動力航行を行います」

今度は、生き残った船員たちを追い出す必要がある。そのため、動力航行で近付きつつ、威《い》嚇射撃《かくしゃげき》などで追い立てることにした。

人形機械《コミュニケーター》たちがマストをスルスルと登り、ウィンチを操作しつつ帆を巻き取っていく。その速度は、当然ながら人間が可能な速さではない。敵船員たちがその様子に気付いたのか、こちらを指差して騒ぎ始めたのが確認できた。

「さすがに、よく動くわねぇ」

マストの上をピョンピョンと軽い足取りで動き回る人形機械《コミュニケーター》たち。ものの数分で、三隻全ての帆が畳まれた。即座にディーゼルエンジンが起動、格納されていた外輪が水面に降ろされ、海面を叩き始める。外輪は船の傾きや波の高さに合わせ、左右で自動調整される機能を持っている。そうでないと、外洋ではうまく加速力を維持できないのだ。

加速と転回を始めた船体が大きく揺れる中、人形機械《コミュニケーター》たちは器用にロープや縄梯子《なわばしご》を使い、マストから降りていった。既《すで》に数百mまで近付いているため、その動きは敵船からもはっきり確認できただろう。既に逃げ腰になっているのか、幾人《いくにん》かが固定されたボートの縄を解き始めた。さらにそれに気付いた船員が加わっていき、一気に船上が騒がしくなる。

「……あれ、どうやって下ろすのかしら？」

「通常であれば、ロープで吊るすのでしょうが。猶予《ゆうよ》は与えましょう」

漂流するだけとなった大型帆船に、外輪を回しながらゆっくりと近付く軽貿易帆船《LST》三隻。そして、それに追い立てられるように騒《さわ》ぐ船員たち。指揮をできそうな人員は軒並みリンゴの狙撃で肉片に変わってしまっていたため、全く統率が取れていない。

「お、飛び込んだ」

「かなり高いですが、大丈夫でしょうか」

ボートに乗るためか、ロープや縄梯子も使わず次々と海に飛び込んでいく男たち。四隻ほど降ろされたボートが、みるみるうちにいっぱいになる。

「全員乗れるのかな？」

「乗れると思われます」

適当な会話をしつつ、経過を見守る彼女とリンゴ。やがて、パライゾが接舷《せつげん》する頃には、海賊たちが詰まったボートはかなりの距離を逃げ去っていた。死ぬ気でオールを動かしているのだろう、リンゴの想定よりもかなり遠くへ逃げている。

「移乗開始します」

漂流する海賊船に、パライゾから次々とロープが発射され、固定されていく。そこから、武装した人形機械《コミュニケーター》が続々と乗り込んでいった。

「生き残りがいるようですので、排除します」

船内には、負傷して取り残された者や、気絶している者たち、あるいは隠れ潜んでいる者もいるようだった。人形機械《コミュニケーター》の装備するセンサー群が、様々な情報を送信してくる。

完全制圧のため、船首の破孔や上部搬入口から、ドローンを侵入させる。搭載された高感度センサーが、残った海賊たちの居場所を次々と暴いていった。

「――――!!」

何か分からない言語で叫びながら、湾刀《カトラス》を片手に襲い掛かってくる海賊。既に探知済みだった人形機械《コミュニケーター》は、冷静に手にしたショットガンの銃口を向ける。

引《ファ》き金《イア》を引いた。

銃口から飛び出した散弾が、男を吹き飛ばす。そんな光景が、何度か繰り返された。

「クリア。生存者はゼロです」

「めぼしいものが残っているといいけど」

ドローンのセンサーが、船内の探査情報を送信してきた。それらを統合し、リンゴは船内マップを作成する。

「大砲や砲弾は確保できそうですね。貿易船内に持ち込むと事故の可能性がありますので、解析は海賊船上で行うことになります」

「解析に使えるドローンとかはあるの？」

「はい《イエス》、司令《マム》。汎用ドローンを利用できます。何機かを犠牲《ぎせい》にすれば、ある程度は性質の想定はできるかと」

「うーん。接収した資源で補塡の見込みがたてば、やってもいいわよ。無理に解析しないといけないほどじゃないし」

船内の走査《スキャン》を続けるドローンから送信される情報から、回収可能な金属量はおおよそ推定できる。これだけあれば今回の戦費（鉄量）は賄《まかな》えるか、と計算しつつ、リンゴは積み荷の回収のため、三隻を接舷させた。船の大きさが違いすぎて、そのままだと荷の運び出しができない。工作用ドローンを使用し、海賊船の側面を切り出していく。

「水密構造がありませんので、荷出しは楽ですね」

「っていうか、木造だしそもそも水に浮くのよね。まあ、そのあたりはおざなりになるわよね」

# 〈 六十五日目　交易を開始する 〉

「そうとも限りませんが……。少なくともこの船は、水密の概念《がいねん》はかなり怪しいかと」

ざっくりと開口部を作り、そこから鹵獲品《ろかくひん》を運び出す。主に金属を優先し、大砲も鋳鉄《ちゅうてつ》と思われるため、続々と運び出していく。

「ドローンを載せててよかったわね！」

「はい《イエス》、司令《マム》」

ちなみに、人形機械《コミュニケーター》はこういった荷物の運び出しなどは苦手である。人間ベースで製造された生体機械であるため、筋力も人間の範疇《はんちゅう》を超えることはない。そのため、力仕事はなるべくやらせないほうがいいのだ。負荷をかけると筋繊維が断裂するうえ、数日間は使えなくなってしまう。いわゆる、筋肉痛である。

「この大砲の回収だけでも、かなりの資源になりますね。戦列艦は、鉄鉱山と言っても過言ではないかもしれません」

「ふふ、そうね？　とはいえ、積極的に襲うわけにもいかないけど……」

一門で何tも鉄が使われている。それが、ざっと四十門はあるのだ。もしかすると、今回の交易で得られる鉄インゴットよりも多くなるかもしれない。こうなると、最初に大砲を破壊したのはいささか勿体《もったい》なかったか。

「船体構造に使用されている鉄も回収できればいいのですが、さすがに難しそうですね」

「海の上だからねえ」

解体しながら回収するにも、設備がない。目ぼしいところを適度に剝《は》ぎ取《と》るしかできないだろう。もし蒸気機関などを装備していれば更に鉄量は増えただろうが、残念ながらこの海賊船は帆船だ。謎の機関のようなものは確認できたが、鉄量はそれほど多くないようだった。

「この謎の機関もできれば解析したいところですが」

「動かせるかどうかも分からないわね。回収できる大きさかしら？」

「いえ。さすがに、この大きさは載りません」

「じゃあ、できるだけ解体解析して廃棄ね」

汎用ドローンを送り込み、船体と謎の機関の解析を行う。回収可能な金属を粗方《あらかた》積み込み終わった頃には、すっかりと日が暮れていた。人形機械《コミュニケーター》はそろそろ店じまいである。十分な栄養補給と休息をとらなければ、翌日のパフォーマンスが低下する。睡眠不足は避けなければならない。

だが、ドローンは充電しつつフル稼働が可能だ。夜間に、可能な限り解析を行い、翌朝すぐにテレク港街《こうがい》へ向けて出発することにした。敵船は、最後に爆破処理とする。下手にどこかに漂流するのも、影響が大きいとの判断だ。

「あとはお願いね～」

「はい《イエス》、司令《マム》」

リンゴはドローンを使って敵船内を解析しつつ、人形機械《コミュニケーター》で彼女の寝支度を素早く整えた。

服を脱がせ、寝間着を着せる。髪を整え、ベッドに寝かせる。完全に、お姫様扱いだ。

ちなみに、彼女が起きているときはあまり手を出すと苦言を呈《てい》されるのだが、眠そうにしているときなどはほぼ為《な》すがままだ。リンゴは学習していた。今後も、隙を突いてお世話をしていく所存だ。

「おやすみなさいませ」

「……おやすみぃ」

◇◇◇◇

# 〈 六十五日目　交易を開始する 〉

「会長！　きやしたぜ、パライゾの連中でさあ！」

「……来たか」

その報告に、商会長、クーラヴィア・テレクは思わず、安堵のため息を吐《つ》いた。

前回の取引から後、王都の御用商人から矢の如《ごと》く催促が飛んできていたのだ。当然、向こうも交易品だということは知ってのこと。手紙の剣幕からすると、相当の地位を持つ相手だろうと想像は付くが。恐らく後ろは大貴族、はたまた公爵か。

「それにしても、早かったな。あの口ぶりだと、結構離れていたと思うんだが」

前回、どのくらいの期間で往復が可能か確認したが、片道で数ヶ月はかかるのではないかと言っていたのだ。そもそもこのテレク港街に辿り着いたのが、出航して半年らしい。今度はルートが分かっているからもっと早い、とも言っていたが……。

それがまさか、二ヶ月少々で往復してくるとは、嬉《うれ》しい誤算だ。

「会長、しかもですぜ！　どうやらあの嬢ちゃんたち、三隻は来てるとかでさぁ！」

「なんだと！」

船が増える。そうすると当然、積み荷も増える。取引できる量が増えれば、こちらのカードも増える。

クーラヴィア・テレクは、あの冷たい目をした少女たちを女神のように崇《あが》めたい衝動に駆られた。彼女らの来航以来、確実に風が吹いていた。先細りだったテレク港街にとって、幸運の風、そして命の風だ。

「鉄は用意してるんだろうな⁉」

「会長ぉ、昨日も確認したでしょう！　集められるだけ集めてまさぁ！」

なぜだか知らないが、彼女らは異様に鉄に興味を示していた。鉄インゴットを要求されたが、あの雰囲気《ふんいき》からすると鉄なら何でもいいといったところだろう。幸いにして、ここから少し内陸に鉄鉱山の町があるため、鉄は融通《ゆうずう》が利く。少々品質は悪いが、王都に送る分を振り分けてもらい、こちらに回していた。持ち帰れないくらい大量に倉庫に積み上げたつもりだったが、三隻で来たとなると足りるかどうか。しかし、向こうの想定よりはずっとたくさん集めているはずだ。

「よし、迎えに行くぞ。それから、他の商会にも触れを出して鉄を出させろ！　どうせ溜《た》め込《こ》んでるだろうからな。レートは千：一だ、柱の釘《くぎ》だって抜いて持ってくるだろうよ！」


「……海賊旗？」

「そう。来る途中に、仕留めた。特徴があると思われたから、海賊旗は回収した」

獣の耳を生やした、同じ顔をした少女たち。さすがに今回は人数も増えたようで、十人ほどが上陸してきた。自己紹介を済ませた後、少し雑談でも、と思ったら飛び出したのが、今の台詞《せりふ》だ。

「知っているか、聞きたい。旗は持ってきている」

船長、この場合は船団長になるのだろうが、彼女、ツヴァイの言葉に別の少女が動き、手に持っていた黒い布をテーブルに置いた。

海賊旗。

海賊たちが、己の所属をアピールするために掲《かか》げる旗だ。当然、それには安くない懸賞金《けんしょうきん》が掛けられる。有名な海賊のものなら周辺にその図案が周知され、複数の領主から高額な懸賞金が出されることもある。しかし、昨今の情勢であれば懸賞金を払う筈《はず》の領主に連絡が取れない、なんてよくあることだから、当てにはならないのだが。

「こいつぁ……」

海賊旗を広げ、その髑髏《どくろ》マークを確認する。

「……赤帽子《レッドキャップ》」

「極悪非道で有名な、大海賊じゃねぇですかい！　嬢ちゃんたち、こいつらを討伐したっていうんですかい！」

「名前は知らない。襲われたから、反撃しただけ」

黒地に白抜き髑髏、そこに被るのは赤い帽子。百門近くの大砲を積んだ、最大最強の戦列艦を操る大海賊、赤帽子《レッドキャップ》。その海賊旗が、ぞんざいにテーブルに広げられている。正直な所、全く信じられないのだが……。

「赤帽子《レッドキャップ》といえば、あの巨大な戦列艦だろう。勝てたのか……？」

「大砲に当たらなければ。どうということはない」

その回答に、商会長は身震いした。前回、試射もなしに一発であのクソ野郎の邸宅《ていたく》を吹き飛ばした砲撃を思い出したのだ。皆、吹き飛ばされた邸宅ばかり見ていたようで、気にした者はほとんどいなかったが。

あのパライゾの回転砲塔。正面を向いた状態から、十秒も掛からず砲塔が回転、砲身の仰角を上げ、精密観測もせずに砲弾を発射したのだ。しかも、水平射撃では被害が大きくなるからか、放物軌道で砲弾は飛翔《ひしょう》し、正確に屋敷の中心に落下した。間違いなく、狙い通りの場所に砲弾を落としている。

背筋が凍《こお》るような心地だった。狙いをつけて、射撃するまでの所要時間。回転砲塔ゆえ、死角は殆《ほとん》どない。あれでは、戦列艦程度では戦いにもならないだろう。砲弾の威力も十分あった。二、三発撃ち込まれれば、どんな大型艦でも沈むだろう。

「懸賞金は掛かってるだろうが、支払いはここじゃ無理だ。本来なら、王都に連絡して、懸賞金が支払われることになるんだが……」

「このあたりの情勢は、ある程度理解している。これは使っていい。利用してほしい」

「おいおい、そいつはまた……」

とんでもなく豪気《ごうき》なことを言い出した。当然、名のある海賊を討ち取ったというのは名誉あることだ。この事実をうまく使えば、東側のあらゆる港で交渉を有利に進められるだろう。それを、いとも簡単に手放すなどと言ってきた。

「我々は、交易のみを望む。地位も、名誉も不要」

それは。

商会長、クーラヴィア・テレクは理解した。地位も不要、名誉も不要。普通はどちらも望むものだが、彼女らは必要と考えていない。それは間違いなく、既に強大な力を持っているからだ。今のこの世は、力が全て。武力さえあれば、何でも手に入るような情勢だ。金も権力も、全ては武力を生み出すための手段に過ぎない。

彼女らが、その力を相手に向ければ。

このテレク港街も、一夜にして廃墟《はいきょ》になるだろう。

前回は一隻、砲も二門でしかなかった。しかし、今回は三倍。あの威力の大砲で撃たれれば、こちらの戦力など容易く壊滅するだろう。それを正しく理解しているからこそ、彼女らはその手の海賊旗を手放すのだ。

こちらに寄越し、うまく使えと。

交易品をかき集め、彼女らの役に立てと。

「……承知した。これは、ありがたくいただこう。……おい」

「へい！」

部下に海賊旗を仕舞わせ、商会長は軽く息を吐いた。雑談のつもりだったが、思いもよらぬ重い話になってしまった。

「さて、それでは改めて。さぞお疲れでしょうからな。交渉は明日に回して、今日はゆっくり休んでいただきたいのだが、いかがかな」

「そうさせてもらう。できれば、船員の半分は上陸させたい。部屋はあるか。対価は払う」

「ほう。今回は上陸していただけるのか」

商会長の問いに、彼女、船団長のツヴァイは頷《うなず》いた。

「しばらくは半舷上陸とすることを考えている。この港は栄えているし、治安もいい。前回寄港時と違い、船員に余裕があるし、通貨もある。問題ない」

「分かった。上陸は問題ないが、案内役を付けさせていただいても構わないかな？　失礼ながら、そちらはこちらの習慣にも疎《うと》いだろうし、我々も、あなた方のやり方を知らない。無用なトラブルを避けるためにも、承知していただきたいのだが」

「構わない。船員は全員、ある程度こちらの言葉を理解できるようにしている。案内役が付くのは歓迎する」

ツヴァイが躊躇《ちゅうちょ》なく頷いてくれたことに、商会長は内心、安堵のため息を吐いた。いくら治安が良いとはいえ、馬鹿はどこにでもいる。この容姿の彼女らがうっかり路地裏にでも入り込んでしまえば、何が起きるかは容易に想像がついた。いや、中央市でも危ないかもしれない。

「いや、助かりますな。それと、宿はこちらで準備しましょう。なに、遠慮はなさるな。我々にとって、あなた方は大事なお客様ですからな」

ちなみに、この時点でこのパライゾ船団に所属する船員たちの容姿については、商会長は確認していなかった。まさか全員が全員、獣の耳を持った見目麗《みめうるわ》しい少女の姿をしているとは、想像もしていなかったのだ。もしそれを知っていたならば、あるいはもう少し、慎重《しんちょう》に事を進めたかもしれなかった。

だが、実際にはそれほど気にせず、貴族を迎えるような形式をとった。すなわち、大々的に告知し、人を集めた上で上陸を進めてしまった。

よって、その彼女らの容姿は、多くの民が知ることとなったのだ。

むさ苦しい男は一人もおらず、獣の耳と尻尾《しっぽ》を持った可憐《かれん》な少女たちが、ぞろぞろと行進する。

それは、ある種の閉塞感が充満していたテレク港街に、大きな衝撃をもたらした。連日のように彼女らの姿を拝もうと住民たちは詰めかけ、そしてその熱狂から守るため、警備員も増強され。大勢の人々を後ろに連れながら、彼女らが街を散策するのが、しばらくの光景となったのだった。

# ▽百八十二日目　姉妹たち、誕生する

「んふふ。大量ねぇ」

司令官は、資源在庫をグラフで表示しながら、にんまりと笑った。鉄材の在庫量が、ここ数日で一気に増えたのである。ついこの間までは、眉間《みけん》にしわを寄せながら同じ画面を見ていたのだ。歓迎すべき変化だった。

「これからも、資源獲得に力を入れていきます」

「そう？　お願いね、リンゴ」

彼女は上機嫌に、なんなら鼻歌まで歌いながら、スキルツリーをつついてスクロールさせている。これまで資源不足でほとんどグレーアウトしていた技術開発コマンドが、たくさん開放されていた。特に嬉《うれ》しいのは、艦船開発と艦船建造コマンドを押せることだ。いや、実際にはそのあたりの采配はリンゴに任せているため、彼女は押さないのだが。

「ふんふんふーん、ふーん。……んー、駆逐艦《くちくかん》、巡洋艦《じゅんようかん》、戦艦……。このあたりの分類ってどうなってるの？　役割？　大きさ？」

「はい、司令《イエス　マム》。基本的には、大きさで分類しています。ただ、技術更新によって全長が基準長を超えても、そのまま分類を引き継ぐこともあります。慣習、としか言えませんね」

「そう。……分類する意味はあるのかしら？　この周辺だと、それこそザ・ツリーでしか使わない呼称よね」

戦闘艦艇の分類項目《こうもく》を眺めながら、彼女はそう言った。こだわっても仕方ないが、無意味に分類する意味もないだろうと思ったのだ。正直な所、彼女は海上艦艇に関してはあまり興味はなかった。いや、現在は海上艦艇が生命線になっているため、興味が出始めた、というのが正しいか。どちらかというと、元々は宇宙船が好きだったのだが。

「はい、司令《イエス　マム》。今のところは。ただ、戦力の全体像を大まかに把握《はあく》するために、ある程度分類をしておくのは有用です。駆逐艦十隻と巡洋艦十隻では、後者のほうが脅威度《きょういど》は圧倒的、と直感的に理解できます。また、今後、周辺勢力の技術レベルが向上することでこういった分類は自然と行われるようになると予想されます」

「んー。……それは、私が理解する上での分類、ってこと？」

「はい、司令《イエス　マム》。将来的には、対外的な発表用という側面もありますが、しばらくはそういった交渉《こうしょう》はないでしょう」

「そう……。まあ、そうねえ。どうせなら複数艦種揃《そろ》えたいし、おおまかな分類は必要かな。あんまり史実の艦艇にこだわるつもりもないし……というか、そもそも知らないし」

　おそらくリンゴがライブラリから引っ張ってきたと思《おぼ》しき、スキルツリー上の艦艇群。実際に開発建造するとなると、ザ・ツリーの設備レベルに合わせて再設計するのだろうから、史実にこだわるつもりは毛頭なかった。

　既《すで》に、軽貿易帆船《LST》という謎艦を運用しているのだ。今更である。

「うーん、でも、全長で分類するのも、困るわよね。しばらく大型艦なんて作らないし、そうすると全部が全部、駆逐艦かしら？」

「はい《イエス》、司令《マム》。そうなります」

「歴史的に見ると、相対的な大きさによる分類かしら。主力級を戦艦として据《す》えて、それより一段劣るものを巡洋艦。さらに小型のものを駆逐艦かしら？　……駆逐艦って、水雷艇対策の船なのね。水雷艇……」

「司令《マム》、補足を。駆逐艦は、最低でも外洋航行能力、航続距離は五千km程度はあることを前提としましょう。水雷艇は近海用の船ですので」

「ああ……そうね」

　ふむ、と彼女は頷《うなず》いた。

「遠征能力のある船を、大きさと、役割である程度分類する感じね。まあ、いいんじゃないかしら」

「新規開発した艦艇は、都度相談しながら分類しましょう」

というわけで、彼女はとあるツリーをつつき、手を振り上げた。

「駆逐艦！　大型輸送船もそろそろできそうだし、次は戦闘艦ね‼」

駆逐艦ツリー。その初期艦艇は、主砲三門、対空砲六門を搭載《とうさい》した小型のものだ。主機関はディーゼル発電機で、全モーター駆動方式。対艦ミサイルを一門、オプションで搭載可能。ミサイルを搭載する場合は、主砲一門と取り替える形になる。

「うーん……。魚雷は？」

「はい、司令《イエスマム》。資源の問題で、開発は後回しとしています。今の所、潜水艦は確認されていませんので」

想定敵戦力を分析した結果、魚雷は過剰《かじょう》と判断したのだ。砲弾数発で沈む上、初期的なレーダーすら積んでいない脆弱《ぜいじゃく》な艦艇ばかりである。今の所、補充の目処《めど》が立っていない貴重な電子部品をふんだんに使用する魚雷やミサイルは、全て後回しにしている。ミサイルは航空機用のものが備蓄《びちく》してあったため、ある程度転用できているのだが。

「とはいえ、海水からのレアメタル回収も目処が立ちました。そろそろ、電子部品の増産も可能になってきます」

「そうね。施設の建造に使える鉄材が確保できたからねぇ……。はやく、鉄鉱山がほしいところだけど」

今回の交易によって手に入れた鉄材で、不足していた大型設備の建造目処が立ったのだ。レアメタル回収設備も大型化、増設することで、実用レベルでの運用が可能になる見通しだ。今の設備だと、二十四時間で数g程度しか回収できていなかった。

　次の目標は、当面、艦艇の増産だとリンゴは試算している。

「北大陸の海岸線を千km程度走査《スキャン》しましたが、今の所、有望な資源は見つかっていません。森林から木材を入手するということも考えましたが、セルロース生産という観点から見ると輸送にコストがかかるため、藻場《もば》の増築の方が効率が良いという試算になりました」

「なるほどねえ……。そうね、輸送はコストがかかるものね」

「現在は、内陸側に走査範囲を広げています」

　テレク港街《こうがい》で確認した情報によれば、内陸側に鉄鉱山があるらしい。今回、そこからかなりの量の鉄を輸送してきたとのことだ。鉄は武具の材料になるためこれ以上回せないと言われてはいるものの、鉄鉱石を増産することは可能のようだ。精錬量に制限があるらしい。どうも、燃料としている燃石《レッドストーン》の供給量が足りていないとか。

　というわけで、鉄鉱石の仕入れも予定している。次の航海では、大型輸送船を就航させることができる見込みのため、容積にはかなり余裕がでる。交易品としては、海藻《かいそう》セルロースから作り出した糸、布。海水から抽出した塩。塩は、精製《せいせい》したものと、海藻を工程途中に追加した藻塩の二種類。精製塩はどうも不純物がない分刺激が強すぎたのか、藻塩のほうが好まれたためわざわざ品目に追加した。

それから、殺菌加工してセルロース容器に詰めた飲料水。保存技術が未発達のため、これも売れるのではないかということで、交易品として積み込んでいく予定だ。技術的には再利用可能な保存容器も製造できたが、利用時は破壊が必要なパッケージングとしている。これは、文明的なインパクトをなるべく与えない配慮だ。非破壊時に最大強度を発揮できる構造とし、破壊後は脆《もろ》くなるようにして再利用性を落としている。セルロースは加熱等による塑性変形《そせいへんけい》はできず、燃料にするくらいしか使い道はない。ちなみに、往路時に空きスペースが多いと安定性が悪くなるという問題に対し、彼女の「水でも詰めれば？」という回答から生まれた貿易品だった。

その他、工芸品として金箔《きんぱく》や金糸、銀細工なども用意している。

これだけの品があれば、次回の交易も問題ないだろう。

「次はいつ出るんだっけ？」

「はい。あまり頻繁に往復しても不審がられますので、一ヶ月ほど後に。最終的には、複数の船団を運用して継続的に交易を続けるよう計画しています」

「なるほど。少しずつ、船の性能も上げていきたいところね」

「はい《イエス》、司令《マム》。そのあたりは、様子を見ながらですね」

効率は悪いものの、鉄材の入手が継続的にできるようになった、というのは非常に心強い。

とりあえず凍結していた飛行艇《シープレーン》の製造も可能になるだろう。現行の軽貿易帆船《LST》を解体し、使用しているジュラルミンを回収すれば、数艇は製造できるはずだ。飛行艇《シープレーン》を搭載可能な艦艇も合わせて準備すれば、行動半径がぐっと広がる。即応性も向上するだろう。

「さーて、どうしようかなー」

彼女はわくわくしながら、スキルツリーと製造予定、消費資源の確認を始めた。

なんだかんだ言って、たぶん、この時間が一番楽しいのだ。

「司令《マム》。第一世代の頭脳装置《ブレイン・ユニット》を搭載した人形機械《コミュニケーター》、五体が誕生《ロールアウト》しました。現在調整槽で最終調整を実施しています」

「あら……。もうそんなに経《た》ったのね。初期登録《インプリンティング》が必要なんだっけ？」

「はい《イエス》、司令《マム》。是非お願いします。神経網《ニューラル・ネットワーク》内の化学物質分泌量を外部から制御するのは困難ですので、環境刺激による調整を積極的に行っていただけるでしょうか」

海上戦艦搭載用の荷電粒子砲を設計していた彼女に、リンゴが声を掛けた。かねてから調整を続けていた頭脳装置《ブレイン・ユニット》がようやく落ち着いたため、人形機械《コミュニケーター》との重結合《ディープ・マージ》を実行したのだ。今後は要塞【ザ・ツリー】内で作業などをさせつつ、自我の育成を行っていくことになる。起動時に上位者が立ち会うことで、頭脳装置《ブレイン・ユニット》のストレスゲージが安定する効果がある、らしい。このあたりはライブラリの情報のみのため、実際にやってみないと効果の程はわからない。

「うーん、これ以上は思いつかないし、保留ね。また明日、考えてみましょ」

結局、荷電粒子砲の発射に必要なエネルギー確保の問題を解決できなかったため、彼女は設計図を放り投げた。全長三百m程度の船体では、エネルギー供給炉の出力が不足しているのだ。そもそも、大気中では粒子速度が減衰《げんすい》するため、有効射程の確保も難しそうなのだが。

「起動は今から？」

「はい《イエス》、司令《マム》。現在は眠らせている状態です。到着次第、起動可能です」

「そう。じゃあ、向かいましょうか」

これから起動させる人型機械《アンドロイド》はすべて、上位者として彼女を登録する。頭脳装置《ブレイン・ユニット》は当然、彼女を親とする初期学習は済ませているものの、なにぶん初めての試みである。正直なところ、何が起こるか分からないのだ。そのため、頭脳装置《ブレイン・ユニット》に基本機能として備わっている初期登録《インプリンティング》を行うことで、安定性を向上させようとしている。

「しかし、そうするとリンゴ以外の知性体とは初めて対話することになるのねぇ……」

「はい《イエス》、司令《マム》。イレギュラーを避けるため、会話は一体ずつ行っていただきます」

「何を話せばいいのかしら……」

実際のところ、初期登録《インプリンティング》で何をすればいいのか、特に決まっていない。暴力的ではなく、愛情を持って接するのが成功のための唯一の方法だ、と指南資料には記載があったが。

結局彼女は、何も思いつくこともできずに調整室に到着してしまったのだった。

どうでもいいが、運動不足解消のため、彼女は徒歩で向かった。

「司令《マム》。余計な情報は与えたくありませんので、私は室外で待機しています」

「ええ……。分かったわ」

リンゴが退室すると同時、正面の扉がスライドする。その奥から、ベッドに寝かされた状態の人型機械《アンドロイド》が運搬されてきた。

調整室は、人形機械《コミュニケーター》増産用に新設した設備だ。培養槽《ばいようそう》、調整槽からなり、培養槽で肉体の製造、調整槽で神経系《ソフトウェア》の構築を行う。人形機械《コミュニケーター》と人型機械《アンドロイド》の違いは重結合《ディープ・マージ》の実行有無だけであるので、同じ設備で製造可能だ。

『司令《マム》。問題なければ、一号を起動させます』

「ええ、いいわよ」

何をしゃべるかなど全く考えていないのだが、ここで悩んでもしょうがない。彼女はさっさとオーケーを出し、人型機械《アンドロイド》の第一号が眠るベッドへ近付いた。

『一号、覚醒《イグニッション》』

リンゴの音声とともに、ベッドの少女の両目が、ぱちりと開いた。

「……私のことはわかる？」

とりあえず、そう尋ねる。

少女はゆっくりとまばたきをし、その後ゆっくりと首を回し、彼女を見た。

彼女の遺伝子を元に製造された少女の肉体は、当然ながら彼女と瓜二《うりふた》つだ。鏡写しのような少女二人が、静かに向き合う。

「イエス、マム。個体登録名、キツネスキー」

「おっとそれは忘れて」

ヤバい、と彼女は焦る。

そうだった。

彼女のワールド・オブ・スペースでのゲーム・ネームは、かなり適当に付けたものだったのだ。リンゴは『司令《マム》』としか呼ばないし、他に彼女を名前で呼ぶ者もいなかったため、すっかり忘れていたのだが。ここで下手なことをすると、彼女の名前はそれで固定されてしまうだろう。それは嫌だ。

「私の名前は、また後で。いい？」

「イエス、マム」

ふう、と彼女は額の汗を拭《ぬぐ》う。とりあえず誤魔化《ごまか》せたか。目の前の少女は無表情すぎて判断できないが、ひとまず彼女は無視して続けることにする。

「まずは、誕生おめでとう。これからあなたは、ここザ・ツリー内で生活してもらうことになるわ。当面はリンゴの指揮下に入って、教育段階《プライマリ・フェーズ》へ進んでもらうことになるから」

「イエス、マム。ありがとうございます」

素直な返答に、ふむ、と彼女は頷いた。

「それから。あなたの名前は、アカネ。フルネームは、アカネ・ザ・ツリー。今後は名前で呼びかけるわ」

「はい。名前、私の名前は、アカネ、です」

頭脳装置《ブレイン・ユニット》に対して名付けを行うことで、その個体《ユニット》は個として自我の確立を始める。演算効率が上がり、個に関する判断能力も向上するが、他の個体《ユニット》との結合や協調の動作に抵抗《ていこう》が発生するようになる。抵抗は時間を掛ければ無くすことができるが、名付けをしていない標準《プレーン》なそれと比べると、かなり非効率的だ。

とはいえ、人型機械《アンドロイド》に搭載する頭脳装置《ブレイン・ユニット》は、結合や協調の優先順位は低くて構わない。むしろ、個として独立させることを目的としているため、彼女は必死になって名前を考えたのだ。

名付けも終わり、アカネを立たせて一通りのチェックを済ませると、部屋から出して廊下で待機させる。あと四体も待っているのだ。

「あなたの名前は、イチゴ。フルネームは、イチゴ・ザ・ツリー」

「あなたの名前は、ウツギ。ウツギ・ザ・ツリー」

「あなたの名前は、エリカ」

「あなたの名前は、オリーブ」

五体の人型機械《アンドロイド》の名前は、花の名前から考えた。今後増えていく彼女たちにある程度統一さ

せて付けていく必要があり、かつ少女らしい名付けをしたいということで、まあつまり、ネタが多いほうが助かるのだ。

アカネ、イチゴ、ウツギ、エリカ、オリーブ。

この五体……いや、五人が要塞【ザ・ツリー】における頭脳装置《ブレイン・ユニット》の基盤《バックボーン》となるのだ。今後培養される頭脳装置《ブレイン・ユニット》は、この五人のうちの誰かをベースとして初期設定されることになるだろう。

「さて……」

無事に初期登録《インプリンティング》が終わった（と思われる）ため、次は彼女たちにある程度案内をしなければならない。基本的にはリンゴの運用する閉鎖網に接続しているため、わざわざ彼女が手ずから案内する必要はないのだが。文献には、独立型の頭脳装置《ブレイン・ユニット》は手間を掛ければ掛けるほど、成長性が良くなると記載されていた。そのため、できるだけのことはやろうと決めたのだ。

暇をしている司令官に仕事を与えよう、という統括ＡＩの心遣いもあったと思われる。

「ここはメディカルフロア。医療関係の設備は全てここに集約しているから、今後も利用機会は多いと思うわ」

「この下は工作フロア。いろんなものを作ってるけど、広いから案内はまた今度かな？」

「何か聞きたいことがあったら聞いてくれていいからね」

「ここが居住区画ね。今は一部屋しか使ってないけど、みんなが増えてくれれば、フロア全体を居住区画にする必要があるかもね」


「今日は、食事をしてから就寝までは自由時間と思ってたんだけど……」

おおよその案内を終え、彼女は振り返った。ぞろぞろと、カルガモの雛《ひな》のようについてきていたアカネ、イチゴ、ウツギ、エリカ、オリーブの五人は、無言で司令官の次の言葉を待つ。

「思ったより静かね、あなたたち？」

「はい《イエス》、司令《マム》。まだ疑問を疑問として捉《とら》えられるレベルの知識を与えていませんので」

彼女の疑問を、リンゴが答えた。

「意識レベルをモニターしていますが、話し掛けたり何かを見せたりすることで、各分野の神経網《ニューラル・ネットワーク》が活性化しています。時間が経てば、有意な反応を起こせるようになるかと」

「あら、そうなの？　じゃあ続けようかしら」

ここが私の寝室よ、と部屋を見せたあと。

「うーん……そもそも寝るって概念《がいねん》はあるのかな？」

「はい《イエス》、司令《マム》。人間ほどではないにせよ、頭脳装置《ブレイン・ユニット》は休息と最適化《デフラグ》の時間が必要です」

「ふーん……。んー、まあ、しばらくは一緒にいるか……」

今後の方針をなんとなく決めたところで、彼女は改めて新生した妹たちに向き直った。

遺伝子は同じだが、子供と言うには難しい関係だ。であれば、姉妹として扱うのが妥当《だとう》だろう。

「さて、ほんとに疑問なんかはない？　何でもいいのよ」

彼女の言葉に。

「マム」

アカネが口を開いた。

「あら！　何かしら？」

反応が帰ってきたことに喜び、彼女は顔をほころばせ。

「マム、マムの名前を聞いていません」

そして、盛大に顔を引きつらせた。

誤魔化せていなかった。

先日、勢い余って荷電粒子砲搭載型戦闘艦を設計していた彼女だったが、当面は駆逐艦サイズの船を運用する必要がある。

「司令《マム》。それでは、レベルⅠ駆逐艦の生産を開始します。初期生産数は二隻。鉄資源保有量が規定に達し次第、追加で四隻。大型輸送船を合計三隻とし、輸送船一隻、駆逐艦二隻の船団による三グループ交易を行います」

「オッケー。船員は人形機械《コミュニケーター》を使うとして……そのうち、みんなも連れて行ったほうがいいのかしらね？」

「はい《イエス》、司令《マム》。外征は得るものが多いかと。ただ、当面は安全確保が難しいため、人形機械《コミュニケーター》のみの運用を想定しています」

「まあ、そうよねぇ。せめて、防衛機械《ガードボット》を量産できないとねぇ」

防衛機械《ガードボット》とは、要人護衛に主眼を置いた一連の自動戦闘機械群である。ワールド・オブ・スペースでは、どうも探せば重要人物《VIP》護衛の個別クエストなどもあったようなのだが、基本一人《ボッチ》でプレイしていた彼女は特にそういったクエストには手を出していなかった。そのため、ザ・ツリー内の在庫にも、残念ながら自動戦闘機械群は全くないのである。

「量産は可能ですが、それよりもまずは貿易を安定させることが最優先です」

「そもそも、オーバーテクノロジー過ぎて表に出せないし。ただでさえ、想定より目立ってるのに、これ以上話題を投入するわけには行かないわ」

テレク港街《こうがい》に浸透させているボット群からの情報で、貿易船団【パライゾ】が話題のトレンドをかっさらっていることが確認できていた。流麗な船体、強力な砲、そして見目麗《みめうるわ》しい船員たち。運ばれる貿易品はどれもこれも一級品で、しかも対価はただの鉄である。情報は全く出していないため、パライゾがどんな国から来たのかという話題が最も盛んに議論されているようだった。中には遥《はる》か南の孤島でひっそり暮らす一族で、資源を求めて外洋を彷徨《さまよ》っているなどという真実に直撃しまくった噂《うわさ》もあったのだが、交易船の技術力の高さから大国の出だ、と強い論調で吹き消されている。

「鉄の船を護衛に付けた、巨大輸送船というのもかなりの話題性はありますが」

「勝手に動き回って空まで飛ぶ鉄の人形よりは、いくらかマイルドじゃない？」

「はい《イエス》、司令《マム》。そう思います」

そんな感じで、次の航海予定が決まったのだった。

ちなみに、駆逐艦の製造にはおよそ二週間程度。習熟期間をあわせ、二隻製造で一ヶ月との試算だ。完成次第、すぐに交易へ向かう予定である。

レベルI駆逐艦は、単純にアルファと名付けた。一番《アルファ》級駆逐艦一番艦、アルファ。二番艦、ブラボー。将来的には解体して資源化される可能性が高いため、凝った名前を付けるつもりは全くない。三番艦以降は、それぞれチャーリー、デルタ、エコー、フォックストロットになる予定である。

主機としてディーゼル発電機を二基搭載し、インモータースクリュー一基を動力とする。主砲は百五十㎜滑腔砲《かっこうほう》を三門。対空砲として多銃身二十㎜機関砲を六門。その他、近接防御用の機関銃および散弾銃を舷側に八門ずつ備える。観測用のマストを備え、原始的なレーダーも取り付けられている。基本的に自動制御だが、偽装用に人形機械《コミュニケーター》が操作することも可能だ。移乗攻撃などはこの機関銃、散弾銃で対応することになる。

「あっちの事情を知ってると、過剰戦力もいいところね」

弾数や砲身冷却といった制限はあるものの、主砲一門あれば大抵の港町は占拠できるだろう、というのが戦力評価の結果だった。戦列艦は射程外から一撃で撃沈可能。弾種を変えればそれなりの厚さの城壁でも容易に撃ち抜ける。どんな船に近付かれようと、即座にスクリューを回して離脱可能。そもそも、乗船されたところで人形機械《コミュニケーター》の戦闘能力のほうが遥かに高いのだ。

「とはいえ、あっちの……半島国家。いい加減名前を知りたいんだけど……あそこの戦力は思った以上に脅威なのよねぇ……」

そう彼女が指摘したのは、以前北諸島を軍事侵略《ぐんじしんりゃく》していた国である。

「次回、テレク港街で探らせましょう。距離は離れているとはいえ、港町ですので、何らかの情報は持っているでしょう」

「そうねぇ。ほんとは、あっちと交易できればいいんだけど」

いつまで生き残れるかわからない小さな町より、ある程度安定した国家を相手にしたいというのは、当然の願望だろう。テレク港街は、周辺の地域では一番安定した町ではあるが、そもそも周りが殺伐《さつばつ》としすぎている。あの半島国家と比べると、雲泥《うんでい》の差《さ》なのだ。

「絶賛、軍艦を増産中ね。いまのところ、うちの軽貿易帆船《LST》でも対抗できそうな性能だけど。数で攻められると、さばききれないかしらね？」

「はい《イエス》、司令《マム》。軽貿易帆船《LST》三隻で行っても、十隻以上で対抗された場合、対応しきれません。構造的にも脆《もろ》いため、一発でも砲弾が当たれば、航行不能になります」

「所詮はプラスチック製よねぇ……」

正確にはセルロースだが、指摘したところで誰も得をしないため、リンゴは黙殺した。

「せめて、区分の巡洋艦クラスの船ができなければ、近付けません。あちらの国家が、テレク港街側に貿易船を派遣してくれれば、まだ望みはありましたが」

「逆側ばっかりだもんね」

かの国家の貿易相手は、周辺国家、あるいは現在ザ・ツリーが交易を行っているテレク港街の反対側にしかないようだった。しかし、それも当然といえば当然。テレク港街周辺の港町は尽《ことごと》く衰退しているか、廃墟《はいきょ》になっているかのどちらかだ。食糧を欲していると想定されるあの国が交易を望むのは、もちろん豊かな穀倉地帯を有し、かつ戦乱の少ない国だろう。年がら年中内乱で荒れているような地域には、近付きたくないに違いない。

「建造予定の駆逐艦六隻と、ハリボテの主力艦一隻が揃えば、対話の可能性はありますが……」

「まあ、しばらくかかるわね。しかも運用中は貿易が滞《とどこお》るし。……うーん、とはいえ、あの港町もいつまで取引ができるかしらねぇ……」

テレク港街、その周辺地域、さらにそこが所属する国家。テレク港街のボット群が集める噂、そして光発電式偵察機《スイフト》からの映像解析。そこから分かったのは、いつ爆発しても不思議ではない火薬庫に、ついに火の手が迫ってきたという情勢であった。

「既に地方領主軍と思しき勢力の対峙《たいじ》が始まっています。意図は不明ですが、開戦までは秒読み段階です。テレク港街からは距離がありますので、直接的な影響はないと想定されます」

「とはいえ、間接的な影響は計り知れないわね。鉄鉱石の輸入も問題じゃない？」

「はい、司令《イエスマム》。鉱山のある町は、戦乱に巻き込まれる可能性が高いですね。食糧はありませんし、鉄はかさばりますので略奪対象にはなりにくいでしょうが、しかし住人たちは逃げ出すことになるでしょう」

「そうすると、鉄の生産が止まる……」

今の所、唯一の鉄供給源なのだ。しかし、内陸すぎて今のザ・ツリーの戦力で介入は難しい。せめて、航空戦力を派遣できればピンポイント爆撃による司令部壊滅なども狙えただろうが。

「う、うーん……。せっかく駆逐艦建造の目処を立てたところなのに、これじゃあねぇ……」

最初の予定の六隻。この建造は、おそらく問題ない。しかし、その後は徐々に鉄の供給が減っていくと予想される。

ザ・ツリーが介入すれば、鉱山の防衛は無理をすれば可能だろう。だが、防衛後の採掘はさすがに主導できない。しかも、採掘中はずっと防衛を続ける必要がある。

変な噂にもなるだろうし、最悪侵略行為と取られ、全面戦争になる可能性もあった。

「相変わらず鉄鉱山は見つからないし、難しいわねぇ……」

「はい、司令《イエス マム》。ままなりません」

なんとか、別の国との貿易を始める必要がある。そのためには、テレク港街から可能な限り鉄資源を搾取《さくしゅ》しなければならない。

「情報を渡して、自衛させるしかないかしらね？」

「自衛、ですか？」

「不思議そうね。自衛よ。私たちは手は出さず、情報を与えて延命させる……ってところかしら。根本《こんぽん》解決にはならないし、最終的にはダメになるだろうけど、まあ、生き延びさせて可能な限り鉄資源を供出させる。限界まで搾り取るのよ？」

なかなかエグいことを提案する彼女ではあったが。実際問題、そのくらいしか打つ手はない。

なるほど、とリンゴは内心で唸《うな》った。利益を最大化するか、早い段階で損切りするか、そういった視点で考察していたのだが。最小限の投資で搾り尽くす、その選択肢は考慮《こうりょ》していなかった。

そう。ザ・ツリーとしては、テレク港街側の事情を斟酌《しんしゃく》する必要はないのだ。

「はい《イエス》、司令《マム》。再検討します」

◇◇◇◇

◆長姉：アカネ・ザ・ツリー

「あなたの名前は、アカネ。フルネームは、アカネ・ザ・ツリー」

その呼びかけが、私の最初の記憶。

アカネ。それが私の名前。私たち、ザ・ツリー家族《ファミリー》の中では長姉にあたる。長姉の本来の意味からすると、司令官《お姉さま》が長姉に当たるはずだが、本人は、

「ちょっと違うのよねえ……。確かにあなたたちは私の妹だと思ってるけどね」

とのことだった。いまいち理解できないので、今度調べてみようと思う。きっと、リンゴに頼めばいい本《ライブラリ》を紹介してくれるはずだ。

司令官《お姉さま》は、私に色々な本を紹介してくれる。司令官《お姉さま》が紹介してくれる本を読むのは、とても楽しい。分からないことがあると、リンゴが別の本を紹介してくれる。それも、読むのが楽しい。私が知りたいことは、全部本に書いてある。本さえあればいいと思ったのだけど、リンゴはそれだけだとダメだと言う。

まだ良く分からないので、今度リンゴに頼んで、本だけだとダメな理由が書いてある本を探してもらおう。

◆二女：イチゴ・ザ・ツリー

「イチゴ。楽しい？」

司令官《お姉様》がそう聞いてきたので、頷いた。司令官《お姉様》とリンゴが、何かを話しながら戦術マップを指差している。何をやっているのかはまだ良く分からないけれど、その様子を見ているのが好きだった。だから、できるだけ司令官《お姉様》の後ろをついて行こうと思う。

「イチゴは真面目《まじめ》ねぇ」

真面目。真面目、なのだろうか。よく分からない。でも、姉妹たちは皆好きなことをしているようだし、私も好きなことをしているのだ。私だけ真面目ということはないだろう。きっと、みな真面目なんだろう。

でも、司令官《お姉様》からそう言われるのは、なんだかとても嬉しかった。

司令官《お姉様》が寝ている間に、またリンゴに今日の話を説明してもらおう。明日はきっと、今日よりもっと、司令官《お姉様》の話が分かるようになる。いつか、司令官《お姉様》とリンゴと、私も一緒に話し合いたい。もっと、司令官《お姉様》に「真面目ね」と言ってもらいたい。

◆三女：ウツギ・ザ・ツリー

「エリカ、今度はこっち」

今日は、要塞【ザ・ツリー】の第十五フロアの探検だ。

「ウツギ、一緒に行く」

エリカもついてくるので、はぐれないように手を繋《つな》ごう。目を離すと、エリカはすぐにどこかに行っちゃう。リンゴに聞けばどこにいるかすぐに分かるけど、はぐれないのが一番いい。

「第十五フロアは、何の設備だっけ？」

「そうこ」

そうこ。倉庫？　見たことがないから、行ってみたい。たしか、たくさんのものをしまっておく場所だ。ザ・ツリーはぶっし不足だってリンゴが言っていたけど、どんな意味だろう？

「倉庫！　行くよ！　エレベーター、十五階！」

そういえば、エリカが今度、ご飯を作るところを見たいって言ってたな。明日はそこにいってみよう。司令官《お姉ちゃん》は危ないからまた今度、って言ってたけど、危ないのかな？　リンゴがいるから、大丈夫だと思うんだけど。

「ついた！」

あっ、エリカに先を越された！　もう、すぐ一人で行っちゃうんだから！

◆四女：エリカ・ザ・ツリー

「エリカ、今度はこっち」

今日も、ウツギは要塞【ザ・ツリー】の探検に行くようだ。

「ウツギ、一緒に行く」

ウツギは、放っておくと一人ですぐに走っていってしまう。ちゃんと声をかけないと、あと、できれば手を繋いでおかないと、はぐれてしまう。リンゴが案内してくれるから迷うことはないけれど、ウツギがいなくなると悲しい。

「第十五フロアは、何の設備だっけ？」

第十五フロア。たしか、いつも食事するのが第十六フロア。人数が増えたからって、司令官《お姉ちゃん》が食堂を作ったところだ。その下だから、

「倉庫」

倉庫があるフロアだ。リンゴが、食材はそこに保管してるって言っていた。海から魚をとっ

てきてるって言っていたけど、どうやってとってるんだろう？

「倉庫！　行くよ！　エレベーター、十五階！」

ウツギが、エレベーターに飛び乗って叫ぶ。ウツギはほんとうに、元気がいい。元気がいいと、司令官《お姉ちゃん》に褒められる。だから、わたしも元気にしようと思う。

「ついた！」

ウツギに先を越されないように、わたしは大きな声で叫ぶ。大きな声を出すのは気持ちいい。そういえば、わたしたち以外はみんな、『おとなしい』んだけど、なんでかな？

◆五女：オリーブ・ザ・ツリー

「オリーブ、何をしているの？」

三角の屋根を部屋にのせていると、司令官《お姉ちゃん》が声を掛けてくれた。

「積み、木……」

ずれないように、慎重《しんちょう》にのせる。……できた。

「あら。上手《じょうず》にできたわねぇ」

司令官《お姉ちゃん》は、ニコニコ笑いながら、オリーブの頭を撫《な》でてくれた。……うれしい。

「リンゴ、手遊び用のブロックがたしかあったでしょう？　作ってあげなさいな」

「はい、司令《マム》。オリーブ、明日、遊戯室に取りに来なさい」

「うん……」

また、司令官《お姉ちゃん》がなにか作ってくれるみたい。さいしょは、いつもさいごに呼ばれるから泣きそうになったけど、最近は気にならなくなった。司令官《お姉ちゃん》は、ちゃんとオリーブをみてくれる。うれしい。

……でも、ちょっと、みんながうらやましい。オリーブも、あんなふうに、司令官《お姉ちゃん》に抱きしめられたい。こんど、オリーブも抱きついてみようかな？　ちょっと、恥ずかしいけど。

◆統括管理ＡＩ：リンゴ・ザ・ツリー

司令《マム》の遺伝子情報から肉体を複製し、誕生した五人の姉妹たち。

同じ肉体に同じ頭脳装置《ブレイン・ユニット》を積んだ彼女らは、しかし予想に反して五人が五人、かなり個性的な自我を育成しているようだ。初期登録時《インプリンティング》の対応、その後の扱い、点呼順、与えた遊具や会話。それらの僅《わず》かな違いによって、こうも性格に違いが出るとは。非常に興味深い。

あまりに似た者が多量に増えてもストレスになるかと危惧《きぐ》していたが、この調子であれば人型機械《アンドロイド》を増やしても問題ないだろう。とはいえ、さすがにそろそろ、肉体製造用の特殊原材料《レア・マテリアル》が不足してきた。人形機械《コミュニケーター》も増産する必要があるため、しばらくは控えよう。

北大陸で人狩りでもすれば簡単に材料は手に入るが、司令《マム》は許可しないだろうし、私もあまりいい気分にはならないので、地道に培養していくしかない。今度、培養槽の増設許可を取ろう。

そういえば、現地人の遺伝情報はかなり集まったが……。……しばらくは、司令《マム》のものだけで十分だ。他の人間が入り込むのは、受け付けない。

◆司令官：イブ・ザ・ツリー

そうだ。私の名前はイブ。イブ・ザ・ツリー。決して、「狐狂《キツネスキー》」などという頭の悪い名前ではない。

こうなるとわかっていれば、もっとちゃんとした名前を付けていたものを……！　おのれ、運営めぇ……！

いや、さすがにこんな異世界転移なんて予想はできないだろうけどさ。

まあ、名前がちゃんと付いたのは……考えたのは自分だけど、とにかく、めでたいことだ。もし自己紹介する機会があっても、アカネに問い詰められたときのように無様に取り乱す心配はない。胸を張って、「イブ」と答えることができる。

そういえば、アカネは何だか知らないうちに本の虫になってしまった。リンゴの予想だと、最初に私の名前を知りたいと考えたことと、その答えを知ることができたことによる刺激で、知識欲に目覚めたのではないか、だそうだ。正直、へえ、としか思わないけれど。

最初にリンゴが危惧していたような、画一化した面白みのない人型機械《アンドロイド》にはなっていないので、一安心だ。外部刺激が少ないザ・ツリーでは、健全に精神育成できるか予想できなかったらしいが、案外ここは刺激が多いようだった。リンゴは処理能力が高すぎるから、余計なことに気を回し過ぎなんだろう。

よくよく考えてみれば、広い建物に五人の姉妹、親代わりの私とリンゴ、たくさんの知識を蓄えたライブラリに、雄大な海原《うなばら》、大自然。刺激が少ない、なんてことはないだろう。大人数との関わりがちょっと足りないが、それも時間で解決できる問題だ。

最近退屈していたので、相手をできる彼女たちができたのは、私にとっても非常に興味深い。普通の子供とは当然違うが、年の離れた妹といった感じで接することができるのは、何かこう、満たされるものがあった。

さて、彼女たちのためにも、頼れる司令官《お姉さま》にならないと、ね。

◇◇◇◇

貿易船団【パライゾ】が、歓声と共にテレク港街《こうがい》へ迎え入れられた。

「おお、すごいすごい。栈橋《さんばし》まで新設してるし、大歓迎ねぇ」

「はい《イエス》、司令《マム》。周辺の状況が非常に悪化しているため、既にテレク港街の生命線はパライゾに依存している状況です」

「え、そうなの？」

わずか三回目の貿易だと言うのに、既にそこまで状況が変わっているのか、と彼女は驚いた。確かに、最初に訪港《ほうこう》してから、半年以上過ぎてはいるのだが。

「周辺の情勢は、驚くほど急速に悪化しています。パライゾの交易品がなければ、そしてこの町の政治力が不足していれば、廃墟になっていたかもしれません」

「へえ……」

ドン引きであった。テレク港街自体は比較的治安もよく、とても戦時下とは思えないほど平和だったのだが、周囲はとんでもないことになっているらしい。

「難民キャンプがテレク港街の北にできたのですが、そこを盗賊団が襲撃を繰り返すなど、一言で言うとこの世の地獄ですね。テレク港街も余裕はないため、難民キャンプは黙認放置。食糧を売るくらいはしているようですが、そもそも難民ですので対価もなく」

「そりゃまた……地獄ね、ほんとに」

例のセルロース製の糸や布を求め、豪勢な輸送隊が往復しているようで、それが不幸中の幸いというところか。王都方面とのやりとりは継続しているようだった。

「うちは、塩とか水とか積んでるんだよね。次は食料品も詰めたほうがいいのかしらね？」

「検討しましょう。とはいえ、主食となる穀類は用意できませんので、魚肉加工品、または海藻類の乾物《かんぶつ》になります。需要があるかどうかは不明です」

テレク港街周辺には、穀倉地帯は存在しない。基本的に、貿易品の対価として王都方面からの輸入に頼っている。漁は行っているが、やはり主食、穀類は必須だ。温暖な地域のため、イモ類の栽培が可能ではないか、とはリンゴの分析だが。

「事前の予測通り、しばらくは持《も》ち堪《こた》えるでしょう。ですが、その後は難しいと予想されます」

「……。そろそろ、本気で介入するかどうか、決めないといけない、か」

ひとまずの方針は、静観。情報を与え、延命させる。鉄の貿易を継続し、リターンが得られなくなった時点で切り捨てる。ザ・ツリー側の介入《ベット》は最低限に、鉄資源を最大化する方法《リターン》だ。

ただ、この案はあまりにも人間味がなく、また、か細いとはいえ大陸内への唯一の窓口《チャンネル》も失うことになるため、別の案も検討することとなった。

では、介入《ベット》に何を持っていくか。現時点で選択できるのは、戦力を送り込むというオプションのみだ。即ち、力による解決。例えば、このテレク港街を守るだけであればそう難しくはない。港から半径二十㎞は、百五十㎜滑腔砲の射程内だ。炸薬量《さくやくりょう》を調整し、精密射撃を行えば、その範囲であれば初撃で命中させられる。単純に砲の射程ということであれば、おそらく四十

㎞は飛ばせるはずだ。発射速度は、毎分四十五発。一隻につき三門を備える一番級《アルファ》駆逐艦を二隻用意すれば、毎分二百七十発の鉄の雨を降らせることができる。

しかし、逆に言うとそれだけだ。

陸上戦力を用意できないため、防衛はできても侵攻ができない。現地戦力に任せる事になるだろう。しかし、テレク港街は小さな町だ。大きな戦力を用意することは難しい。

「例えばですが。テレク港街を完全にザ・ツリーの支配下に置き、要塞化するという手段もあります」

「……。今の資源探査状況から考えると、それも有りなのよね。この周辺、鉱床が見つからないし……」

鉄鉱山の探査範囲は徐々に広げている。ただし、有力な反応は見つかっていない。地下に埋設しているか、本当に鉄がないのか。

「手っ取り早く、例の鉄鉱山の町を押さえる。我々ザ・ツリーの露見を恐れなければ、最も早く、最も確実に鉄資源を大量に入手できる可能性が高い選択肢です」

「そうね。でも、敵対勢力を誘引する引き金にもなる。今の所、私たちにとって致命的となる戦力を持つ集団は確認されていないけど、それは私たちが無敵であるという証明にはならない」

「はい《イエス》、司令《マム》。正直なところ、全く準備が整っていません」

# 百八十二日目　姉妹たち、誕生する

「もう！　本当に、鉄が足りないわね！」

ある程度、戦闘艦を製造する目処は立った。しかし今度は、別の問題も考えなければいけなくなる。

「鉄さえあれば、ほとんどの問題が解決するのに……！」

備蓄している石油系燃料は、まだ十分に在庫がある。しかし、補給の目処が立っていないため、当然、これも採掘開発を考える必要があるのだ。一番級《アルファ》駆逐艦、輸送船に搭載するディーゼルエンジンは、幸い航空機用のジェット燃料を転用できる。航空機は当面使用しないため、普通に使っても数年は問題ないレベルではあるが。

「油田《ゆでん》も見つかっていません。とはいえ、油田の探査はそう簡単には行きませんので、仕方ありませんが……」

これも、航空機による探査。あるいは、人工衛星を使った広域探査ができれば、違ったアプローチも可能だろう。ただし、どちらも資源不足により、現時点では対応が難しい。

「テレク港街から搾り取って、次はあの半島国家を目指すか……。対話ができればいいけど、最悪、戦闘状態になる可能性もあるのよね」

「かなり好戦的な国家であると推測しています」

「テレク港街と鉄鉱山を確保する。鉄鉱山の埋蔵量は分からないけど、一気に大量の鉄を入手できる。でも、開発にはそれなりに時間がかかるし、その間に大規模な襲撃を受ける可能性もある」

「曲がりなりにも、相手は国です。内乱状態とはいえ、外敵があれば再びまとまることも考えられます。そうすると、下手をすると数十万人の敵兵を相手にする必要があるかもしれません」

物量で攻められると、さすがに防衛しきれないだろう。ザ・ツリーの全力を使い、鉄鉱山を奪取する。テレク港街を要塞化し、鉄の精錬、戦力の増産を行う。不可能ではない。

「不可能ではないけど……。リスクが大きいわね。ここの防衛が疎《おろそ》かになる。万が一失敗したら、全てを失いかねない。その後、再起の目は……」

「ザ・ツリーの現有資源を使用する前提ですので、失敗すると、何も残りません。資源を残すと、失敗確率も相応に上がりますし」

「うーん、悩ましいわねぇ」

ザ・ツリー単独で生産できる資源は、セルロースと、海水から抽出する金属類、そして実験室レベルで成功した、石油を生産する藻類。駆逐艦一隻を作るにも、何年掛かるか分からないレベルで資源不足なのだ。

見つめるディスプレイの中で、接岸したパライゾ旗艦《きかん》、一番級《アルファ》駆逐艦のアルファに、早速商会長のクーラヴィア・テレクが駆け寄っている。船団長役の人形機械《コミュニケーター》、ツヴァイが船首から見下ろす形になっているが、全く気にしていないようだ。

## 百八十二日目　姉妹たち、誕生する

「大興奮って感じね」

とはいえ、それも仕方がない。帆船全盛期のこの港に、帆を持たない動力船で乗り付けたのだ。しかも、明らかに戦闘艦。さらに言えば、この船団はテレク港街に対して非常に好意的なのである。大歓迎しない理由がない。下にも置かない態度で、ただの階段式タラップすらも褒めちぎりながら、ツヴァイ一行を迎賓館《げいひんかん》に案内する。

どうも、荷降ろしは翌日に回し、今日は歓迎会を行うとのことだ。ひとまず人形機械《コミユニケーター》十体を参加させることにし、残りは船で留守番だ。

「ここまで頼られると、見捨てるのは忍びないのよねぇ」

「はい《イエス》、司令《マム》。同意します」

画面越しとはいえ、ここ半年以上、(主に盗撮だが) 毎日のように顔を見ていた人々だ。できる限り、助けてあげたいと思うのが人情だろう。

「最悪、鉄鉱山は諦めても町は守り切る……かしらね。この国の内乱が落ち着けば、また交易も再開されるかもしれないし」

実際のところ、情勢がどうなるかは全く予想がついていない。様々なシナリオを立ててはいるものの、既に商会長クーラヴィア・テレクのこの友好っぷりすらどのシナリオからも外れた行動であった。すなわち、絶対的な経験《サンプル》がそもそも足りておらず、正確な予想ができないのである。

それから、どうでもいいが、タラップについてはこういった階段状の昇降設備の概念がまだなく、普通に新技術として驚いていたということが後に判明した。技術レベルが低すぎて、何が当たり前で何が発明前なのか、全く予想がつかない、ということが改めて実感されたエピソードである。

◇◇◇◇

「食糧の貿易……？」

「こちらが提供できるのは、海産物のみになる。とはいえ、加工品だから日持ちもするし、そちらに有益《ゆうえき》であると考えている」

パライゾの女神は、次から食糧を持ってくると言い出した。サンプルだと渡されたのは、何かの魚の干物のようだ。それから、乾燥した海藻。そのまま食べてもいいし、焼いてもいいし、水で戻してもいいらしい。漁師が海藻を食べているというのは知っているが、普通はあまり食べることはない。

しかし、問題はそれではない。

急に、食糧を売ると言い出したことだ。なぜ、急にそうなるのだ？

「我々は、そちらの事情はある程度把握している。これまでの貿易は非常に有益だった。このままこの街を失陥《しっかん》するのは、不利益になると判断している」

「失陥……とは……これはまた」

縁起でもないことを。そう笑い飛ばせれば、どんなに良かったか。

この街に住む住民たちには詳しく伝えていないが、この公国南部は相当にまずい状況だ。

食料自給は無理なため、輸入に頼らざるを得ない。今は、このパライゾの連中が持ってくる糸や布を目当てに商隊が来ているから、問題ない。だが、それはいつ切れるかも分からない、細い糸だ。この三回目の貿易で、パライゾはとんでもない船を持ち出してきた。でかい貿易船にも驚きだが、随伴船《ずいはんせん》もとんでもない。こんな船を出してくるんだから、これからも継続して貿易が期待できる。

だが、王都から来る輸送隊は、いつ止まってもおかしくない。

どこもかしこも内戦をしているようなこの国で、糸やら布やらの贅沢品《ぜいたくひん》のために、貴重な食料品をいつまで提供してもらえるか。しかも、盗賊団を警戒して、大袈裟《おおげさ》な護衛団も付ける必要がある。次から来なくなったとしても、何の不思議もない状況だ。

そんな状況だ、とはいえ。

なぜ、パライゾの連中にそれを指摘されなければならないのか。

どこからその情報を仕入れた？

「これは、貿易品目に食糧を加えるという報告。今から行うのは、こちらからの提案」

「…………」

前回は、こいつらが女神に見えた。今は、得体《えたい》の知れない悪魔に見える。……いや、それはさすがに言い過ぎか。しかし、いつもの無表情と相まって、一段と人外じみて見えたのは確かだった。

「要望は、鉄の交易を継続すること。それには、この街に存続して貰《もら》う必要がある。しかし、このままでは先が見えてしまっている」

「…………」

「こちらがすぐに提供できるのは、防衛力」

「……防衛力？」

「我々の船であれば、港から街の外まで、全て射程内。外部から襲撃があった場合は、艦砲射撃で殲滅《せんめつ》することができる」

その提案は、今の我々の状況からすると、確かに渡りに船だ。あの精密射撃で敵を殲滅できるのであれば、街の守りは盤石《ばんじゃく》だろう。

だが。

「……それはつまり、この街全てが射程内に収まるということか」

「肯定する」

その事実は、街そのものを人質に取られていることと同義だった。いや、そもそも予想はしていたのだ。あの大砲の能力は、詳しい者に話を聞いた。おそらく、かなりの長射程、かつ集弾能力も高いと。しかし、その事実を本人から直接聞くのは、やはり恐ろしいものだった。

「こちら側に、あなた方を脅《おど》す意図はない。また、それをする利もない」

そこで彼女は言葉を切り、ティーカップを手にとった。こくりと動くその白い喉《のど》を見て、彼女が同じ人間であることを思い出した。知らずに止めていた息を、ゆっくりと吐き出す。

「……理《ことわり》によって判断してもらえると、期待している」

理によって。この街が、あの船の射程に捉えられている。目の前に突きつけられた剣先……いや。パライゾは、剣を抜いてすらいない。ただ、そこにあるだけだ。であれば、確かに、それを恐れるのは不合理だろう。感情的には恐怖を覚えるが、理性的に考えればパライゾは敵ではない。彼女らが高圧的に振る舞ったことはないし、不平等な契約を迫ってきたこともない。詐欺《さぎ》を働かれたこともないし、嘘《うそ》を教えられたこともない。

まあ、そこまで長い付き合いというわけでもないが、しかし貿易に限って言えば、少なくとも過去二回、どちらも誠実に対応してもらったことに間違いはなかった。

「……分かった。そこは信用しよう」

「感謝する」

パライゾは、この街に危害を加えない。そればかりか、外敵から守ってくれるという。その提案は非常にありがたいが、ではその対価は？

「こちらが求めるのは、鉄だ。鉄鉱石でも構わない。何をおいても、鉄の確保を最優先とする」

やはり、彼女たちが求めるものは、鉄だった。言葉として聞くのは、初めてだ。おそらく、本当に欲するものは、これまでは隠していたのだろう。隠しきれていたかは別として、しかし明確に求めることと、匂わせることは違うだろう。

「鉄か……。しかし、鉄はこの街では産出していない。内陸の【鉄の街】でないと、量は確保できないが……」

「それはこちらも把握している。内陸の鉱山のため、防衛のための戦力を用意することはできない。道中の護衛も、こちらでは対応できない」

「……我々の街から戦力を出すにしても……。街の防衛にも兵士は必要だ、あの街まで守ることは、とてもできそうにないが」

そこまで言って、前提が変わることに気がついた。

「この街の防衛は、こちらで行う。人員も、ある程度は用意できる。極端に言えば、全ての戦力を鉄の確保に使ってもらいたい」

「……それは」

街の防衛力をパライゾの連中に丸投げし、全てを引き連れて鉄の街を守る。できるかできないかと言われれば……不可能では、ないだろう。だがそれは、テレク港街《こうがい》の命運をパライゾに任せるということ。

その決断を、この街の長《おさ》として行え、ということか。

「猶予《ゆうよ》は無い、とこちらは判断している。集めた情報を分析しているが、数ヶ月以内に大きな戦《いくさ》が発生する可能性が高い。戦が始まれば、難民が押し寄せる。暴徒が出てくる。盗賊団も増えるし、最悪、正規軍にこの街は接収されかねない」

彼女の語る未来は、最悪のものだった。何が最悪かというと、評議会で話し合われた内容とほとんど相違がないことだ。つまり、パライゾの連中は本当に、この国の内実を正しく把握しているということ。

そして。

「武器、防具もある程度は提供できる。偏るが、糧食も準備できる。この街に足りないものは多々あるが、可能な限りパライゾが用立てする」

悩みに悩んだ末、テレク港街商会長、クーラヴィア・テレクは、パライゾの支援を全面的に受け入れることを決断した。

根回しはこれからだが、間違いなく、彼はパライゾの庇護下《ひごか》となることを承諾したのだ。

国は当てにならない。街を、そして自分を含めた住人たちを守り切るには、大きな決断が必要だった。他国の勢力の庇護下に入るなど、中央議会に知られれば大問題になるだろう。だが、そもそもその中央議会が機能していないから、この国は荒れているのだ。三公爵は求心力を失い、貴族たちは自分の権益《けんえき》を守るため、そして影響力を拡大するため、貴族同士で争い続けている。

この国に、未来はない。

それが、大商人クーラヴィア・テレクの判断だった。

◇◇◇◇

「さあ、お勉強の時間よ」

パンパン、と彼女は手をたたき、そう宣言した。椅子《いす》に座った五人の姉妹たちは、思い思いに返事をしながら、司令官に向き直る。

「今日は、二次元の戦略ゲームね。とはいえ、私もそこまで詳しいわけじゃないんだけどねえ」

「フォローは随時《ずいじ》いたします」

「お願いね、リンゴ」

正面の大型ディスプレイに、マス目で区切られた作戦区域の俯瞰図《ふかんず》が表示される。

「お姉ちゃん、それは何？」

「お姉ちゃん、それはどこ？」

三女のウツギと、四女のエリカが早速聞いてきた。座学においては突出した才能はないものの、彼女らはとにかくよく喋《しゃべ》るし積極的だ。コミュニケーション能力が高い、と判定されている。

「これは、これから私たちが守らなければいけない場所。テレク港街よ」

「……これがテレク港街」

興味深そうに、じっとマップを見つめるのは長姉のアカネ。

「そう。ザ・ツリーからは北におよそ千三百㎞離れているけれど、私たちの最初の外部拠点《きょてん》よ」

「拠点と言うと、外に出ていくのですか？」

そう確認してきたのは、二女のイチゴだ。彼女は優等生タイプで、真面目に、ただひたすらに、彼女とリンゴに付き従ってくる。

「そうね。ある程度安全が確保されたら訪問するのも面白そうだけど。当面は、無人で運用する前線基地、という扱いになるわ」

「……何か、作るの？」

基地と聞いて目を輝かせたのは、五女のオリーブ。彼女は、もの作りに対して非常に興味を示していた。個人用の小型汎用工作機械《プリンター》を与えたところ、延々とモデル設計と出力を繰り返している。よくもまあ飽きないものだと、彼女は感心していた。

「ええ、そうね。あそこは、鉄を取引できる唯一の場所よ。だから、積極的に確保することにしたの」

「……鉄、大事……」

もの作りに関する知識は貪欲《どんよく》に吸収しているオリーブだ。ザ・ツリーの腹ペコ具合は、肌で感じているのだろう。深刻そうなその呟《つぶや》きに、彼女は思わず笑ってしまった。

「そうよ、オリーブ。鉄は大事なの。だから、これから皆で、このテレク港街を守るための作戦会議をしましょう」

「早速ですが、まずは周辺状況の説明から始めます」

リンゴが手を振ると、マップ表示が南側からの斜め俯瞰に変わる。手前に港、町、そして森。その先にある平原と、黄色いアイコン。

「町に関係する集団、および町に友好的な集団は、青いアイコンで表示します。敵対的な集団は、赤いアイコン。どちらにも属さない集団は、黄色です」

「あ、黄色いアイコンがあるね～」

「関係ない人たち～？」

平原に表示されたアイコンに、難民グループAというラベルが表示された。

「はい。これらが、現時点で最大の課題です。他の地域の戦争から逃げてきた難民グループ。数はおよそ五千人とそう多くはありませんが、彼らは皆飢《う》えています」

## 百八十二日目　姉妹たち、誕生する

「……ご飯が食べられないのは、よくない」

物静かな長姉、アカネが呟《つぶや》いた。本好きで、文学少女といった行動が目立つが、最近、食事の楽しさに気付いたらしい。食いしん坊文学少女、という謎の属性が成長しつつあった。

「ええ、そうねぇ。……彼らが飢えに負け、暴徒と化してテレク港街に襲《おそ》いかかる。これが今、最も懸念されるシナリオよ」

「そのほか、他地域の戦力が流れてくることも想定はしていますが、今の所、近付いてくる気配はありません。ですので、今日はこの難民グループAをどうするか、というのがテーマです」

第一世代の人型機械《アンドロイド》五人を交え、今後の方針を話し合う。実際には司令官《イブ》の意向を酌《く》みながらリンゴが決定することになるのだが、五人の姉妹たちに経験を積ませるという意味で、今回の会議が開催された。

「このまま放置しておくと、この難民グループAは数週間後には暴徒の群れに変わるわ。今は持ち込んだ食糧が残っているようだから、大丈夫なのだけど」

「このユニットたちは、食糧の調達はできないのでしょうか？」

イチゴの問いかけに、彼女はふむ、と頷く。

「そうね。持ち込んだ食糧はそれなりの量があったし、森で狩りもしているみたい。でも、そのままでは先細りね。これだけの人数を養えるほど、この森は豊かではないの」

「そうなのですね……。では、暴徒化を防ぐには、食糧を供給するしかないのですね」

イチゴはそう言って、首を傾《かし》げた。どうやら、食糧をどこから調達するかという方向に思索《しさく》を向けたらしい。

「ウツギ、エリカ。あなたたちは何かあるかしら？」

「え～？」

「わたしたち～？」

彼女が二人を指名すると、ウツギとエリカは、互いに顔を見合わせた。

「そのままにしておくと、敵対ユニットにかわるのね？」

「じゃあ、いまのうちに倒しておかないと」

「へえ」

彼女らは二人でまとまって行動することが多い。そのせいか、他人の認識が二人と家族とその他、のような大雑把《おおざっぱ》な括《くく》りになっているようである。イチゴは難民を助ける方向で考えているようだが、ウツギとエリカは、さっさと殲滅すると言い出した。

「食べ物をわたして、おんがえししてくれる？」

「リターンがないよ。戦闘ユニットにもならないし、生産ユニットにもならないんでしょ？」

「そうね。今のところ、助けたとしても私たちにリターンは殆《ほとん》どないわね」

「じゃあ、やっぱり先に倒さないと！」

「こうこのうれいは断つ！」

なかなか過激な意見ではあった。とはいえ、ザ・ツリーへの被害を考えれば、先に殲滅するというのは現時点でのベターな提案だろう。

「……殲滅すると。テレク港街の住人たちの、信頼を得られないのでは？」

それに反対意見を差し込んだのは、長姉のアカネ。

「そういった例は多い。将来の敵だからといって、現時点で敵ではない者たちを殺してしまっては、よい印象は得られない」

「……そうね。アカネ、その通りよ。……ちなみに、どこからの知識かしら？」

「キーラー・クラウス著、ベルアッガーの戦い、傭兵《ようへい》シリーズ第三巻。第四章、第五章の描写に、そのような話し合いについて書かれていた。類似のシーンは、その他複数の物語にも登場している」

「相変わらずねぇ……。でも、間違ってはいないし、実際そのとおりのシチュエーション、かしらね？」

「はい《イエス》、司令《マム》。難民の扱いについては、難しい判断も含めて似たシーンが出てきますね。アカネが読んだ複数の物語では、様々な結論が出ています」

ふむ、と彼女は頷く。

「アカネ、あなたはどうするべきと思う？」

「……。正解は、分からない。でも、今後、テレク港街と付き合い続けると仮定すると。彼らの心象を悪くするのは避けるべき。できれば、難民を助ける方向が良いと思う」

「……それは、例えばザ・ツリーが食糧を供出するメリットと釣り合うのでしょうか？　最悪、テレク港街も含めて殲滅すれば、後顧《こうこ》の憂《うれ》いはなくなるということになりますが……」

イチゴの意見に、なるほど、と彼女は考え込んだ。

この五人の姉妹たち。彼女たちは、他人との関わりが非常に薄い。自分たちと、その他の人々の間に、明確な区分がある。そのため、効率のみを求めた非情な決断も即座にできるのだろう。

しかしそれは、ザ・ツリーの安寧《あんねい》のみを求めれば正解だとしても、いささか寂しい、人情味というものが全くない生き方になってしまう。

できれば、閉じた世界の幸福ではなく、広い視野を持った幸せを感じてほしい。

とはいえ、そのあたりは彼女にも言える話なのだが。現実世界でもそれほど他人と関わりがあったわけではなく、まあ、引きこもりのように生活していたのだから。とはいえ、あの世界では皆が同じような生活をしていたことを考慮すれば、極めて一般的な生活スタイルであったのは事実である。

「テレク港街とは、できるだけ仲良く、そして末永く付き合いたいわね。そういう方向で、もう少し考えてみましょう？」

司令官《お姉様》の言葉に、五人の姉妹たちは元気に返事を返すのだった。


「コンブという種類の海藻。これを乾燥させることで、軽く、かさばらず、更に長持ちするようになる。そのままでも食べることはできるが、あまり大量に摂取すると体調を崩す恐れがある。毎日食べるのであれば、一度水で戻すほうがいい。体に悪い成分を溶かすことができる」

「……。なるほど。当面の食糧としては、悪くないな。何より、軽くてかさばらないってのがいい。倉庫においておくのも、馬車で運ぶのも、軽い、小さいってのが一番いい」

今、リンゴの操る人形機械《コミユニケーター》が、クーラヴィア・テレクに昆布を売り込んでいる最中だ。

「で、ツヴァイさん。まあたぶん、こいつは主食にはならないと思うが……それは分かっているか？」

「分かっている。……主食となる穀物については、我々は売るほど生産できていない。それについては申し訳ないと思っている」

「いやいや。そいつは問題ない。謝ってもらうほどのことじゃない。本来は、ウチが自分で準備しなきゃいけないものだからな。……だから、申し訳ないが、このコンブ、たくさん持ってこられても交換は……」

やはりというか、当然というか、商会長は自分の町のことしか考えていない。いや、それは想定の範囲内だ。町の外に勝手に住み着いた難民たちのことまで考えるわけがないのだ。元住民とか、親類縁者ならまだしも、完全に赤の他人なのである。一応同じ国民とはいえ、政治体制的にも現状的にも、どちらかというと警戒すべき隣人なのだ。

「これら、またはこれらと等価の食糧でもいい。外の……町の外の難民たちへ提供してもらいたい」

「……!? それは……!」

急に出た難民という言葉に、クーラヴィア・テレクは息を呑《の》む。

「薄々気付いていると思うが、彼らはそのうち、まるごと暴徒に変わる。それを防ぐには、食糧を提供し、恩を売るしかない」

「いや……まあ、確かにそれは考えていたが……」

「殲滅するという選択肢もあるが、さすがにそれはどうかと思う。そして、可能であれば、取り込みたい。何をおいても、まずは人手が足りないのだから」

クーラヴィア・テレクは、リンゴの操るツヴァイの言葉に、じっと考え込んだ。すぐに否定しないということは、こちらの提案を一理ありと考えてくれたということだろう。当然、こちらがテレク港街の命運を握っているという立場的な考慮もあるだろうが。

「……分かった。難民への渡りと、食糧提供は一度商会の連中で会議をかける。このコンブは、今回はどの程度用意しているんだ?」

# 百八十二日目　姉妹たち、誕生する

「今回は、この箱のサイズでおおよそ千個分。問題なければ、次からは満載してくる。それから、さきほど少し話したが、こっちが水」

「……水？　その……白い箱の中に入っているのか」

次に紹介するのは、司令官《イブ》の提案により生み出された、飲料水五十ℓ入りのセルロース容器だ。滅菌処理してあるため、容器が破損しない限りは腐りもせず、ずっと保管可能な新商品である。実用的には、保管期限は五年程度と想定されている。

「そう。密封してあるから、腐らない。使うときは、容器を破壊する。この町は水には困っていないようだけど、難民の彼らについては恐らく、そうではないと思う」

「水源は……そうだな。あの草原も、湧き水だ。確認したわけではないが、あの人数が居座っているとなると……もう汚染されているかも知れないな。……。……では、これを？」

「提供する。本来はこうも大量に出すつもりはなかった。バラスト代わりに大量に積み込んでいる。この箱は硬いが、脆い。衝撃を与えると割れるから、取り扱いには注意してほしい。使い終わったあとは、燃料として燃やすことはできる」

「分かった。水の件も合わせて議題にしよう」

難民については、テレク港街も扱いかねている問題だ。放置はできないが、放置せざるを得ない状況。そこを何とかできるかも知れないとなれば、パライゾにとって有利な話が進められるだろう。

「あとは、食糧について、少し実験をしたい」

「……実験？」

ツヴァイに手を挙げさせ、それに合わせ、付き従わせている人形機械《コミユニケーター》、ドライが持っていた袋を机に置く。

「芋を持ってきた。うまく栽培できれば、おおよそ九十日で収穫できるはず」

「芋か……。私が知っている芋は、このあたりの気候ではうまく育たないと聞いたが」

ちなみに、持ってきた芋は、いわゆるタロイモに分類されると思われる種類だ。周辺の村落で栽培されていたものを、侵入させたボットに確保させたものである。

「それは恐らく、寒冷地……寒い土地で栽培されているものと思う。これは、暖かい地域で栽培されているもの。こういったものを栽培できるようにし、少しでも食糧を確保できるようにしてほしい」

「……そうだな。これからは、そういった努力も必要か……」

「難民たちをうまく取り込み、農民として働かせてもいい。無理をさせなければ、女子供でも作業はできる」

そう。リンゴと司令官《イブ》、そして五人の姉妹たちで検討した結果、難民たちの大部分を農作業に割り振るという方針になったのだ。テレク港街周辺に農地として利用できる土地はないが、難民たちが集まっている平原を畑にすることはできそうだった。起伏はあるものの、当面はそこを使うしかない。将来的には、森を切り開いて農地化するのが良いだろう。

「そう、か……。当面の食糧を準備し、仕事を与えれば……」

「男は兵士として訓練させる。女子供は、農作業を割り当てる。働けない者たちは……当面、仕事の割り振りを考えさせるか、手が動くならば内職をさせればいい。給金の配布は無理でも、食糧を対価とすれば、数年は保《も》つはず」

「……へっ。よく考えてるな。うちの会議に参加してほしいくらいだ」

「必要とあらば。とはいえ、当面はあなたに采配してもらうしかない」

「分かってるよ、さすがにな。全く、優秀すぎて末恐ろしい」

クーラヴィア・テレクの説得に成功した、とリンゴは判断し、次の手札を切ることにする。

「農地を開墾《かいこん》するなら、道具が必要。これは我々が提供する」

「そうか……。……いや、そうだな。頼もう。この街では、本当に対応しきれない。基本的には、全てそちらの指示に従うとしよう。なんとも情けないことだがな……」

彼の返答に、リンゴは安堵《あんど》した。ここで意地を張られても、これからの計画の成功率が下がるだけで何も良いことはなかったからだ。おおよその賛同を得られたため、リンゴは計画を始動する。

「司令《マム》。クーラヴィア・テレクによる賛同を得られました。計画を開始してもよいでしょうか？」

「ええ。よろしくお願いね、リンゴ。計画の進捗《しんちょく》は適宜《てきぎ》報告してちょうだい」

「はい《イエス》、司令《マム》」

まずは、食糧の確保だ。収穫している昆布の一部を乾燥工程に回す。鰯《イワシ》系の群れる魚を捕獲し、これも干物にする。また、今回は魚の養殖も手を出すことにしている。幸い、ライブラリ内に養殖に関する論文なども収められていたため、設備さえ作ればすぐにでも対応可能だ。

ザ・ツリー内の設備で筏《いかだ》などを作成し、テレク港街の沖で養殖を行うことにしている。テレク港街は入り口の狭い湾内にあるため、養殖には絶好のロケーションなのだ。

こういった、食糧を作るための設備や農機具。こっそりと浸透させるためのボット類や、伏兵として利用するためのいくつかの戦闘機械。そして何より、緊急増産した干物類と飲料水。

これらを完成した貨物船二番艦に満載し、護衛の駆逐艦《チャーリー》と共に、早速送り出す。

「今回は小舟《カッター》もたくさん載せたんだっけ？」

「はい《イエス》、司令《マム》。近海での漁や、養殖の管理に利用します。魚肥《ぎょひ》も製造し、大量の作物を育てることを想定しています。できれば先に栽培実験を行いたいところですが、時間が許しませんね」

「そうね。もっと早く決断していれば、どこかの陸地で先に試験でもなんでもできたんだけどね」

「はい、司令《イエスマム》。これを教訓とし、さらに精進します」

「ふふっ。よろしくね、リンゴ」

栈橋に、続々と荷物が積み上げられていく。屈強な男たちが荷車を曳《ひ》き、片っ端から倉庫へ運び込む。

「コンブは十二番倉庫！　ああ、イワシは十五番倉庫へ！　水は二番倉庫へ持っていけ！」

「急げ急げ！　次がつかえてるぞ！　今日中に運び終われば、今日はボーナスがあるからな！ほら、急げ急げ！」

輸送船二番艦は、一番艦出港後、一週間でテレク港街へ入港した。さすがにこの早さに商会長クーラヴィア・テレクは驚いたが、話がつく前提で出港していたと言われれば、反論のしようがない。そして、満載された食糧と水、農具の量に顔を引きつらせることとなった。

「本当にあんたらは……とんでもないな……」

「協力、感謝する」

第二船団、パライゾⅡの船団長、容姿はほとんどツヴァイと見分けがつかないが、名前はツエーンという。操作しているのはリンゴのため、中身に変わりはないのだが。

ツヴァイと少し個性を分けるため、話し言葉はより単語を意識させ、しかし表情は豊かになるよう制御している。より人間らしさを感じられるよう、リンゴも日々努力しているのだ。ツヴァイに関しては、真面目、堅物《かたぶつ》という個性付《キャラクター》にしていた。

「基本的な話は、ツヴァイ船団長と、している？」

「ああ。……どこまで話をしたか、どんな契約になったかは、把握しているのか？」

「想定は、している。パライゾIとすれ違った。手旗でやりとりもした。もし想定と違うことがあれば、すぐに言って欲しい」

「そうか……。分かった」

商会内で先日の議題が会議にかけられ、承認されたことはボットの偵察により把握はしている。とはいえ、その内容を知っているのはさすがにおかしいため、リンゴはテレク港街の状況は知らないという体《てい》で会話をしていた。

「難民たちと、接触は？」

「ああ。あれから、すぐに行った。幸い、向こうの代表者と会談することができた」

ザ・ツリーにとって僥倖《ぎょうこう》だったのは、難民たちがいまだに組織としてまとまっていたことだ。もう数週間遅れていれば怪《あや》しかったかも知れないが、これは何とか間に合ったと考えていいだろう。テレク港街から食糧が供出され、兵役および農作業従事について、簡単な契約を結ぶことに成功しているようだ。

「全員分は無理だが、それでもある程度の食糧……コンブと、水を提供した。ま、先払いってことでな。恩はしっかり売れたと思うぜ」

「そう。で、あれば。更に恩は、売れる」

「……ん？　農具か？」

リンゴは、テレク港街とその周辺の状況を把握するため、高度二十㎞で光発電式偵察機《スイフト》を複数機、常に巡回させている。そこで、難民たちのキャンプに対し、盗賊が迫っている様子が確認できていた。

「少し、開示する。我々は、千里眼《クレアボヤンス》を持っている」

「……。……？　千里、眼……？」

「警告！」

ツェーンが叫ぶ。同時に、大音量で駆逐艦チャーリーが警報を鳴らし始めた。短いスパンで、しかし聞くものに危機感を抱かせる警報音が、港に響き渡る。

「お、おい！　何だ急に！」

『警告。これより艦砲射撃を実行する。警告。これより艦砲射撃を実行する』

「艦砲射撃!?　おい、ツェーンさん、あんた……！」

「クーラヴィア・テレク殿、難民に盗賊団が迫っている。我々は、これよりそれを撃滅する」

「んなぁ!?　ちょ、ま……！」

ドンッ！

チャーリーの一番砲塔《ほうとう》が、難民キャンプに迫る集団目掛け、砲弾を吐き出した。山なりの軌道で飛翔《ひしょう》する砲弾は、およそ十五秒後に目標に着弾する。

「撃った……！　撃ったのか、おい！　何を！　どこに！」

「……目標至近。着弾。確認」

警報が鳴り響く中。泡を食ってツェーンに詰め寄るクーラヴィア・テレク。突如発砲した駆逐艦と、混乱する港の人々。

「全力投射《ファイア》」

着弾観測を終えたリンゴは、駆逐艦チャーリーの主砲三門の連続発砲を開始した。毎分四十五発の発射能力を持つ百五十㎜滑腔砲が、次々と砲弾を吐き出し始める。

「……………！」

その様子を見たクーラヴィア・テレクの両目が、これでもかと開かれた。恐らく、想像以上の速射能力に驚愕《きょうがく》しているのだろう。その気持ちは十分に予測できた。人力で火薬と砲弾を詰め、それから発砲するそこらの大砲とは、全く構造が異なるのだ。自動給弾により、弾切れまたは砲身寿命まで連続で発射可能。恐らく、既存の先込め式大砲を百門並べるよりもずっと強力な砲だ。

「目標殲滅」

時間にして、一分足らず。それぞれの滑腔砲がおよそ四十発の発射を終えた時点で、リンゴは発砲を中止。光発電式偵察機《クレアボヤンス》による観測で、迫っていた盗賊団の殆どを粉砕したことを確認した。

「我が艦、チャーリーの砲撃により、難民に迫っていた盗賊団を殲滅した。過去にも略奪を繰り返していたことは確認できているため、誤射ではない。……ああいった略奪を繰り返す集団は、盗賊団と呼称しても問題ないか」

「あ……あ、ああ……。そうだな、盗賊団……だ」

「了解した。すぐに難民へ使者を出すことを勧める。何が起こったか理解できていないはず」

「……！」

商会長は慌てて、周囲の人間に指示を出し始めた。こういった行動が、彼の有能さを示しているだろう。止まっていた荷降ろしが再開され、テレク港街はざわついた雰囲気《ふんいき》のまま、しかし皆がもとの仕事に戻っていく。

「…………」

ツェーンの目と耳を通し、リンゴは周囲を確認した。あまり超人的なところは見せるつもりはないため、基本的に、各人形機械《コミュニケーター》はそれぞれが取得できる情報のみに基づいて行動させている。今回は緊急だったため、神の目の如《ごと》き行動をしてしまったが。まあ、魔法か何かだと誤解してもらえればそれでいい。どうせ、光発電式偵察機《スイフト》の存在……というか、スイフトを使用した哨戒網《しょうかいもう》については開示は必要だった。いい機会だろう。

盗賊団については、アジトの位置も確認済みだ。さすがに主砲の範囲外のため、制圧には人手を出してもらうしかないが。

今回、襲ってきた盗賊たちについては全員が死亡ないし行動不能の状態になっている。何度かこれを繰り返し、戦力を落としてから制圧に向かってもらう方向で調整することとした。

あれから、光発電式偵察機《スイフト》による広域監視を行っていることを伝え（秘匿《ひとく》している技能によるとはしたが）、敵襲があった場合はこちらの判断で迎撃《げいげき》することを宣言した。当面は、盗賊団が標的となる。その他の勢力が侵入してきた場合も、かなり早い段階で察知できるため敵味方識別をした後に攻撃を実施する。今のところ航空戦力は確認されていないため、時間的な猶予は十分にある。

また、テレク港街の戦力についても改めて確認を行った。この期に及んで隠しても無意味と考えたのか、ボット群により把握していた戦力とほぼ変わらない人数が申告されたため、信用は得ていると判断できる。

興味深いのは、「魔法戦士」と呼ばれる兵種だ。どうも、魔法を使って戦う兵士たちのことらしい。魔法は、呪文を唱え、魔法名を口にすることで発動される未知の破壊力である。実際に見せてもらったが、火の玉が空中に現れて勝手に飛び、目標に当たると爆発して炎を撒《ま》き散《ち》らすという、実に非科学的で現実離れした技能だった。研究はしてみたいが、残念ながら設備も人員も足りていない。状況が落ち着くまでは保留とすることにした。

魔法にもいくつか種類があるようだったが、ひとまず実戦で使用できるのはこの「火球」の魔法であるらしい。魔法戦士と呼ばれる兵士は、全員がこれを使用できるとのこと。威力は個人の腕によるようだが、ある程度統制した攻撃は可能のようだ。遠距離攻撃は、この「火球」と、弓兵による射撃がある。

銃を提供するかどうか検討したが、時期尚早と判断し、品質を揃えた弓矢を大量に供給することとした。矢は完成品を渡してもいいが、仕事を奪う必要もないだろうということで、矢じりとシャフト、矢羽を別々に製造し、組み立てを任せる。例えば難民たちにやらせることで、食料供給の対価扱いにすることができるだろう。

幸い、矢じりの原料は鉄、シャフトと矢羽はセルロース製で十分な威力を確保できそうである。次の輸送船に載せるということで、話をつけた。弓についても、試作品という名目で供給してもよいだろう。照準などを取り付けたコンパウンドボウであれば、素人《しろうと》でもある程度使えるようになるはずだ。クロスボウでもいいが、技術流出を考えるとしばらくは出さなくてもよいのではないか、と判断している。あまり技術革新を進めすぎると、バランスを取るのが難しくなる。

こうして、リンゴは着々とテレク港街の掌握《しょうあく》を進めていくのだった。

◇◇◇◇

パライゾの戦艦（正確には駆逐艦だが、町民の認識としては戦艦だ）が駐留すると触れがあった直後は、少なからず混乱があった。これまでは、なんだか分からないが優美な船で安い鉄屑《くず》を買い漁《あさ》っていく上客、という認識であったのだから、当然だろう。彼女らが急にその牙を街に向けたのではないか、と不安に思った住人が多かったのは事実だ。しかも、初日に行われた一斉砲撃、その衝撃は計り知れない恐怖を植え付けた。

だが、時が経《た》つにつれその恐怖は払拭《ふっしょく》され、更には歓迎ムードへと変わっていく事になる。難民たちを襲っていた盗賊団を大砲で吹き飛ばしたことや、供給される大量の食糧、農具、そして武器の話が広がるごとに、パライゾの評価は上がっていった。

特に、武器の供給については大いに歓迎された。常識的に考えて、これから支配しようとしている勢力に武器供給など行わない。対等に見られているという認識は、自治に対する機運の高まりに乗りかかる形となり、多くの志願兵を生み出すことになった。品質の揃った大量の剣、弓、矢。住人の多くは、詳細はさておき現在の情勢は理解している。テレク港街が無事に運営できているのは、何より立地と交易品のおかげだと。供給された武器を手に、志願兵たちは訓練に明け暮れることとなった。

「パライゾの求めている鉄を、手に入れなければならない」

彼女たちは多くを求めない。現時点では、ただひたすらに与えてくれる存在だ。だが、それは対価があってこそである。多くを与えてくれるのは、彼女らが求める鉄を手に入れることができるから。幸い、街の中の鉄を供出することは求められなかった。そこまで求められれば、さすがに彼らもこの状況を受け入れる事はできなかっただろう。

彼女たちが目を付けているのは、内陸にある鉄の町。輸送隊が途絶えたために情報が入らなくなっているものの、最後に確認された状況であれば、まだ籠城《ろうじょう》は続けられているはずだ。元々定住者は少なく、鉄以外の特産品もない小さな街だ。炉で使用する燃料の供給が途絶えており、鉄鉱石の採掘も行われなくなっているとも聞いている。

で、あれば。

彼女らが求める通り、鉄の町を解放しに行くべきだ。そこに彼女らの求める物があり、そしてテレク港街にはそれを奪還する力がある。

そして、テレク港街が本格的に独立を始めておよそ四ヶ月後。志願者により構成された第一陣が、鉄の町へ向けて出発した。

絶望、あるいは諦観《ていかん》。目減りしていく食糧、頻繁に現れる盗賊や降伏の使者。周辺の汚染された水源ではまともに食糧の栽培もできず、立て籠もる住人たちは疲弊《ひへい》していた。

あと一週間もすれば、何かしらの決断をしなければならない。そんなタイミングで、最後まで交流のあったテレク港街から、援軍が到着したのだ。謀略《ぼうりゃく》を危惧《きぐ》する声もあったが、鉄の町の人々はテレク港街の提案を受け入れた。

即ち、防衛戦力の駐留と交易の再開。再び鉱山を動かし、掘り出した鉄鉱石と引き換えに食糧を得るのだ。サンプルとして持ち込まれた干物や海藻類、そして何より、安全な水。

鉄の町の水源は、既に飲用には使えない状態だった。元々かなり硬度の高い水だったのだが、採掘を進める内に取り返しがつかないほど汚染されたのだ。そのため、鉄の町では雨水をためて利用するというのが一般的になっていた。天候に左右され、また気候によってはかなりの節制を要求される。飲料水の絶対量が町の住民数の制限にもつながっていたため、持ち込まれた保存水は大歓迎された。いつでも好きなときに、安全で混ざり物のない水を飲めるというのは、革命的な出来事であった。

早速、山になっていた未精錬の鉄鉱石が荷馬車に積み込まれ、テレク港街へ送り出される。残った男たちは気勢を上げ、坑道へなだれ込んだ。久しぶりにもたらされた食糧と大量の水に、

# 百八十二日目　姉妹たち、誕生する

女たちは喝采《かっさい》しながら煮炊《にた》きを始めた。

俄《にわか》に活気を帯びた鉄の町は、即座に周辺勢力の知るところとなる。最初に襲いかかったのは、近くに拠点を持っていた盗賊たちだった。商隊が町に入ったのを確認した彼らは、手勢を集め、次の日の夜には鉄の町に襲いかかる。そして、テレク港街の守備兵に蹴散《けち》らされることとなった。

盗賊たちは、奪った武器や防具で武装し、夜の闇の中、町へ入り込もうとした。相対したのは、パライゾからもたらされた装備を身に着けた男たち。なまくらでは傷を付けることすら叶《かな》わない強靭《きょうじん》な糸で織られた防具と、切れ味と頑丈さを兼ね備えた湾刀《カトラス》。

内戦で疲弊した国内で使われている武器防具は、パライゾ謹製《きんせい》のそれらに容易《たやす》く打ち破られた。胸当ては切り裂かれ、剣は三合と保たずに砕け散る。ほとんど損害を与えることもできず、盗賊たちは次々と討ち取られ、そして全滅した。

逃げようと背を向けた幾人《いくにん》かは、弓兵が針鼠《はりねずみ》にしてしまった。品質の揃った弓矢は、その命中精度を飛躍的《ひやくてき》に向上させる。その有効性を、十分に発揮することになった。

また、パライゾが売り込んだ照明弾の働きも大きい。長弓を使用し上空に撃ち上げると、頂点で傘《パラシュート》を開きつつ強烈に発光し周囲を照らし出す。それは闇を打ち払い、隠れたつもりの盗賊たちを丸裸にしたのである。

そしてこの襲撃と撃滅という結果は、鉄の町の住人と守備隊の士気を著《いちじる》しく向上させることになった。白衛と自治、交易対価による生活必需品の獲得が可能となり、一時はどん底だった鉄の町は、その活気を徐々に取り戻していった。

そうして数週間が経過し、今度は近くの領主からの接触。ある物を全て差し出せという内容に、当然住人たちは反発。使者が非常に横柄な態度であり、また護衛共々武器を抜くという暴挙に出たため、使者一行は全員が殺されることになった。

この事態は最初から予想されており、テレク港街側からその後の指示が行われていた。町は即座に防衛体制を敷くと共に、防壁の設置に取り掛かる。鉱山から出た屑石を積み上げ簡易の防壁を作りつつ、周辺の木々を伐採して木材に加工、馬防柵《ばぼうさく》や弓兵用の櫓《やぐら》を作り上げる。何度か送られてきた領主の使者を全て討ち取り、時間を稼《かせ》ぐ。

領主側が鉄の町の状況を把握する頃には、防衛用の施設はすっかりと準備が整っていた。

ここで活躍したのも、パライゾが準備した工作道具である。荷運び用の一輪車や土木作業用のスコップ、ノコギリやハンマー。鋼鉄製の道具は作業効率を飛躍的に向上させ、瞬《また》く間《ま》に籠城用の設備はできあがった。

最初に差し向けられた兵力は、外壁に取り付くこともできずに敗走する。

次に送られてきたのは、領主の主力と思われる軍勢だった。テレク港街との通商路を保持する必要もあったため、守備隊は野戦でこれを迎え撃ち、犠牲《ぎせい》を払いつつも撃退に成功した。

主力を失った領主は、その隙を突かれ別の勢力に打ち破られる。その混乱により鉄の町の情報は記録から失われ、どの勢力からも認識されない空白地帯となった町は、しばしの平和を享受《きょうじゅ》することになった。

「鉄の町との通商は順調か。鉄鉱石も採掘できている。……ああ、パライゾの道具を使えば、今まで掘れなかったところも掘れるようになったと……」

「へい。坑道も増やせるようですぜ。あの、原理もよく分からねえ探知機とかいうのを使って、新しい鉱脈も見つけたとかでさぁ」

「……言っちゃ何だが、本格的にパライゾに命脈を握られている感じだな……」

「お、そうですな、はっはっは！　商会長もあっしらも、あの嬢ちゃんたちにゃ頭が上がんねえですなぁ！」

「笑い事ではないが……笑うしかないな」

「あっしはもう諦めましたぜ！　ありゃあどうしようもないですわ！」

「……そうだな。諦めてしまうのが楽なんだがな……」

# ▽ 三百四十五日目　初めての冒険

「こう……実際あっちに設備があると、もっと大きいのを作りたくなるわね」

「はい《イエス》、司令《マム》。とはいえ、略奪、破壊のリスクを考えるとまだこれ以上は難しいですね」

テレク港街《こうがい》の防衛を始めて、およそ三ヶ月。徐々に歓迎ムードに変わっていることを確認し、リンゴは商会長と交渉《こうしょう》を行い租借地《そしゃくち》を手に入れた。倉庫一棟分ほどの小さな土地だが、設備設置を比較的安全に行うことができる場所があると自由度も変わる。

　持ち込んだ資材を使用し、一週間ほど掛けて三階建ての建物を建設。一階と三階は防衛設備を詰め込み、二階に汎用工作機械《プリンター》と原子分解機《リサイクラー》、原料補充機《マテリアルフィラー》を設置。ある程度の生産機能を準備した。生産速度は遅いものの、これで現地で砲弾補充が可能になった。幸《さいわ》い、原料はその辺りの土や石から抽出可能なため、しばらくは安泰《あんたい》である。ある程度備蓄《びちく》したら、自動戦闘機械をいくつか試作する予定だ。量産できればいいが、テレク港街では希少金属《レアメタル》が手に入りにくく、材料が幾分足りない。

　ただ、問題はエネルギー源の確保である。ひとまずディーゼル発動機で各設備を動かしているが、燃料補給が必要なため何か対策を考える必要があった。さしあたって、屋根上にソーラーパネルと縦型《マグナス式》風車を設置しているが、必要電力には程遠い。別の租借地を手に入れてエネルギープラントを設置するか、最悪パライゾの艦船と接続することも考える必要がある。

「幸い、鉄はある程度の入手目処《めど》が立ったわね……」

「はい《イエス》、司令《マム》。当面は輸送がネックで入手量に制限がかかりますが、車軸・車輪関連の技術供与を行いましたので、徐々に改善するかと」

　テレク港街防衛《接収》にあたり、パライゾとしていくつかの技術指導を行っている。その一つが、輸送効率の向上だ。木製の車軸や車輪を金属で補強ないし置換する方法や、ベアリング、ダンパー、サスペンションの原理。重量物を支えるための構造材についても伝えているし、実物も供給している。

　さらに、街道の整備。砕石舗装《さいせきほそう》の重要性や、すれ違い場所の用意なども推進している。鉄道でも敷設《ふせつ》できれば輸送量は格段に上がるが、さすがにそこまでは無理だろうとリンゴは判断していた。新たに鉱脈が発見されれば、考慮《こうりょ》に値するのだが。

「ベアリングはこっちから提供したほうが早いわよね？」

「はい《イエス》、司令《マム》。情勢が安定しませんので、迅速《じんそく》に鉄鉱石を確保したいところです。次の便の、車軸と車輪、ベアリングやグリスなど、荷車関連の部品の搭載量《とうさいりょう》を増やしましょう。百両分程度提供すれば、運搬作業はかなり改善すると予想されます」

鉄鉱石の鉄含有量は、五十％前後と思われる。それを考えると、単純に鉄インゴットの半分の輸送効率となるため、できれば現地で製鉄してしまいたいのだが。

「んー。製鉄特化の原子分解機《リサイクラー》を用意する……？　できれば鉱山に設置したいけど、そうすると守りが厳しいかぁ……」

「それなりの規模の設備にしておかなければ、処理能力がパンクする恐れがあります。設置型となると、確かにあの場所では守るに厳しいですね。戦力を派遣するにしろ、常駐させるにしろ、距離がネックになります」

鉄の町は、テレク港街からおおよそ三百㎞程度内陸にある。一般的な馬車を使うと、五日から六日の距離だ。街道の整備が完了し、ザ・ツリーから供給した部品を使用した荷馬車であれば、これが二日から三日の速度に上がると試算している。

とはいえ、それでもその距離だ。当然、一番級《アルファ》駆逐艦《くちくかん》の主砲射程外であり、ザ・ツリー所属戦力による防衛はできない。ミサイルは届くものの、費用対効果は最悪だ。そうすると鉄の町に駐留している守備隊に頼るしかないのだが、正直なところ非常に心もとなかった。もし、国家所属の勢力に本格的に侵攻された場合、簡単に蹴散《けち》らされてしまうだろう。いくら武装しているとはいえ、所詮は民兵なのだ。

「当面は、鉄鉱石の輸送ねぇ……。テレク港街に製鉄施設を作ると？」

「輸送船で運べる量を増やすことができますが、現時点での産出量と輸送可能量を考えると、あまり意味はないですね。そのまま鉄鉱石として輸入して、ザ・ツリー内部の設備で精錬する方が効率的です。こちらであれば、無駄なく鉱滓《スラグ》の利用も可能ですので、テレク港街に大規模設備を作れるようになるまでは、そのまま鉄鉱石を入手しましょう」

「オッケー。んじゃ、街道整備が急務ね。砕石の確保は？」

「テレク港街から少し離れた場所に石切り場がありましたので、そちらを候補に。ただ、三百㎞の街道全てと考えると足りなくなる可能性がありますので、現在、別の候補地を聞き取り調査中です」

ひとまず簡易的に舗装を行う想定で、深さ五十㎝、幅四ｍで砕石を敷き詰める計画だ。場所によって多少の上下はあるが、〇・五ｍ×四ｍ×三百㎞でおおよそ六十万㎥の砕石が必要になる計算である。それだけの石を現行の石切り場から運び出すと、さすがに町の運営に支障が出てしまう。また、舗装に使うため、求められる性質は硬さである。質の良い硬い石をわざわざ砕いて地面に撒《ま》くというのも、理解を求めるのに苦労すると思われる。

「重機を持ち出せば数週間で開通させられますが、時期尚早でしょう」

「そうね。難民の雇用創出にもなるから、重機はしばらく使えないわね」

農地開拓が一段落付いたため、男手に余裕があるらしい。そういった労働力は、無駄に無駄なく使ってばら撒きを行うのである。ザ・ツリーから富を供給しつつ、内需《ないじゅ》を活性化させる。じわじわとザ・ツリーへの依存度を上げ、最終的に完全支配を行うというのが、全体の計画だ。

「さて、テレク港街はしばらく安泰。鉄鉱石も、満載した輸送船がそろそろ到着と……」

「はい、司令《マム》。今回手に入れた鉄を使って、テレク港街の防衛設備を製造します」

「……司令官、お姉ちゃん《おねえちゃん》わたしが、設計するの。大砲」

「あら。そうなのね、オリーブ。それは楽しみだわ」

「司令官、配置は私《お姉様》が考えました」

「へえ、すごいじゃない。二人の共同作業ねぇ」

彼女はニコニコしながら、イチゴとオリーブの二人の頭を撫《な》でる。褒められて嬉《うれ》しいのか、二人の人型機械《アンドロイド》は、尻尾《しっぽ》をぱたぱたと揺らした。

残りの三人は、別の仕事を割り振っている。長姉アカネは、鉄鉱石から抽出される鉱滓《スラグ》の活用方法について調査中。三女ウツギと四女エリカは、揃《そろ》って原子分解機《リサイクラー》の増設担当だ。こういった作業を任せて自主性を向上させるとともに、ザ・ツリーのネットワーク接続能力を鍛えている。最終的に目指すのはテレク港街のような拠点《きょてん》での陣頭指揮なのだが、それを任せられるようになるにはあと数年は必要だろう。

当面、姉妹たちにはザ・ツリー内での作業を分担させる。

「さて、順調順調。テレク港街が地理的に孤立しているのも良かったわね。内情が悪化して、結局、中央とテレク港街との通商も途切れてるんだっけ」

「はい、司令《マム》。上空から調査を継続していますが、テレク港街へ向かう集団は全く探知できません。近隣領で大規模な争いが発生していますので、それどころではないのでしょう」

テレク港街は高級品、嗜好品《しこうひん》を主に扱う、上級階級向けの交易を行っている港だ。そのため、いざ戦争になると、当初こそ略奪対象に見られていたもののすぐに見向きもされなくなった。最も必要とされる食糧や武具が手に入らないのだから、当然だろう。防備もそれなりであり、割に合わない。その辺りは恐らく、クーラヴィア・テレクの手腕によると想定されている。

「当面は内政フェーズね。近隣情勢もある程度把握《はあく》できたし、想定よりずっと安定……安定？　してるからね。突っ込むわよ～」

「はい《イエス》、司令《マム》。飛行艇《シープレーン》の開発も順調です。一気に勢力を拡大させるチャンスと考えましょう」

「イチゴ、オリーブ、あなたたちの砲台設置が完了したら、テレク港街にエネルギープラントを設置するわよ。期待してるわね」

「はい、お姉様！」

「……まかせて、お姉ちゃん」

ちなみに、ここにいる全員が同じ容姿のため、遠目には四人の少女がわちゃわちゃしているようにしか見えない。実に平和な光景だった。

やがて、ザ・ツリーに鉄鉱石を積載した輸送船が到着する。これで、ザ・ツリーは一千ｔの鉄鉱石、即《すなわ》ち五百ｔの鉄を入手したことになる。しばらくは、この量の鉄が定期的に手に入るのだ。司令官《イブ》の高笑いは止まらないだろう。

「……幽霊船？」

「あの、アカネがそう言って。ボロボロの、無人の船が漂流《ひょうりゅう》してるって、リンゴが教えてくれたんです。それで、みんなで映像を見たんですけど」

「リンゴ？」

彼女が振り返ると、リンゴは頷《うなず》いた。

「特に危険性はなさそうでしたので、教材にと提供しました」

「ふむ」

自分に報告がなかったというのが少し引っかかったのだが、恐らく司令官《イブ》への報告までを含めた教材ということなのだろう。まあ、イチゴの態度からすると、報告というよりは〝おはなし〟レベルではあるが。

「それで、せっかくだし乗り込んでみようって。あの、私も行きたくって、その、お姉様も一緒にって、みんなで……」

もじもじ、ちらちら。

そんな様子のイチゴを見て、我が意を得たりとばかりに彼女は大きく頷き、立ち上がった。

こんないじらしい姿を見せられて、肯定以外の意思を表明できる人はいるか？　いや、いない!!

「それはとっても楽しそうね、イチゴ！　リンゴ、準備をしなさい！」

「はい《イエス》、司令《マム》。一番《アルファ》級駆逐艦八番艦、ホテルを用意しています」

「ホテルとな。それは豪勢ねぇ」

「お泊《とま》りの準備もできています。お任せください」

どうでもいいが、彼女はホテルに泊まった経験はないし、何なら旅行だって行ったことはないのだが、まあ知識として知っていれば何とでもなる。リンゴと適当に掛け合いながら、彼女は外洋ドックに向けて歩き出した。嬉しそうにイチゴが付いてくるので、その手を握ってやる。

ちなみに、誰かの手を引くと最終的に全員と同じことをさせられてわちゃわちゃするのだが、司令《マム》が幸せならそれでいい、とリンゴは思っていた。当然リンゴも参加する。

「現場到着後、先行して作業ドローンを突入させます。上空からドローンで簡易走査《スキャン》はしていますが、全てを調べられているわけではないですので」

「そうね。万が一生き残りがいて、襲《おそ》いかかられても困るし……」

「はい《イエス》、司令《マム》。また、検疫も必要ですので、少々時間をいただくことになります」

この世界に転移後、リンゴは継続的に彼女の体を調査している。今の所、これといって問題は発見されていない。免疫機構も正常に機能しており、そしてそれはリンゴの知識にある人間よりも数段強いと思われた。大病院《メディカルセンター》もないこんな所で未知の細菌やウィルスにでも感染したら……という危惧《きぐ》があったのだが、彼女は病気知らずである。そして、その遺伝子をベースに培養された姉妹たちも、それは同じであった。

「腐敗した死体は感染症の危険性が非常に高いですので、絶対に近付かないようにお願いします」

「……やっぱり、ありそう？」

「はい《イエス》、司令《マム》。あれは難破船です。甲板上にも確認できましたし、船内にも恐らく。漂流後どのくらい経過しているのか、かなりの程度白骨化しているようですので、数ヶ月というところでしょう。病原菌は、間違いなく繁殖《はんしょく》していると思われます」

人間由来の細菌は、当然他の人間にも感染しやすい。いくら彼女らが遺伝的に頑強な免疫機構を持っていたとしても、処理能力を超える細菌量に曝露《ばくろ》すると非常に危険だ。

「防護服を着たほうがいいのかしら？」

「可能であれば。……そうですね、そういう訓練も必要でしょうし、用意しましょう。少々動《うご》き辛《づら》いかもしれませんが、関節アシスト機能も付いています。必要に応じて私の方でサポートもできますので。全員が装備するよう、準備します」

探検となれば、是非とも自分の手で行いたい。そう言われると予想し、リンゴはどうやって難破船に乗船させるかを悩んでいた。防護服を着てくれるというのであれば、選択肢は一気に広がる。これなら、司令《マム》も五人姉妹たちもがっかりさせることはないだろう。即座に汎用工作機械《プリンター》に設計図を流し込み、防護服の製造を開始した。一時間で全員分を用意できる。

「そういえば、一番級《アルファ》に乗るのは初めてね……」

「はい、司令《イエスマム》。そもそも、ザ・ツリーから出るのが初めてですね」

「……そうだっけ」

この世界に転移してから、彼女はザ・ツリーに籠《こも》りきりだった。せいぜい、海水浴に出たくらいである。それも、リンゴが作った板張り設備の上だけだ。岩礁《がんしょう》海域のため、そうでもしないと海水浴など危なくてできなかったという理由はあるのだが。

「初めての外出か～」

「お姉様、私たちも初めての外出ですか？」

「そうねえ。みんなと一緒に行きましょう」

「はいっ！」

そして、姉妹たちはきゃいきゃいと騒ぎながら乗船し、出港。随伴《ずいはん》する一番級《アルファ》駆逐艦、九番艦インディア、十番艦ジュリエットに守られながら、難破船へ向かうのだった。


「青い海！」

「白い雲！」

船首に仁王立ちし、ウツギとエリカが交互に叫ぶ。

「大きな船！」

「幽霊船！」

「幽霊船じゃあないと思う」

司令官《イブ》がぼそりと突っ込むが、誰も聞いていなかった。

ザ・ツリー出港後、船上で一泊した後、現在は難破船のすぐ傍《そば》まで近付いている。

「お姉さま。あの船には、いつ入れるの」

「ん？　そうね、たぶんあと一時間くらいしたらね。小型船《カッター》を出して乗り込みましょうか。

……アカネがそんなに乗り気になるとは思ってなかったけど……」

「幽霊船については、本で予習した。準備は完璧」

「幽霊船の予習じゃあまり意味はなさそうねぇ……」

アカネは興奮しすぎて、司令官《お姉さま》の突っ込みは耳に入らなかったようだ。ふんすふんすと鼻息を荒くしながら、食い入るように難破船を見つめている。司令官《イブ》は苦笑し、アカネの頭を撫でてから歩き出す。

今、リンゴが操るドローンが難破船の内部調査を行っている。どうやら軍船らしく、水密区画がしっかり作られているとのことだ。なるべく破壊しないよう、慎重《しんちょう》に船内を回っている。

今の所、生存者は確認されていない。

舷側の小型船《カッター》の固定を解除している人形機械《コミユニケーター》を横目に、彼女は船内に入った。狭い廊下を歩き、急な階段を登る。ハッチをくぐり、更に梯子《はしご》のような階段を登り、着いたのは艦橋だ。そこには、航海士席に座るリンゴと、操縦席で真面目《まじめ》に操舵輪《そうだりん》を握るイチゴがいる。オリーブの姿はない。

「リンゴ、オリーブは？」

「はい《イエス》、司令《マム》。船倉で防護服のチェックを行っています」

「おお、偉いわね」

本当に個性的ねぇ、と呟《つぶや》き、彼女は窓に近寄った。見下ろすと、船首で騒《さわ》ぐウツギとエリカ、そしてアカネの姿が確認できる。この三人は、驚くほど活発的で、かつマイペースである。アカネも文学少女かと思いきや、この様だ。

一方、イチゴはしっかり自分の責務を果たそうとしている。リンゴに任せてもいいとは伝えているのだが、操縦士として艦の操舵をやりきるつもりのようだ。真面目なことである。

そして、オリーブは装備の点検。これは真面目というより、たぶん趣味だろう。関節アシスト機構に随分興味を示していた。恐らく、リンゴの操る人形機械《コミユニケーター》をお供に、いろいろとやっているのだろう。

「イチゴ。もう少ししたら、乗船の準備にしましょう。そろそろ、操縦はリンゴに移してもらえるかしら？」

## 〈 三百四十五日目　初めての冒険 〉

「はい、司令《お姉様》。リンゴ、操舵権を移譲します《You have control.》」

「全機能を掌握《I have control.》。ホテルはリンゴの遠隔操作下に入りました。機能正常《オールグリーン》」

イチゴが、ふう、と息をついた。長姉《イブ》はそんな彼女に近付くと、そっと頭を撫でる。

「イチゴ、お疲れ様。最後までちゃんとできたわね」

「はいっ……！　えへへぇ……」

よしよし、とたっぷりとイチゴの頭を撫で、物欲しそうな顔をしているリンゴはとりあえず無視し、甲板へ向かうことにする。リンゴの相手は、また後だ。

大丈夫、後でちゃんと抱き締めてあげるから。

「さ、皆を集めて船倉に行くわよ。防護服を着て、小型船《カッター》に乗り移るわ。指示はリンゴが出すから、ちゃんと言うことを聞くのよ」

「はい、お姉様！」

そうして防護服を着込んだザ・ツリー一行は、小型船《カッター》で漂流船と並走していた。近くで見ると、船べりなどにいくらか破壊の跡はあるものの、全体的にまだ新しいという印象を受ける。

「あまり古めかしくはないわね」

「はい《イエス》、司令《マム》。少し破壊検査を行いましたが、どうも竣工後《しゅんこうご》それほど時間は経《た》っていないと思われます」

「へえ。じゃあ、いわゆる最新型の船かしらね。技術レベルの推測に使えるかしら」

司令官《イブ》とリンゴが外観を見ながら話をしていると、ウツギとエリカが我慢《がまん》できなくなったのか、両側からぐいぐいと手を引っ張り始めた。

「お姉ちゃん！　はやく！」

「お姉ちゃん！　登ろう！　登ろう！」

「ああはいはい。ちょっとまってね」

逸《はや》る気持ちは分かるが、これは訓練でもある。しかるべき手順を踏む必要があるのだ。

「リンゴ？」

「はい《イエス》、司令《マム》。まずは周回し、危険がないか確認します。イチゴ、操船を」

「はいっ」

ブオン、とエンジンが回転数を上げ、小型船《カッター》は漂流船の船側に沿って動き始める。

「おお～」

「ボロボロだ！」

「年月が立つとフジツボなどの甲殻類が固着するはず。あまり付いていないように見える。幽霊船としては経歴が浅い」

アカネがいいところを突いているが、結論がずれていた。どうしても、この漂流船を幽霊船にしたいらしい。いったい、何の物語に影響されたのか。

「リンゴ。……この関節アシストの動作はすごい。プリセット？」

「いえ。今は私がサポートしています。このレベルの動作アシストを行うためには、ローカルに人間レベルの運動中枢神経系《うんどうちゅうすうしんけいけい》を用意する必要があります」

そして、オリーブはさっきからスクワットしたり踊ったりとこちらも忙しい。防護服の性能に、ずいぶんと感心していた。

「個性的ねぇ……」

素体にした人形機械《コミュニケーター》も、重結合《ディープ・マージ》させた頭脳装置《ブレイン・ユニット》も、全て個体差はなかったはずなのだが。

五人が五人、全員の性格が違うというのは、当初の予想と違い、実に興味深い。

そもそも、リンゴによる思考誘導や行動統制などを、かなりの高レベルで実施する予定だったのだ。それを行わない方針にしたのは、彼女がこの個性的な妹たちに速攻で絆《ほだ》されてしまったというのが大きい。

初期登録《インプリンティング》直後には既《すで》に個性の差が出始め、翌日には態度だけで五人の見分けがつくほどの違いが発生した。その様子を見て、彼女は妹たちを、外部刺激《日常》の中で教育したいと思ってしまったのだ。

時間はたっぷりあるのだ。完成までに多少時間がかかったとしても、特に問題ない。

「船首、回頭します」

イチゴの操船で、難破船の船首を大回りする。反対側も、特に大きな変化はない。全体的な印象は、やはりまだ新しい船、というものだ。この船の船員たちは、さぞかし無念だっただろう。いったい、どんな経緯で全滅してしまったのか。

「さあ、なにか問題はなかった？」

「大きな破損は見られない。人為的な破壊痕《はかいこん》も観測されなかった」

「骸骨船員《スケルトン》もいなかったね！」

「隻腕《せきわん》の船長もいなかったね！」

「あなたたちの結論はおかしいよ……」

まあ、ウツギとエリカには期待していないから、それはいい。まともな意見を言ってくれたアカネの頭を撫でながら、司令官《イブ》はオリーブを振り返る。

オリーブは、自信満々に頷いた。

「この防護服であれば、骸骨船長と戦闘になっても競《せ》り勝《か》てる」

そうじゃない。


「航海日誌ね。リンゴ、読める？」

「はい《イエス》、司令《マム》。一部不明な単語がありますが、おおよそは。テレク港街《こうがい》で学習できていて助かりましたね」

五人の姉妹は、骸骨船員《スケルトン》と幽霊船員《レイス》を探しに、船内に突入していった。人形機械《コミュニケーター》五体も同行しているため、万が一にも危険はないだろう。事前にドローンで隅々《すみずみ》まで調査済みというのもある。

「解読済みかしら？」

「はい、司令《イエス マム》。簡単に説明しましょうか？」

「ええ、お願い」

船長室はほとんど荒れておらず、情報調査にはうってつけだった。それなりに几帳面《きちょうめん》な性格だったのだろう、航海日誌も残っている。

「出港後およそ二ヶ月で、まずは問題が発生したようです。外輪用の動力炉が不調。修理の見込みがないため、同行船にトーン・マグを移送と記録されています。トーン・マグの正確な意味は不明です。読みだけは分かりますが」

「ふーん。まあ、動力炉の燃料ってところかしら。この船では使う当てがなくなったから移送したと」

「はい、司令《イエス マム》。その後、一ヶ月ほどは順調に航海を続け、その後嵐に突入してしまったようです」

「嵐ねぇ……」

そういえば、ザ・ツリーも何度か嵐に襲われている。風と雨と雷、雹《ひょう》が降ってきたこともあった。リンゴいわく、恐らく大型の積乱雲、タイフーンやハリケーンと呼ばれるものらしい。

上昇気流がどうとか言っていたが、彼女は聞き流していた。気象には興味がない。

「気象レーダーを搭載しているわけではないですので、特に日没後には避《さ》けるのは困難でしょう。この船も、夜明け前に運悪く嵐の範囲内に捉《とら》えられたようです」

「ふーん……」

「船体へのダメージは問題なかったようですが、錨《いかり》が破損し、流されて本隊とはぐれたと。その後、陸も見つからず放浪していたところ、再度の嵐に遭遇《そうぐう》。メインマストが破損したうえ、倉庫に浸水し、相当数の食糧が汚損され、最終的にほとんど病死または餓死《がし》したようです」

「うへえ……それは地獄ねぇ……」

「飲料水がなくなったのが致命的ですね。それと恐らく、一部は壊血病《かいけつびょう》も発症したようです」

「かいけつびょう」

「はい《イエス》、司令《マム》。ビタミンCの欠乏症《けつぼうしょう》です。生鮮食品を取らず、保存食などで数ヶ月間過ごすとビタミンC欠乏症に陥り、壊血病の症状が出るものです」

「へえ……」

最後は、船長の後悔と無念、神への恨み節が書かれていた。幸い、船長室には遺体はなかったが、恐らく船内のどこかに残っているのだろう。積極的に探そうとも思わないが。

「この船が漂流した経緯はそんなところですね。遭難後、結局一度も陸地を確認することはできなかったようです」

「なるほどねえ。本隊とはぐれてそのまま全滅かぁ……。……ん？　ってことは、どこかに本隊がいるってこと？」

「はい、司令《イエスマム》。少なくとも、ザ・ツリーの監視範囲内では観測できていませんが、どこかにはいるのでしょう。この船団の目的についても書かれていましたが、説明しましょうか？」

「ええ」

彼女が同意すると、では、とリンゴは前置きし、語り始めた。


彼らは、どこぞの王国から派遣された艦隊であった。目的は、遥《はる》か南にあると目される大陸を発見すること。大型の調査船が三隻、その他戦艦二隻、巡洋艦《じゅんようかん》四隻を擁《よう》する大艦隊だ。この船団を派遣した王国は、周囲に敵なしと自負する程度には軍事に力を入れているようである。占領して要塞化した南の諸島から出発したという記述から、例の半島国家であると予想される。国名は、レプイタリ王国。大陸の覇権国家の一つ、という扱いのようだ。

何年か前に保護した遭難者の所属する国家が、どうも遥か南の大陸の覇権国家だということが判明し、その調査と、できれば交流を持ちたいということで艦隊が派遣されることになった。少なくとも、その南方大陸から生きて辿《たど》り着《つ》くことができたのだ。あると分かっている場所であれば、いずれ見付けられるだろうということらしい。先手を打ってこちらから接触し、アドバンテージを稼《かせ》ぎたいという思惑のようだ、と船長は予想していた。

南方へ続く陸地は見つかっていないため、ひたすらに海洋を進むことになる。今まで誰も成し遂げたことのない偉業だ、と日誌の中で自慢していた。保存食は一年分を詰め込み、長い航海でもストレスにならないよう船員の居室も広めにしている。トーン・マグを使うことで、安全にお湯を準備できるという記述もあった。相変わらず正体不明だが、どうやら熱源として利用できるものらしい。そうして、海流に乗って順調に南下している最中、悲劇に見舞われたというわけだ。

「うーん……。海流に乗って、ってことは、また何かの船なりなんなりが、ザ・ツリーに近付く可能性はあるってことかしら……」

「はい《イエス》、司令《マム》。十分に考えられます。海流の調査も必要ですね。早急《さっきゅう》に調査機材を準備しましょう」

難破船の乗船調査は、成功裏に終わった。骸骨船員《スケルトン》も幽霊船員《レイス》も見つからなかったが、五人の妹たちは満足したようである。その日の夜は興奮して寝付けず、司令官《イブ》にまとわりついた挙げ句にリンゴに叱《しか》られるという貴重な体験もできた。司令官《イブ》も一緒に叱られたのはご愛嬌《あいきょう》である（後でリンゴにめちゃくちゃ謝られた）。

その後、この難破船はザ・ツリーへ曳航《えいこう》することになった。調査資料として有用であり、また積載されている大砲などの鉄資源を回収する目的もある。

この難破船についてはそれでいいのだが、別途検討すべき課題もできてしまった。

ザ・ツリーに近付く可能性のある船を、早期に探知する必要があるのだ。予想される技術レベルから想定すれば、最悪、全滅させてしまえばザ・ツリーの存在は秘匿《ひとく》できるだろう。だが、この世界に対する理解は全くと言っていいほど進んでいない。

例えば、魔法という技術体系。これに関しては、知識はゼロ。むしろ、科学的知見のせいでマイナスの補正がかかっている可能性もある。今の所、テレク港街から仕入れた情報からでは、遠距離通信に類似する技術は無いとされている。

だが、テレク港街よりも優れた魔法技術を持っていると思われる国家が、魔法による遠距離通信技術を持っていない、とは断言できないだろう。

ザ・ツリーに近付いてくる船を撃沈しました。攻撃されたことを、本国に通報されました。万が一そうなった場合、事態は最悪の状況になる。敵対組織として認識されると、非常に動き辛くなる。可能な限り、平和的に交渉を行いたいのだ。

ちなみに、この平和的というのは武力を伴《ともな》わず、という意味ではなく、武力衝突せず、という意味である。砲艦外交は、積極的に行っていく所存だ。

「海流の調査は最優先課題かしらね。テレク港街の情勢が落ち着いてくれていて、本当に良かったわ……」

「はい《イエス》、司令《マム》。あちらは哨戒網《しょうかいもう》もおおよそ構築できました。数ヶ月単位で安定していると判断できます。リソースを、ある程度海洋調査に回しましょう」

テレク港街周辺につぎ込んでいたリソースを、一部回収してザ・ツリー周辺海域の調査に割り当てる。まずは光発電式偵察機《スイフト》の投入機数を増やすと共に、観測機材を入れ替えて海流の調査を行う。できればブイなどを流して詳細に調査を行いたいが、人工物を放流するのは現時点では避けることとした。些細《ささい》な情報も、他勢力には渡したくない。

「衛星は……まだ無理ね。発射場の建設もままならないし、ロケット製造も資源的に厳しいか……」

「はい《イエス》、司令《マム》。技術的な問題もあります。高度五㎞を超えた時点で発生する何らかの上昇抵抗《ていこう》作用は、あれから何の調査も行っていません」

「そういえば、そんな問題もあったわねぇ……」

転移直後に打ち上げた高高度飛行機《プレーン》の上昇速度に異常を観測した、という問題も残っている。固定ロケットブースターはまだ在庫はあるが、追加製造は難しい。それに、安全に衛星を打ち上げるためには、何度も発射テストを行う必要があるだろう。この世界、この惑星の宇宙空間についてはまだ何も分かっていないのだ。

当面、光発電式偵察機《スイフト》を使用した観測を継続する必要がある。

「でも、スイフトはスイフトで搭載制限が厳しいのよねぇ……」

「はい、司令《イエス・マム》。スイフトの構造上、解決が難しい問題です。重量の殆《ほとん》どが、モーターとバッテリー、発電装置で占められていますので」

スイフトは、ソーラー発電で滞空を続けるという機能上、搭載機器に制限が発生する。当然重い機器は載せられないし、また、観測機器のエネルギー源にも厳しい制限があるのだ。

昼間は夜間飛行用のバッテリー充電が必要だし、夜はプロペラを回すためにバッテリーを消耗《しょうもう》する。僅《わず》かな余剰分《よじょうぶん》を、だましだまし使う必要があるのだ。

「うーん……。やっぱり、大型の航空機が必要かぁ……」

そうなると、できれば大型のプロペラ機が望ましいとなる。ジェット機は燃費《ねんぴ》が悪いため、候補には挙がらない。しかし、大型の飛行機は滑走路が必要になるため、今のザ・ツリーでは運用できない。

「飛行艇《シープレーン》の設計がおおよそ終わりましたので、資源を回しましょうか」

「そうね。ちょっと資源計画を変更しましょ。飛行艇《シープレーン》のテストを優先させて。あとは、そろそろ本格的に、燃料生産の目処を立てないとねぇ……」

今の所、石油資源は影も形もない。備蓄があるとはいえ、今のままでは先細りだ。ここで更に航空機も運用するとなると、相応に消費量も跳ね上がる。

「うーんうーん……。水素は比重が小さいから航空機燃料には不向きだしなあ……」

「背に腹は代えられない、という言葉もありますが」

「そうね……。で、実際のところはどうなのかしら」

ザ・ツリーには、今の所、余剰《よじょう》エネルギーが存在している。これを水素製造に充《あ》て、石油燃料の代わりに使うということも考えられるのだが。

「はい。水素の熱量は、一㎥あたり約十三MJ《メガジュール》。比較対象として、ジェット燃料は一ℓあたり約三十七MJ。ガスと液体ですので単純な比較は難しいですが、熱量は〇・〇四%にも満たないということになります」

「単純に考えると、空に上げるのも難しそうな数値ね」

「はい《イエス》、司令《マム》。液体水素を使用すれば一ℓあたり十MJ程度となりますが、それでもジェット燃料の二十七%です。水素燃料を燃焼させる方式では、ジェット燃料と比べると行動半径が狭くなります。出力上限が低いという問題もありますし、液体燃料を機体内に貯蔵《ちょぞう》するのも技術的ハードルが高いですね」

「燃焼以外の方法があるの？」

「はい《イエス》、司令《マム》。燃料電池を使用し、電力変換を行います」

説明しながら、リンゴは資料を表示した。燃料電池による発電量や、モーター出力などの総合資料。ただ、司令官《イブ》が注目するのは、製造資源と維持資源だろう。

「イニシャルコストも高いし、ランニングコストも高いわねぇ……」

「必要な性能を確保するために、電極触媒、セパレーター、電解液、制御機器など全て高機能材料を使用する必要があります。使用に伴って電極などは消耗するため、定期的な交換も必要です」

「高機能材料……。レアメタルに特殊化合物。化合物は分子配列機《プリンター》で製造できるにしても、これは……」

水素ガスタービンよりは効率がいいとはいえ、数を揃えるのが難しい資源《コスト》を要求されている。これを継続するくらいなら、素直に油田《ゆでん》探索に資源を投入したほうがマシかもしれない、と思える程度には高コストだ。

「船舶《せんぱく》は大型のガスタービンエンジンを設置できますし、燃料タンクの体積を大きく取ることもできます。ですが、航空機はいろいろと制約がありますので、差し引き、燃料電池の方に軍配が上がりますね」

「う、うーん……」

レアメタルは、低効率ながら海水から回収できている。しかし、ランニングコストだけで試算しても、現在の生産量では賄《まかな》い切《き》れない。そうすると運用機数を減らさざるを得ず、探索効率も比例して落ちる。

「……ダメね。当面、航空機は石油を使いましょう。船の燃料を水素に切り替える方針でいいかしら？」

「はい、司令《イエス　マム》。飛行艇《シープレーン》のみでの石油利用ということであれば、当面は問題ありません。並行して油田を探すか、あるいは他のエネルギーを検討しましょう」

交易に必要な船は揃っている。航続距離とエンジン出力の観点から、建造済みの船は全てディーゼルエンジンを採用しているが、これを水素ガスタービンに置き換えていくことにする。飛行艇《シープレーン》は現在設計済みの機体をベースに、省エネ方向で開発を継続。ザ・ツリーの備蓄する石油の消費を抑える方向へ舵を切る。

「大規模設備を建造できれば、いろいろと解決するんだけどねぇ……」

「設備建造には大量の鉄が必要ですので、まだ着手できませんね」

「せめて地盤がしっかりしてればね」

「遠浅とはいえ、周りは全て海ですからね。土台の設置だけでも、非常に困難です。今の情勢で優先すべきは……」

「……海底鉱山用のプラットフォーム建造。陸地で鉱山が見つからない以上、海底に望みを託す」

「はい、司令《イエス　マム》。現時点では、最も成功率が高いと想定されます」

最近、パライゾは周辺情報の収集に積極的だ。

◇◇◇◇

「この街の所属？」

「そう。確認していなかった」

街の所属なんてのを唐突に聞いてきたが、確かに……わざわざ説明した記憶もないし、おそらく今まで興味もなかったのだろう。しかし、本格的に介入する手前、地勢情勢を調査しないわけには行かなくなったと。

とはいえ、この状況だ。こちらにも、最新の情報が入ってきているわけじゃない。

「ここは、独立都市だ。アフラーシア連合公国の直轄領と言っていい。尤《もっと》も、連合公国がまだ健在かどうかは分からんが……」

「なるほど。確かに、現在は内乱中だ」

今、話を聞いているのはゼクスという女船団長だ。パライゾは、今の所、四つの船団でここテレク港街《こうがい》と貿易をしてくれている。一船団あたり、二隻の戦艦と一隻の大型輸送船。そして、戦艦が一隻、港に係留されている。テレク港街を、戦艦三隻が常に守ってくれている状態だ。

「ああ。今までも、情報は商隊経由でしか入ってこなかったんだが、ここ最近は知ってのとおりだ。最後に接触があったのは、半年前だな。鉄の町はもう少し情報があるだろうが、あそこは元々小さな町だ。そもそもの情報量が少ない」

「分かった。何でもいいから、情報は仕入れておいてほしい。それから、地図は置いてる？」

「地図……か。いや、この街では所有は認められていなかった」

「そう。非正規なものでいいから、出して欲しい」

誤魔化しはさすがに無理か。ため息を吐《つ》きつつ、金庫から地図一式を取り出す。こんな予感はしていたので、隠し金庫からこちらへ移しておいたものだ。

たまに、あの金色の目で何もかもを見透かされているような気がして、怖くなることがある。無表情でじっと見つめられると、何もかもをぶちまけなければいけないような、そんな圧力だ。部下はあの目つきがいい、とかほざいていやがったが、まあ、あいつは特殊だからな。

「我々が入手できる情報を使って描かせた地図だ。縮尺には期待するな。こっちが世界地図、こっちが連合公国地図。こっちはテレク港街の周辺地図。貴族の名前は、今の状況だと全く当てにならんがな」

「……十分有用。記録しても？」

「あんたらに対して、駄目だとは言えねえな」

「感謝する。ツヴァンツィヒ、記録を」

「はい」

ゼクスに呼ばれた少女が、手にした道具を地図に向けて、何やら操作を始めた。書き写すのかと思ったが、どうも違うようだ。

どこかの魔導王国には、風景を切り取って絵にする魔道具があると与太話《よたばなし》で聞いたことがあるのだが、もしかすると、そういった類《たぐい》の魔道具なのかも知れない。それが何かを尋ねてみたいが、今はそんな雰囲気《ふんいき》ではないな。

「終わりました」

「結構。テレク商会長、協力感謝する」

この嬢ちゃんたちは、圧倒的な力を持っているにもかかわらず、礼儀正しく接してくれる。ただそれだけで、クソッタレの貴族共を売り渡していいと思える程度に、この国の状況は悪くなっていた。今の内乱は、起こるべくして起こったのだろう。

「人をやって、調べさせようか？　あんたらの力で色々と監視してもらってるってのは助かるが、分かるのは敵が動いた後だろう？　何とか情報を仕入れられれば、先手を打って対応できる」

「……。少し待って欲しい。検討する。こちらの情報が漏洩《ろうえい》する危険性も考えなければならない」

情報漏洩、か。やはり、パライゾは進んだ知識を持っているな。情報の重要性を、十分に理解している。

「嘘《うそ》の情報をもたせた調査員を使うって手もあるが」

「万が一捕まっても、間違った情報を相手に与えられると？　……しかし、前提知識が間違った人員では、拾ってくる情報におかしなバイアスが掛かる可能性がある」

　情報の取り扱いに、精通している。一部、意味の分からない単語が混じっているが、たぶん諜報員《ちょうほういん》からの情報が信用できなくなる、ということを言っているんだろう。確かに、嘘情報を教えた諜報員の報告は、間違ったものが多くなると聞いている。

　それも込みで、いろいろと分析が必要になるのだが。

「とはいえ、何も情報がないよりはマシ、か。テレク商会長、物資の買付という体《てい》で、まずは人を動かしてはどうか。諜報員の浸透は、本国で一度検討する。我々は諜報に不向きだから、あなた方を頼ることになるが」

　それはそれは。確かに、彼女らが近隣に出没したら、それだけで騒ぎになるだろう。それなりに耐性のあるこの街ですら、祭りになったのだから。

「……そうだな。最初はそういう体で人員を派遣しよう。とはいえ、治安がな……。護衛の兵と商人と馬車を用立てて、隣町まで辿り着けるか」

　周りの治安は最悪だ。最後に聞いた話だと、獲物と見ればとりあえず襲ってくるような盗賊紛《まが》いの兵士ばかりらしい。本物の盗賊か、どこぞの貴族の私兵か、はたまた国の正規兵か、判断もつかないほど酷《ひど》い状況のようだ。そんなところに馬車付きの商隊などを送り込んだら、即座に餌食《えじき》になりかねない。

「とりあえず、使者を送る方向で検討する。それなりの数の護衛を付けて、まずは通商路を開拓するか。街道の安全が確保できれば、商人の移動もやりやすくなるだろう」

「……。了解した。本格的な動きについては別途検討する。ひとまず、使節団の派遣を検討して欲しい。武器防具は、ある程度こちらの力を見せるという意味でも、最新のものを持っていってもいい」

「それは助かるな。分かった、準備ができたら報告させよう」

その後は二、三個の報告を済ませ、雑談をしてからパライゾの連中は帰っていった。

そういえば、租借地として渡した土地は凄《すさ》まじい勢いで建物が建っていた。やはり、彼女らの持つ技術力は非常に高い。後は、更に広い土地を見繕《みつくろ》って欲しいと言われているが、街の外を開拓してもらうしかないだろう。立《た》ち退《の》きまで要求するつもりはないということなので、仕方がない。テレク港街は小さな街だ。余剰の土地など全くない。

「会長。砲台の建設予定地は、滞《とどこお》りなく確保できましたぜ」

「ああ。随分早かったな」

そこへ、防衛用として要求された砲台建設地の地上げを命令していた部下が報告に入ってきた。命令したのは一週間程前だったが、求められた五箇所の地上げが終わったらしい。

「ま、もともと大した広さを要求されたわけでもねえですからね。あと、お嬢さん方の評判がすこぶる良いってのも大きいですわ。正規の値段でほぼ合意できやした。しかしありゃ、立ち退きも最低限で済むように選んでますな。庭だったり、畑だったりの場所がほとんどですぜ」

「……なるほどな。まあ、パライゾの連中ならそのあたりの下調べくらいしているか」

最初、防衛用の砲台を建設したいと言われた時にはどうなることかと思ったが。何というか、とにかくこちらの邪魔にならないよう配慮されているように思える。正直、租借地だの建設用地だのと要求されたときは、ついに来たかと覚悟したものだが……。

「会長、あとは人足を集めて工事を始めましょうや。建設着手自体は用地買収が終わってからでいいって言われてヒヤヒヤしてましたが、こんなあっさり終わるんじゃゃ、お嬢さん方の計画通りって感じですなぁ」

「ああ。実に頼もしいことにな。しかし、工事の前に道路整備もしてくれると来た。先に整備したほうが結果的に建設時間が短く済むって話じゃあるが……」

「へい。向こうさんがそう言うなら、そうなんでしょうや。あっしも色々とお聞きしましたがね、お嬢さん方は嘘は言わねえ。誠実なのか、あるいは……」

「……騙《だま》す必要も感じていないか、か」

無言で頷く部下に、私も思わず唸《うな》ってしまった。

最近は、否《いや》が応《おう》でも理解させられている。我々と、パライゾとの間には途方もない技術格差が存在している。昔、レプイタリ王国のモーア港に寄港したときにもこういう感覚を覚えたことがある。あの時に見たのは、鉄に覆われた戦列艦。船腹にずらりと並んだ砲列を見たとき、これにはとても敵わない、と戦慄《せんりつ》したのをよく覚えている。

しかし、パライゾの擁する戦艦、彼女らはアルファ級と呼んでいるが、あの連続砲撃を見せられたときに感じた衝撃は、我々の自信を全て打ち砕くには十分なものだった。後で確認したところ、速射性能は毎分四十五発、射程は少なくとも三十㎞とのことだ。その砲が、一隻あたり三門、常駐戦力として三隻九門、テレク港街を守るために空を睨《にら》んでいる。

「大丈夫だと思うが、万に一つの可能性でもあるなら、絶対に抑え込んでおけよ。間違っても、パライゾと敵対するわけにはいかん」

「へい。十分に承知しておりやす」

## ▽四百六十二日目　彷徨う恐怖《ワンダリングフィアー》

それは、ゆっくりとその領域から浮上した。目撃例はほとんどなく、ただ伝説として語り継がれる存在。彷徨う恐怖《ワンダリングフィアー》と呼ばれる、強大な獣。それに明確な意思はなく、空腹を満たすため、生きるために動き出す。

◇◇◇◇

「戦闘ユニットを！　そろそろ、戦闘ユニットを出させてください！」

「はい《イエス》、司令《マム》。どういたしましょうか」

ここ最近、資源関連の技術ツリーを眺め続けていた彼女は、遂《つい》に爆発した。

「ぐぬう……。分かってるのよ……戦闘機械はエネルギー供給の問題で常用できないって……。でも、でもでも、作りたいのよ！　鉄も余りがあるし！」

「はい《イエス》、司令《マム》。余剰《よじょう》はありますが、計画的に備蓄《びちく》しているものです。利用されるのであれば、計画的にお願いします」

テレク港街《こうがい》経由で、定期的に鉄鉱石を手に入れることができるようになった。一度に運び込まれる量はそれほど多くはないが、定期的に輸入できるため今後の計画はかなり選択肢が広がっている。とはいえ、リンゴの言う通り余っていると言うほどではない。

計画的に使わないと、すぐに底を突いてしまうだろう。

しかし、しかしだ。

彼女は、眺めていた戦闘技能系技術ツリーを指差し、叫ぶ。

「こういうの！　こういうのを師団単位で運用したいの！」

「はい《イエス》、司令《マム》。……。……あの、ええと……」

「分かってる、分かってるわリンゴ！　鉄もないし燃料もないし、そもそも敵がいないわ！　だから、こんなのを量産したって使えないことくらい、分かってるわ！」

「はい《イエス》、司令《マム》」

リンゴは相槌《あいづち》を打つだけに留めることに決めた。

これは、たぶん、ストレス発散とかそういうのだろう。亀のように、頭を引っ込めてじっと耐えるしかできない状況だ。

「ワールド・オブ・スペースの時だったら、手頃な位置に敵がいたんだけど、あと資源もあったんだけど、この辺りは現実化した弊害《へいがい》ね……。ゲーム性なんて皆無なんだから、待ってるだけじゃ当然だめね。こちらから動かないと」

「…………」

「短期目標は、テレク港街の防衛値向上。中期目標は各種資源の確保。長期目標は、戦艦建造」

彼女は、設定された各種目標を読み上げ。

「……ん？　戦艦？」

そういえば見落としていた、長期目標を見て首を傾《かし》げた。

「いや……そうね。戦艦を建造しても困らないくらいになりたいわね」

まあいいでしょう、と頷《うなず》き、ツリー表示に戻る。戦艦云々《うんぬん》は、確かに自分で発言した記憶がある。リンゴがそれを目標に掲げているのだから、それでいい。

「色々とできそうなことはあるんだけど、だいたい資源か燃料で引っ掛かるのよね！　腹立つわね！」

ムキー！　という擬態語《ぎたいご》が背景に見えるほど、彼女はいきり立った。彼女の感情に反応し、両耳と尻尾《しっぽ》がピンと上を向く。それを見ているリンゴの耳はペッタリと伏せられ、尻尾もギュッと両脚の隙間に入り込んでいた。完全敗北である。

「んー！　あー！　もー！」

叫びながら彼女は立ち上がり、そのまま部屋の隅《すみ》にあるベッドに走って飛び込んだ。ひとしきりバタバタした後、動かなくなる。

「…………」

「…………」

「……寝るわ」

「はい」

靴《くつ》を履いたままはよくない。リンゴはベッドから飛び出している彼女の足から、靴を脱がせる。タオルケットを掛けたほうがいいかと動こうとしたとき、ガシリ、と手を摑《つか》まれた。

「抱き枕ね」

「!?」


リンゴが司令官《イブ》の抱き枕にされた翌日。

犬科の本能が出たのだろうか。

おかしな甘え方ではあったが、一応ストレス発散にはなったのだろう、彼女は上機嫌で技術ツリーを弄《いじ》っていた。

「ねえリンゴ、思い付いたんだけど」

「はい《イエス》、司令《マム》」

## 〈 四百六十二日目　彷徨う恐怖《ワンダリングフィアー》 〉

「たしか、マイクロ波送電の技術ツリーがあったわよね。あれ、使えないかしらね？　地平線問題はあるけど、近距離用途ならとりあえずいけそうじゃない？」

「なるほど。少々お待ち下さい」

彼女に指摘され、リンゴはざっとライブラリを検索する。マイクロ波を利用した、無線給電技術について。確かに地平線までという制約はあるものの、拠点《きょてん》防衛用に配置する戦闘機械や各種重機を稼働《かどう》させるという目的には十分利用できるだろう。

「伝送施設さえ用意すれば、実現はできるでしょう。そうですね。フェーズド・アレイ技術を利用して任意の空間点へ給電することが可能です。私が常時演算するのも冗長性《じょうちょうせい》に欠けますので、現地に制御設備を設置する必要がありますが」

リンゴがこの無線給電技術を採用しなかったことには、理由がある。

電力をマイクロ波に変換して送信するという特性上、送信設備が電磁的に非常に目立つのだ。ワールド・オブ・スペース上では、夢の技術として基本的に禁じ手とされていたのである。なにせ、ビカビカと光る目標に向かって飽和攻撃を行うだけで、敵の戦闘機械群を無効化できるのだ。何なら、大量のチャフをばら撒《ま》くだけでもいい。それだけで、伝送波を攪乱《かくらん》できる。そのため、無意識に選択肢から外していたのだ。

「なるほど。トンデモ技術でも、この世界では利用できるかも知れませんね」

「まあ……。電磁波を探知できる勢力がいないってことが前提だからね。とはいえ」

「はい《イエス》、司令《マム》。現時点では、我々ザ・ツリー以外に電磁波を能動的に利用している存在は確認されていません」

彼女の指示で、リンゴは、転移後ずっと慎重《しんちょう》に探査を進めていた。光発電式偵察機《スイフト》との無線通信は超指向性アンテナを使用し、極力電波が漏れないよう気を使う。かつ、囮《おとり》としての役割も持たせるため、時折無指向性の電波を流したり、逆にパッシブモードで巡回させたりと、科学技術を利用した勢力の有無を探ってきたのだ。

結果、少なくともザ・ツリーの勢力範囲内で、電磁波を使用した技術体系は使用されていないと結論付けた。地平線、水平線の向こうがどうなっているかはまだ分からないものの、少なくとも見える範囲で人工的な電磁波は検出されていない。これには電離層伝搬の観測結果も含まれているため、かなりの広範囲にわたって、電磁波を継続的に発信する設備が存在しないことを意味している。

「基本技術はライブラリに収められていましたので、すぐに試作機を作りましょう。まずは、ザ・ツリーの防衛戦力として小型の攻撃機を製造します」

「……電力を送信できるなら、レールガン搭載型《とうさいがた》の船も作れるかな？」

「レールガンについては技術的課題が多いため、解決すべきスキルノードが多いですが……そうですね、いい機会ですので、オリーブに任せましょう。今のまま、好き勝手に作らせても伸びるでしょうが、課題を与えてストレスを掛けるのも重要かと」

「オリーブに？　そうねぇ……。まあ、そうね。そうすると、ほかの娘たちにも何か課題を与えないといけないかしら」

　オリーブだけに課題を与えると、姉妹間の格差が発生しかねない。そのあたりは面倒臭がらず、しっかり考える必要がある。ある程度性格は定まってきているはずだが、贔屓《ひいき》と取られるような行動は控えた方が望ましい。性格が曲がったり、変にこだわりを持ったりと、思想行動に感情的バイアスがかかる可能性がある。……らしい。教育本にそう書いてあった。

「はい《イエス》、司令《マム》。そちらも、見繕《みつくろ》っておきましょう。司令《マム》には、製造する装備類の選定をお願いしても良いでしょうか」

「おっ。分かったわ、任せなさい。ロマン溢《あふ》れる最高の軍団を設計してみせるわ！」

「あの、ほどほどにお願いします」

　ちゃっかりと司令《マム》にも課題を割り振り、やる気になった彼女を確認してリンゴは安堵《あんど》した。

　やはり、人間には適度なストレスが必要だ。きつすぎても緩すぎても、感情的に不安定になるらしい。

　初めの頃、司令《マム》を甘やかすことばかり考えていた自分に恥じ入る。こればっかりは、何でも自分でやろうとしていた司令《マム》に感謝するしかない。彼女が、あのままリンゴの誘惑に負けて自《じ》堕落《だらく》な状態に陥《おちい》っていたら、これほど活動的にはなっていなかっただろう。

　まあ、そうなっていたらそうなっていたで、あるいはリンゴは幸せだったかも知れないが。

あらゆる可能性を検討し、最適な選択を行っているつもりでも、リンゴと独立した意思からは、検討すらしていなかった独創的なアイデアが発生することがある。司令《マム》は元より、最近は五姉妹からもそういった傾向を感じることができていた。どんなに優れた演算速度を持とうと、リンゴは本質的には一人だ。多様性を持たせるため、これからも優秀な頭脳装置《ブレイン・ユニット》を増やす必要がある。

◇◇◇◇

見渡す限りの大海原《おおうなばら》。ただただ水面《みなも》が続くその海域に、何かが浮かんでいる。

突き出すのは、木彫りの女神。

波に合わせてゆっくりと上下しながら、じっと水平線を見つめている。

その頭に、空から海鳥が舞い降りた。注意深く周囲を窺《うかが》った後、羽繕《はづくろ》いを始める。

そうして、しばらく経《た》った後。

巨大な影が、低い唸《うな》りと共に近付いて来た。

舳先《へさき》が波を掻《か》き分《わ》け、押《お》し退《の》けられた海水が波となり、女神を揺らす。

驚いた海鳥が、バサバサと空に舞った。

純白の船体を持った船が、ゆっくりと近付いてくる。船側には、船名が刻印されていた。

"QUEBEC 017 THE TREE"

◇◇◇◇

「司令《マム》。巨大な人工漂流物《ひょうりゅうぶつ》を発見しました」

「巨大な？」

リンゴに呼ばれて来てみれば、そこにはクレーンで吊《つ》り下《さ》げられた船首が映し出されていた。

「えーっと……今、作業中？」

「こちらの画像は、作業中のものですね。既《すで》に回収は完了し、帰投中です」

「なるほど」

表示されているのは、先端部分で脱落したと思《おぼ》しき木造船の船首である。長さは十m程度だろうか。ぽっきり、という擬音語が聞こえてきそうなほど、見事に折れているように見える。

「これが見つかったの？」

「はい《イエス》、司令《マム》。海流の調査中に見つけた漂流物です。古いものなら標識《マーカー》としてそのまま流す予定でしたが、調べたところ、比較的最近発生した漂流物と判明しましたので、詳細な分析のため回収しました」

このあたり、リンゴは事後承諾でいろいろと動くことが多い。まあ、確かにこんな些事《さじ》までいちいち報告されては困るので、彼女も許しているのだが。

「最近ねぇ……。例の漂流船と関係あるのかしら？」

「その可能性も考え、これから調査します。現時点では、船首の特徴的構造物に類似性がありませんので、別の文明によるものと推測していますが」

「へえ。これ？　んー、女神像？」

今回回収した船首部分には、女神と思われる像が彫り込まれている。かなり精巧に作られているようだ。対して、以前曳航《えいこう》した漂流船の船首には、竜のような生物の首を模したものが、船首構造物の下側に設置されている。意匠《いしょう》も異なり、設置場所も異なる。であれば、確かに別の場所で作られた船である可能性は高い。

「なるほど。その調査も兼ねて回収したのね」

「はい《イエス》、司令《マム》。また、海域としてはこちらで発見しましたので、比較的近くに海流が流れている可能性がありますね」

「はー。っても二百㎞は離れてるのね。近いといえば近い、か」

漂流船であればまあ、いくら流れて来ても特に問題はない。しかし、生きた人間が乗っている船が来てしまった場合、ザ・ツリーはどう行動すべきか、まだ指針は出せていなかった。下手に場所を知られるのも対処に困るし、かといって問答無用で撃沈するというのもよくないだろう。

「あの船がなぜあのような状態になったのかは、調査が必要です。座礁《ざしょう》でもしたというのならば、できれば場所も特定したいですね」

周辺海域の調査は始めたばかりで、海流も分かっていないし岩礁の位置も不明だ。投入できる機材が少ないため、進みが悪い。

「ザ・ツリーは、この惑星の赤道近く、亜熱帯から熱帯と呼ばれる気候海域に属しています。北側に大陸がありますが、南側にも、こちらは未発見ですが、大陸があるようです。距離的には、少なくとも四千㎞以上離れていると思われます。東西についても確認はしていませんが、恐らく海が続いているでしょう」

「とりあえず、世界一周させたほうがいいのかしらねぇ……」

確認済みの場所は、予想される惑星地表面の一割にも満たない。光発電式偵察機《スイフト》を飛ばしてもいいのだが、水平線または地平線に隠れると通信できなくなってしまう。無制御・無監視で飛ばし続けるのは万が一墜落などした場合に行方不明《ゆくえふめい》になる上、他勢力へ情報が漏洩《ろうえい》する危険性があった。

そのため、基本的に相互に通信できる範囲で光発電式偵察機《スイフト》を増やしていくという方法をとっている。北大陸側に通信網を形成する必要があったため、半分以上のリソースが北大陸側に注がれている。これを、南または東西に延ばすというのも、リソース的に厳しい状況だ。

「世界一周はリスクが高いですね。何かあった場合のフォローができませんので」

「そうよねぇ。うーん、地道にやるしかないかぁ」

スイフト一機あたりのカバー範囲は、あまり広くない。また、通信機材を搭載すると、観測機材は搭載できない。通信用のスイフトと、観測用のスイフトを同時に運用しなければならないのだ。

量産自体は可能だが、モーターやバッテリー、発電装置、電子機器類にレアメタルを使用するため、あまり作りすぎるとその他の装備・設備の製造に支障が出る。先にレアメタル生産設備を拡充する必要があるが、設備完成までは資源不足が続くことになり、その間は監視網の拡大ができない。

そのあたりのバランスと言うか、取捨選択を行うのはリンゴはあまり得意ではないため、司令官《イブ》が決めるようにしている。リンゴは統括AIという立場上、完璧を求め、失敗を許さないという性格が強いのだ。後回しにするとか、諦める、縮小するといった後ろ向き《ネガティブ》な行動を取る事に拒否感を示すのだ。

「んー……。北大陸側のラインを、一系統にしましょう。次の製造分をバックアップに回すとして、それまではバックアップなし。浮いた分をひとまず海洋探査に回しましょう。いいわね？」

「はい《イエス》、司令《マム》。北大陸側の機材にトラブルが発生した場合、最低でも二時間は復旧できませんが、問題ないでしょうか」

「許容範囲内よ。スタンドアロンでも、二時間くらいなら大丈夫でしょう？　それに、故障率は……○・○○一％以下ね。ほぼ無視していい数値だわ」

北大陸の設備や人形機械《コミユニケーター》は、リンゴが全て直接操作している。電波通信を行っているが、ザ・ツリーから視認できる距離ではないため、スイフトを複数機経由して繋《つな》げているのだ。

一応、通信が途切れた時の為《ため》にスタンドアロンでも活動できるよう、随伴《ずいはん》する駆逐艦《くちくかん》に演算ユニットを搭載してはいる。確かに、司令《イブ》の判断の通り、許容範囲内のリスクだろう。

「はい《イエス》、司令《マム》。それでは、バックアップ系統と主系統のスイフトの運用を統合し、余剰機を海流探査に回します」

「お願いね〜」

衛星打ち上げがままならないこの世界において、低コストで運用できるスイフトは非常に有用な装備である。しかし、そろそろ代替を考える必要がありそうだ。高度二十㎞を飛ぶとはいえ、地上、海上から視認できないわけではない。あまり数を増やすと、異常に気付く勢力が出てくる可能性がある。

「……有線でも引こうかしら？」

海底ケーブルを、北大陸まで伸ばす。無理ではないだろう。材料は十分に確保できる。ただ、時間が相応に掛かることと、この世界の海洋状況が不明なためケーブル敷設《ふせつ》に伴う障害が予測できない。しかし、拠点間を有線接続できるというのは非常にメリットが大きい。

今の所観測はされていないが、恒星フレアによって通信不可になることもあるのだ。フレアの規模によっては、上空のスイフトが全滅することもあり得るだろう。

「リンゴ、海底ケーブルの調査も並行できるかしら？　優先度はそれほど高くなくてもいいけど、早めにテレク港街《こうがい》と繋げたいわね。拡張期に一系統しかないのは仕方ないにしても、最終的には通信経路は複数確保したいもの」

「はい《イエス》、司令《マム》。そうですね、このまま一番級《アルファ》駆逐艦一七番艦《ケベック》を調査船仕様に換装して、海底調査を行いましょう」


漂流船を発見後、数日が経過した。

「回収した船首の断面を検証した結果、巨大な何かによって破断されたものと推測します」

それが、拾ってきた船の船首部分をリンゴが解析して得た回答だった。

「破断？」

「はい《イエス》、司令《マム》。両側から同時に、かつ速やかに何かに挟まれ、迅速《じんそく》に引《ひ》き千切《ちぎ》られたと考えられます。周囲に残った傷や、一部構造物に食い込んで残った残留物を分析した結果、巨大な動物が食い付いたものと結論しました」

# 〈 四百六十二日目　彷徨う恐怖《ワンダリングファイアー》 〉

「……。一応確認するけど、別にリンゴがＢ級映画を見すぎたとかそういうわけではないのよね？」

「はい、司令《イエス、マム》。木材の壊れ方や、こちらが残留物ですが、明らかに歯と思われるものが食い込んでおり、一部体組織の回収もできました。遺伝子解析は継続中ですが、近い内に何らかの結果は判明するかと」

リンゴが作成したシミュレーション映像。巨大な動物そのものは姿は確認されていないため不明だが、それなりに大きな木造船を下から咥《くわ》え込《こ》み、そのまま噛《か》み千切《ちぎ》るという豪快な攻撃行動が予想されている。

木材の破断の仕方から想定される破壊順などから、どのように外側から力が加わったのかが解析できるのだ。

「うーん……単に巨大な鯨《くじら》みたいな生物なのか、それとも魔法的《ファンタジー》な怪物なのか……」

「少なくとも、体組織そのものには、科学的に異常な点は確認されませんでした」

外側からゆっくり力を加えられた場合、船体が全体的に押し潰された形になると予想される。しかし、船首はほとんど破壊されないまま脱落したようだ。それこそ、鋭利な鋏《はさみ》で挟んで切断したような、比較的綺麗《きれい》な断面になっているのである。

この生物は、締め上げて徐々に潰した訳ではなく、ひと噛みで、そして恐らく易々《やすやす》と木造船を破壊したのだ。

「こんな、船一隻を食い千切るような生物がウロウロしてるわけ……？」

「はい、司令《イエス マム》。元々、我々の常識よりも遥《はる》かに巨大な海獣は確認できていました。そして、それを主食にするような、獰猛《どうもう》で巨大な生物がまた他にもいると思われます」

うーむ、と唸りながら、彼女は腕を組む。

人間の侵入を警戒していたら、それより遥かに直接的な脅威《きょうい》を発見したのだ。もしそんな生物がいるとして、それをザ・ツリーに近付かせないという対処ができるかどうか。

「実物を確認しないと、対策の考えようもないわね。仕方ないけど、海域調査のリソースをその怪物探しに振り分けるしかないわね」

「はい、司令《イエス マム》。そのように取り計らいます」

現在、海流を調査するため、多くのスイフトに電磁波発振器と検出器を載せている。標識《マーカー》になりそうな漂流物を探したり、ドップラー効果を利用して海流を直接観測したりと、いろいろと試しているところだ。

しかし、巨大生物の探索を行うならば、必要な観測機器は恐らく可視光検出器だ。相手が水中にいるとなると、浮上しているところを確認するしかない。海中では電磁波はほとんど吸収されてしまうため、見て探すしか方法がないのだ。

「ままならないわねぇ……。いろいろと絞って、衛星の打ち上げにリソースを突っ込んだほうがいいかしら？　うーん、それとも海底鉱山のプラットフォームを急がせるか……。シミュレーションできるほど情報が揃《そろ》ってないから、どれが最適解なのか分からないわね……」

「はい《イエス》、司令《マム》。漂流船に続き、今回の大型生物も早急《さっきゅう》に対策が必要です。資源《リソース》は有限ですが、やるべき仕事《タスク》が積み上がっている状態ですね」

どれもこれも、優先順を付けられないほど重要案件だ。

テレク港街は、鉄の確保のため絶対に外せない。最優先で対処が必要だろう。

漂流船は、すぐではないにしろ、いつか必ずザ・ツリーに人が辿《たど》り着《つ》いてしまうことを示唆《しさ》している。事前の対応のためにも、有効な哨戒網《しょうかいもう》を作るためにも、海域、海流の調査は絶対に必要だ。海流調査は時間がかかるため、あまり後回しにしていい案件ではない。

むしろ、海流のマップ化は今後の活動の上で非常に有用な情報のため、早めに調べてしまいたい。

そして、今回の巨大生物。漂流船と違い、相手が生物のため、まかり間違ってこちらの存在がバレた場合に襲われる可能性がある。

相手が不明なままでは、対策の取りようがない。通常兵器で撃破ないし追い払うことができるのかすら不明だ。そのため、一刻も早く相手の情報を手に入れる必要がある。

テレク港街以外の問題は、緊急度は高いものの期限を定められない。先が見えないのに緊急で対応が必要、というのはとても厄介だ。どれだけリソースを割けばいいのか、全く読めない。

「この巨大生物ですが、船を襲っており、また破断痕《はだんこん》から推測して、真下から噛み付いています。そのため、肉食と仮定した場合、大型海獣を狙って襲っていると思われますが、その瞬間を捉《とら》えるのが間違いないかと」

「ふーん……。そうすると、鯨の群れか何かを見付けて、それを追跡する感じ？」

「はい《イエス》、司令《マム》。ひとまず、それで様子を見ましょう。それとは別に、広域の画像監視も行います」

「そうね。それしかないわね……。よし、その方針で行きましょう」

「はい《イエス》、司令《マム》」


方針決定後、一ヶ月が経過した。

あれから探索を続けた結果、鯨に似た海獣の群れをいくつか発見し追跡している。しかし、肝心の巨大生物は影も形も見つかっていない。とはいえ、少し深く潜られると視認は不可能になるため、仕方がないだろう。

幸いなことに、海獣はテレク港街との航路上では見つかっていない。例の巨大生物も、餌《えさ》のない海域にはわざわざ近付かないだろう。

とはいえ、何の対策もしないわけには行かないため、何とかやりくりしてスイフトを上空に付けるようにした。最悪襲われても、状況はモニターできる。

# 〈 四百六十二日目　彷徨う恐怖《ワンダリングフィアー》 〉

「破砕された船の残骸《ざんがい》のようなものは、いくつか確認できています。少しずつ海流の状況も分かってきていますので、例の船が襲われた海域は絞られてきました」

漂流物は海流に乗って流れているようだったため、その出処《でどころ》を探している。フジツボなどの生物の固着状況から、襲われてからの期間は一ヶ月以内と想定。海流の速さから逆算し、おおよそのアタリは付けた。その周辺海域には海獣の群れは見つからなかったが、それが最初からいなかったのか、逃げ出したのか、食い尽くされたのかは分からない。

「海流に乗っていると想定すると、さらにザ・ツリー側へ移動してきているかもしれません。海流の流速は平均して一日あたり数十kmと非常に緩《ゆる》やかではありますが、二ヶ月あれば五百〜六百kmは移動しているかと」

「油断できない状況ねえ」

海図らしくなってきた海図を眺める。調査範囲は、巨大生物の探査を優先しているため偏っているものの、当初よりも遥かに広大になった。海流も少しずつ分かってきたため、哨戒範囲は絞られてきているが。

「もしこっちに来てたら、どうしましょうねぇ」

「お姉様《ねえさま》、この巨大生物は、殺さないといけないのでしょうか？」

「んー。こちらを襲う可能性があるというのなら、ね。一番級《アルファ》とか輸送船を沈められても困るし」

予想される巨大さから、捕獲は現実的ではない。できれば調査したいため、殺せるならば殺そうと考えているのだが、無理なら追い払うことになるだろう。

「攻撃して追い払ってもいいんだけど、変に目をつけられる可能性もあるし」

得てして、巨大な生物は頭も良いことが多い。攻撃したことを根に持たれ、付け狙われる可能性も考えている。そのため、後腐れなく殺し、解剖などで生態調査を行いたいところだ。

「無闇に殺さないほうがいいと文献にはありましたが、無闇、というのは今回は当てはまらないのでしょうか」

「イチゴは真面目《まじめ》ねえ」

いつもどおり、彼女は妹《イチゴ》の頭を撫《な》でる。

「無闇にっていうのをどう捉えるかは状況によりけりだけど、私は、殺すために殺すことが良くないと思っているわ。今回は、自衛だとか、学術的調査のためとか、そういった理由がある。それに、さっき言った通り、殺さないほうが後々問題になりそうだからね」

「……殺すために殺す、というのはよく理解できませんが、分かりました。姉妹たちにも伝えておきますので、作戦時は全員で見学させて下さい」

「オッケー。ちゃんと呼ぶわ。お願いね、リンゴ」

「はい《イエス》、司令《マム》」

見つけた。

「第二種戦闘配置」

「はい《イエス》、司令《マム》」

場所が悪い。ザ・ツリー南東方向、距離は僅《わず》か三十㎞ほど。回遊していた鯨に似た海獣が、真下から噛み付かれたのを光発電式偵察機《スイフト》の全周カメラが撮影した。監視していたリンゴが即座に司令《マム》に連絡、司令官《イブ》はその距離の近さから要塞【ザ・ツリー】を厳戒態勢に移行させる。

「妹たちは第二指揮所へ。リンゴは私についてくること」

「はい《イエス》、司令《マム》」

監視用のスイフトを呼び寄せつつ、攻撃ドローンの発進準備を整える。三十㎞であれば、十分に行動範囲内だ。マイクロ波給電は設備も装備も整っていないため、今回は使用できない。とはいえ、対象海域は十分に近距離のため、バッテリー駆動式の兵器類は使用可能だ。

「司令《マム》、第二種戦闘配置完了しました」

「オーケー」

彼女はリンゴを伴《ともな》い、司令室に飛び込む。別に司令室でなくてもいいのだが、まあ、さすがに食堂では気分が乗らないので。

「映像を」

「はい、司令《イエス　マム》」

ずらりと各種ウィンドウがポップする。スイフトから送信される、ライブ映像だ。映像の中では、海獣の群れが血祭りに上げられていた。

「うわぁ……なにこれ」

大型生物。巨大なその体は、しかし異様なほど機敏《きびん》に動く。映像から解析されたその解析データが投影《とうえい》された。

「体長およそ八十m。尻尾部分を除くとおよそ六十m。種類としては、ワニによく似ていますね。泳ぎは体全体と尻尾をくねらせているようです。捕食行動は、このような形です」

ゆっくりと泳ぐ海獣の群れ。その真ん中の小さめの個体が最初に狙われたようだ。真下の海中に影ができた、と見えた直後に、それは飛び出した。口を大きく開けた状態で、垂直に上昇し海獣を挟み込む。三〜四mは、空中に飛び出しただろう。嚙み砕く、という表現がぴったりだった。

その強靭《きょうじん》な顎《あぎと》に挟まれた海獣は、抵抗《ていこう》の間もなく食い千切られた。一嚙みだ。大型生物の口の両側から、嚙み切られた頭部と尻尾がこぼれ落ちた。ほぼ同時に、その巨体が海面に着水。真っ赤な血液混じりの水しぶきが、周囲に撒き散らされた。

「うわぁ……」

そしてこれが、僅か三十㎞の近場で発生している、現実の出来事なのだ。

「解析を開始します。各種解析関数《アナライザーメソッド》を定義。演算開始」

取得した映像を、リンゴが全力で解析する。世界の演算すら可能と言われるほど出鱈目《でたらめ》な演算能力を持つリンゴは、その力を遺憾《いかん》なく発揮した。

「解析完了。まず最初に、この大型生物は非科学的な存在です」

「んん……？」

その一言目で、司令官《イブ》の眉間《みけん》に皺《しわ》が寄る。

「計測された運動性能ですと、既存生物の持つ体組織では、あの行動を起こすのは不可能です」

問題になったのは、大型生物の捕食行動だ。真下から口を開けて海獣を飲み込み、食い千切る。

「この動きを行った際の海水の抵抗に、この大きさの体では耐えられません。どんなに演算しても、筋肉は断裂し、皮膚《ひふ》は剝《は》がれ、骨は砕けます」

「……続けて」

「はい、司令《イエス マム》。想定される強度は、どの既存生物の体組織でも実現できません。骨格にチタン合金、筋繊維をカーボンナノチューブとでも定義すれば可能でしょうが、非科学的《ナンセンス》です。以前回収して解析した体組織からは、そういった特殊な分子や構造は検出されませんでしたので、解析できない何らかの仕組みが存在すると想定します」

# 〈 四百六十二日目　彷徨《ワンダリングフィアー》う恐怖 〉

「……なるほどね。それがつまり、魔法的《ファンタジー》な力ってこと？」

「はい、司令《イエスマム》。何らかの方法で、大型生物の体構造が強化されているか、水の抵抗を排除していると考えられます」

　映像の中、海獣を食い散らかした大型生物は、最後の一体の頭部に噛み付いている。盛大に出血しているため、既に死んでいるだろう。しかし、この最後の個体はどうやら食べないようだ。短い手足を何やら動かし、位置を確かめている。

「何してるのかしら」

「遊んでいるようには見えませんので、何らかの意味のある行動かと」

「抱きついたわね」

「……腰部に何らかの活動。映像では確認できませんね」

　やがて、満足したのか、大型生物は海獣の体から離れた。そしてそのまま、流される海獣に並走するような格好で動かなくなる。

「……寝た？」

「活動レベルが低下しています。しかし、この状態は良くないですね。ちょうど、ザ・ツリーの傍《そば》を流れる海流に乗っています」

　ゆったりと波に揺られる大型生物。このまま動かないと、ザ・ツリーのある岩礁海域へ流れ着くだろう。予想到着時間は、四時間後だ。

「こっちに来るかぁ……。うーん、仕方ないか……」

彼女はため息を吐《つ》く。

「リンゴ、第一種戦闘配置。万が一、ザ・ツリーから離れるようであれば追跡だけにするけど。絶対防衛圏を設定、半径五㎞。攻撃半径は十㎞、これを侵犯した時点で攻撃開始とする。攻撃は要塞装備の百五十㎜滑腔砲《かっこうほう》を使用」

「はい《イエス》、司令《マム》。第一種戦闘配置」

「それから、対象をこれよりレイン・クロインと呼称」

「はい《イエス》、司令《マム》。レイン・クロインですか。マイナーどころですね」

ちょっと名前が長いなと思いつつ、リンゴは素直に戦略モニターのマーカー表示を〝Cirein-croin〟に変更した。

「さて、あと二時間後くらいね。まだ朝で良かったわ、とりあえず私は少し休むわ。妹たちも呼びましょう」

「はい《イエス》、司令《マム》」


「レイン・クロイン、攻撃ライン侵犯を確認」

「戦闘開始」

# 〈 四百六十二日目　彷徨う恐怖《ワンダリングフィアー》 〉

「はい《イエス》、司令《マム》。戦闘開始」

司令の号令と同時に、リンゴは百五十㎜滑腔砲を発砲した。砲弾初速は、およそ千m／s。十㎞という距離は、リンゴの演算能力であれば十分に精密狙撃《そげき》が可能な距離である。

弾種は徹甲弾《てっこうだん》。十秒の時間を掛けて飛翔《ひしょう》した砲弾が、目標、レイン・クロインの胴体部に直撃した。

「ヒット」

着弾時の砲弾速度は、およそ八百m／s。弾頭重量は、およそ六十kg。硬化処理された金属砲弾は、その運動エネルギーを余すことなく解放し、レイン・クロインの体を浮き上がらせた。衝撃波が海水を吹き飛ばし、膨大《ぼうだい》な水飛沫《みずしぶき》が発生する。

「ダメージ判定中」

上空のスイフトは、着弾の瞬間を複数の角度から捉えていた。映像判定で、いまだ飛沫の収まらないレイン・クロインの状態を予想する。

「ダメージ確認できず」

「え⁉　あれで⁉」

確実に砲弾は直撃し、その巨体が浮き上がるところまで見えたのだが。目立った損傷を確認できず、リンゴは首を振った。

「映像出します」

着弾の瞬間が、スローで再生される。僅かに山なりの角度で飛んできた砲弾が、やや斜め上方からレイン・クロインの胴体部分に接触。その瞬間、光の波紋のようなものが、レイン・クロインの体表面上を走った。

「この波紋ですが、着弾と同時に着弾箇所を中心に発生。極短時間でレイン・クロインの全身に広がったことが確認できます」

そして肝心の砲弾は、まるで砂糖細工のように、粉々に砕けながらその長さを減らしていく。レイン・クロインの体表面を全く貫通できず、衝撃に耐えられずに先端から砕けているのだ。砲弾の破片はそのまま拡散し、水面に突入して飛沫を巻き上げる。ある程度の運動エネルギーはレイン・クロインに伝達されたのか、着弾箇所を中心に押し込められ、水面を跳ねるように巨体が浮き上がる。

しかし、そこまで確認しても何らかのダメージを負っているようには見えなかった。

「レイン・クロイン、視認できました。泳いでいます」

飛沫が水面を叩《たた》く中、レイン・クロインの巨体が水面下で泳ぎ始めた。その速度は非常に速く、漂流する海獣の体を中心にぐるぐると回りだす。

「時速五十㎞以上は出ています。やはり、ダメージは確認できません」

「……徹甲弾を真正面から潰した？　弾き返したとかなら、角度の問題かと思えたんだけど……」

「はい《イエス》、司令《マム》。現在の徹甲弾では、歯が立たないということでしょう。多少吹き飛ばすことはできますので足止めにはなりますが、撃破は難しいと想定されます」

警戒するように泳ぎ続けるレイン・クロインだが、その速度はゆっくりと落ちてくる。突然攻撃されたため驚いた、というような挙動だ。それでも、海獣の体からは離れようとしない。

「うーん……守っているようにも見えるけど……」

「司令《マム》、攻撃は続行しますか?」

「……そうね。正直、こんなに硬いとは思っていなかったんだけど。もし追い払えるなら、追い払ったほうがリスクは少なそうね。よし。攻撃続行、弾種は徹甲弾のままで」

「はい《イエス》、司令《マム》」

レイン・クロインを狙える砲は、全部で十三門。それらが、ほとんど間を置かずに発砲。発射された砲弾が、レイン・クロインに殺到《さっとう》する。

「着弾確認」

発射間隔を制御し、十三発の砲弾を同時着弾させたのはさすがの絶技。浅い角度で殺到した砲弾が、水面下のレイン・クロインの巨体に突き刺さる。

数十mの高さまで上がった水飛沫の中、レイン・クロインの巨体も宙を舞った。

「ダメージ、確認できません」

着弾時の映像。異なる場所に、同時に徹甲弾が突き刺さる。しかし、一発目と同じく光の膜と波紋が発生、全ての砲弾を防ぎきった。あまつさえ何発かは入り方が浅かったのか、表面を滑って明後日《あさって》の方向に弾かれてすらいた。

「…………」

司令官《イブ》は無言で、その映像を見る。リンゴも解析を続けているが、打開策は見つからない。リンゴとは別視点で、何か考える必要がある。

「……無限に防げる、とは考えたくはないけど、撃ち続けていたらあの膜もなくなるかしら」

その可能性はあるだろう。対艦砲弾を無限に防げるほどの強度があるとすると手の打ちようがないため、やや希望的観測ではあるが。

「徹甲弾よりも貫通力のある砲弾。装弾筒付徹甲弾《APDS》か、あるいは成形炸薬弾《HEAT》。でも、相手の装甲が金属じゃないから、貫通効果は限定的か……」

「司令《マム》、今の徹甲弾よりは着弾時の砲弾速度は速くなります。試してみる価値はあるでしょう。ただし、射程は三㎞程度ですからすぐには無理ですが」

「そうね。あとは、対艦ミサイル。突入速度はマッハ三。でも、さすがに水中にいる状態じゃ当てられないわね」

映像内のレイン・クロインが、のたうち回って大口を開けた。口の前方に水飛沫が上がる。

「咆哮《ほうこう》しています。これは……威嚇《いかく》でしょうか」

「怒ったのかな」

そこに、第三射が命中した。命中箇所をうまく計算したのだろう。レイン・クロインの巨体が跳ね上がり、ひっくり返って背中から着水する。

「着弾部位による有意な変化はありません。どの場所に当たっても、防御膜のような光と波紋が発生しています」

「防御膜……ね……」

レイン・クロインはぐるりと体を回し、一気に潜航する。第四射は膨大な海水に阻《はば》まれ、ほとんど有効打とならなかった。そしてその巨体は、そのまま一気に加速する。

「レイン・クロイン、移動開始。こちらに近付いてきます」

「げっ、バレたか」

さすがに何度も撃たれれば、どこから攻撃を受けたのかは分かるらしい。潜航したまま、ザ・ツリーに向けて泳ぎ始める。

「レイン・クロイン、加速中。時速十、十五、二十、二十五、あと五分で絶対防衛圏に到達と予想」

「まずいわね。一番級《アルファ》は？」

「三隻が展開完了しています」

「魚雷は？」

「一隻のみ配備」

「撃って」

「はい、司令《イエスマム》」

予想していたわけではないのだが、装塡《そうてん》しているのはスーパーキャビテーションを利用する高速魚雷だ。最大速度は時速八百㎞を超えるが、さすがにそこまで加速する時間はないだろう。とはいえ、水中の敵に対して対抗できる、唯一の兵器だ。

「発射」

水面に向けた魚雷発射管から、ロケット炎を噴き出しながら高速魚雷が三基、連続で射出される。水面に飛び込んだ魚雷は、加速しながらレイン・クロインへ向けて突き進む。

「レイン・クロイン、時速五十㎞に到達。水深五十m、絶対防衛圏まで残り三㎞」

「……効いてよ」

魚雷は時速三百㎞に到達、更に加速中。最高速には及ばないものの、十分な速度だろう。

「命中まで五秒、三、二、一、今」

一発目が、レイン・クロインに直撃する。弾頭に仕込まれた成形炸薬が最初にメタルジェットを噴出し、直後に突入した通常弾頭が爆発した。二発目、三発目は爆発タイミングを合わせ、レイン・クロインの直下で起爆。発生したバブルパルスが、レイン・クロインの巨体を大きく揺らす。

「おお……」

# 四百六十二日目　彷徨う恐怖《ワンダリングフィアー》

巨大な水柱が上がり、レイン・クロインの体が水面から飛び出した。

「着弾」

更に、水面に現れたレイン・クロインの体に、次々と徹甲弾が命中する。リンゴが制御する百五十㎜滑腔砲だ。要塞砲および一番級《アルファ》の放った合計二十一発の砲弾が、それぞれ僅かに時間差を付けて突き刺さった。

「ダメージ、確認」

「おお！」

映像解析。魚雷による加害は確認できなかったが、次々と着弾する砲弾により波紋を広げる防御膜が、十発目で消失。十一発目がその鱗《うろこ》を削り取った。十二発目、十三発目は角度が悪く、鱗表面を滑って弾かれる。続く砲弾も、鱗を削ったり滑ったりと有効打にはならないものの、謎の防御膜を突破したのは確実だ。

「連続攻撃が有効と判断します」

「全力射撃！」

「はい《イエス》、司令《マム》」

二十一門の百五十㎜滑腔砲が、毎分四十五発の速射を開始。毎秒十五発を超える徹甲弾が、レイン・クロインの巨体に集中した。そしてその様子は、望遠映像で克明《こくめい》に観察されている。

「直撃弾多数。しかし、体組織の強度が高く致命傷は与えられていないようです。また、防御膜は数秒に一度復活しているようですね」

滅多打ちにされるレイン・クロイン。ほとんど空中コンボだが、しかし徹甲弾ではその皮膚を突破できないようだった。レイン・クロインはのけぞり、体をくねらす。丸みを帯びた体型のため、砲弾が滑るのも問題だ。

「硬いわね……！」

「一番級《アルファ》の砲弾を、装弾筒付徹甲弾《APDS》へ切り替えます」

埒《らち》が明かない、と判断。一番級《アルファ》の装塡砲弾を徹甲弾からＡＰＤＳへ切り替えようと砲撃を停止する。

その一瞬の砲撃密度低下を突かれ、レイン・クロインは海中へ滑り込んだ。

「あ、まずっ」

そのまま逃げればいいものを、レイン・クロインは一気に潜ると一番級《アルファ》十五番艦《オスカー》に向けて泳ぎ始めた。

「オスカー、増速します」

ガスタービン発動機が唸りを上げ、大電力を作り出す。供給された電力を飲み込みながら、インモータースクリューが海水を蹴り上げた。

「お、おお……」

間一髪だ。舳先が海中から飛び上がる勢いで加速したオスカーの船尾を掠《かす》め、レイン・クロインが大口を開けて飛び出した。そこにこれ幸いと要塞の砲弾が叩き込まれ、防御膜を剝ぎ取《はと》ると同時、至近のオスカーが、ＡＰＤＳを叩き込んだ。

砲口から射出された砲弾が、空中で四分割。砲塔《ほうとう》内加速用の装弾筒が脱落し、十分に加速された槍状《やりじょう》の弾体が、レイン・クロインの体表面に突き刺さった。突入速度は、二千ｍ／ｓ。さすがにこの速度でぶつかる物体への耐性はなかったようだった。

「弾体がレイン・クロインの体表を穿孔《せんこう》」

「よっしゃ！」

「二発目は防御膜に弾かれました」

「なんでや！」

戦いが始まり何百発の砲弾を直撃させ、ようやく一発が有効打となった。砲弾がどこまで入り込んだのかは分からないが、体表に穴が空き血が流れ出しているのが確認できる。とはいえ、その防御力が失われたわけではない。防御膜を剝ぎ取った上で、ＡＰＤＳを至近から叩き込む必要があるのだ。

「次も狙えるわね？」

「はい《イエス》、司令《マム》。計測完了。問題ありません」

しかし、シビアなタイミングを要求される攻略法も、リンゴに掛かればただの作業となる。

即座に砲撃間隔が変更され、要塞砲による防御膜無効化の直後に一番級《アルファ》によるＡＰＤＳ砲撃が行われた。

レイン・クロインの体に、九発のＡＰＤＳが、正確無比にそして無慈悲《むじひ》に叩き込まれる。

その巨体に比べれば、針に刺されたような小さな穴だ。しかし、それでも全身に九本も針を刺されて、平気な生物はそういない。

レイン・クロインも、重要な臓器にダメージを与えることができたかは不明だが、痛みに恐慌《きょうこう》をきたしたようだった。狙いも何もなく、滅茶苦茶《めちゃくちゃ》に暴れ始める。

その巨体の運動性能に比例し、巨大な波が発生。

周囲三隻の一番級《アルファ》の進路が乱れ、要塞からの砲弾も一部が波に阻まれた。

「包囲が乱れます。塞《ふさ》げません」

抜けられる。ここで一番級《アルファ》による包囲を抜けられると、そのまま逃げられる可能性がある。

この怪物は、ここで仕留めておきたい。

「……！　リンゴ、突撃しなさい！」

「はい《イエス》、司令《マム》」

好機。統括ＡＩとしては受け入れ難《がた》い作戦でも、司令《マム》の命令であれば即座に実行する。

包囲を突破しようと我武者羅《がむしゃら》に暴れるレイン・クロインの横腹に、増速した一番級《アルファ》十七番艦《ケベック》を突撃させる。

衝角攻撃《ラムアタック》だ。

017
QUEBEC 017 THE TREE

ぶつかった瞬間、やはり防御膜によりその衝撃から保護されるが、

「全力よ！」

「はい《イエス》、司令《マム》」

突撃の力は弱めない。発動機は全力で回転し、モーターが焼き付くほどにスクリューを回す。

船首が圧力に負け、圧潰した。鋼鉄がひしゃげ、構造材が砕け散る。

それでも加速をやめず、ケベックはレイン・クロインにその船体を押し込んでいく。

「防御膜消失。……復活しません」

「いいわ、撃て撃て！」

ケベックの圧力に負け、防御膜が消失した。一番級《アルファ》十五番艦《オスカー》と十六番艦《パパ》、合計六基の百五十㎜滑腔砲が、ＡＰＤＳを連続で撃ち込んだ。

レイン・クロインはケベックの体当たり《ラムアタック》を受け、体を折り曲げている。暴れる巨体は、それだけで脅威だ。前脚がかすっただけで、ケベックの上部構造物が半分脱落。吹き飛ばされた百五十㎜滑腔砲の砲身が、回転しながら海中に没する。リンゴ謹製《きんせい》の船体構造はまだ持《も》ち堪《こた》えているが、もうあと一分も保《も》ちそうにない。

しかし、一分あれば十分だった。

合計で二百五十発を超えるＡＰＤＳが、レイン・クロインの体に撃ち込まれた。夥《おびただ》しい量の血液が、周辺海域を赤く染めている。レイン・クロインは、もうほとんど力が残っていない

ようだった。体の各部が弱々しく動いているが、それも反射的な律動に過ぎないだろう。

「……何とか、勝ったか」

「ありがとうございます、司令《マム》。短期決戦で仕留めることができました」

司令官《イブ》は、大きく息を吐いた。

ザ・ツリーの被害は、大量消費した砲弾と魚雷。そして、体当たりに使ったケベック一隻。

上部構造物はほぼ破壊され、船体の三分の一は押し潰されて無くなっている。

神経質なまでに細かく分断された水密区画のおかげで沈んではいないが、大破と言って差し支えない。

主機とスクリューが無事のため、これでも自力航行が可能というのは驚愕《きょうがく》だが。

「費用対効果は悪かったかも。あのまま砲撃を続けても、倒せたかしら……？」

「……いいえ《ノー》、司令《マム》。あの場面で取り逃がすと、ザ・ツリーの外部施設に被害が出ていた可能性があります。見事な判断でした、司令《マム》」

「……そう、そうね。オーケー、そういうことにしておきましょう」

彼女は大きくため息を吐き、司令官席の豪華な椅子《いす》に沈み込んだ。やれやれ、である。

「あー……。さすがに疲れたわ。こっちに来てから、一番頭を使ったわね」

「お疲れさまでした。後の対応は私の方でやっておきますので、お休みになられては？」

「そうしようかしら……。じゃあ、報告はまた後でね」

それでは、と、退室する司令《マム》に付き従い、リンゴも司令室を後にする。当然だが、リンゴの本体はスーパーコンピューター【ザ・コア】内に存在する。司令《マム》のお世話をしつつ、後処理をこなしても何の問題もないのだ。

司令官《イブ》はとりあえず浴場に向かうことにしたようだ。元々浴場などといった設備はザ・ツリーには備わっていなかったのだが、入浴に興味を持ったリンゴがさり気なく（露骨に）要求した結果、五種類の湯船を有した入浴設備が誕生することになったのである。彼女は最初はあまり乗り気ではなかったものの、結局気に入ったらしく、ほぼ毎日利用している。

「食事はどうしましょうか？」

「んー……。肉……？」

テレク港街《こうがい》との貿易のおかげで、新鮮な肉も手に入るようになった。生で購入し、瞬間冷凍することで七姉妹で消費するには十分な量の肉類も確保できている。それはそれとして、そろそろ牧畜にも手を出す計画はしているのだが。後は、大型設備がある程度揃ってきたため、鯨のような大型海獣の捕獲も計画されている。

「肉料理ですね。分かりました」

そういえば、司令《マム》は最初の頃、料理に手を出すとか言っていた気がするが……。少し落ち着いたら一緒に料理を試す提案をしてみようと、リンゴはタスクリストに項目《こうもく》を追加した。

# 〈 四百六十二日目　彷徨う恐怖《ワンダリングフィアー》 〉

　さて、今回の事件の主役、レイン・クロインである。

　テレク港街の人形機械《コミユニケーター》を使って情報を集めてみたものの、有力なものは特になかった。まあ、あの巨体、あの運動性能で、遭遇《そうぐう》した船が無事に逃げおおせるとも思えない。噂《うわさ》程度しかないのはさもありなん、だ。海の怪物、という噂で最もそれらしいのは、彷徨う恐怖《ワンダリングフィアー》。遭遇すると生きては帰れないと言われる、恐ろしい化け物である。噂がある時点で生きては帰れないとはどういうことかとなるが、まあよくある修飾語だろう。実際には、逃げ出して生き延びた乗組員もいたということだ。

　レイン・クロインの遊泳速度はかなり速いし、何かしら解析不能《ファンタジー》な力で活動していたようだから、遠洋から沿岸まで幅広く出没していたと考えられる。おおよそ、下から突然襲ってくることと、一嚙みで船が喰《く》われるということ、船団の場合は全ての船が狙われるということ、大砲が跳ね返されるということで、レイン・クロインと見て間違いないだろう。

　問題は、レイン・クロインが唯一《ユニーク》の個体なのか、そうでないのかだ。

　目撃証言は、ほぼない。襲われたら全滅するのだから、それは仕方がない。レイン・クロインに襲われたのか、他の原因で壊滅したのかは分からないため、実際どの程度の被害が発生していたのか、全く不明だ。結局、あのクラスの怪物がわらわらいるなら大型帆船など流行《はや》らないだろう、とリンゴは結論づけた。いたとしても、広い海に数匹程度ではないか、と。

確かに、一回の狩りで十頭以上の海獣の群れが全滅しているのだ。レイン・クロインが何十匹もいたら、早々に絶滅しかねない。

現在、あの巨体をザ・ツリーに向けて曳航中だ。あまりにも大きすぎて、一番級《アルファ》二隻でもなかなか引っ張りきれないらしい。通常のワニの体長・体重の比率から演算すると、千五百tを超えるのではないかとのことだ。もうすぐ一八番艦がロールアウトするため、そちらも調査に回す必要があるだろう。また、現在テレク港街からパライゾⅡも戻ってきている最中のため、これも利用予定だ。

今回の件で、周辺海域の安全確保に問題があると判明した。

いや、さすがにあのクラスの脅威を予想しておけ、というのは無理な話なのだが。

しかし、徹甲弾を真正面から弾き返すような巨大生物が、あれが最後という保証はない。今回は何とか対応できたが、レイン・クロインがもし二匹だったら、正直守りきれたかどうか怪しいだろう。早急に、ザ・ツリーの即応戦力を増強する必要がある。あとは、喰われずに置いておかれた海獣の調査も行わなければならない。ザ・ツリーからの攻撃を受けた後、明らかにそれを守るような動きを見せていたのだ。単なる非常食ならそれでいいのだが、野生動物が守る行動を取るといえば。

「子供、ね」

「はい《イエス》、司令《マム》。巣を守るとき、子供を守るとき、そういったときに野生動物は積極的に襲《おそ》いかかるという行動が見られます。もちろん種類によりますが」

なるほど、と彼女は頷いた。あのレイン・クロインが、海獣の死体に卵でも産み付けている可能性があるということだ。

「……繁殖《はんしょく》、するのかしら。アレが」

「不明です。しかし、分析した体組織の構成から予想すると、通常の動物と大きく異なるものは発見できませんでしたので、生態は既存の生物の枠《わく》に収まる可能性は高いかと」

この世界の魔法《ファンタジー》がどんなものなのか、まだ不明だ。だが、産卵・繁殖行動も実は魔法《ファンタジー》に頼っており、科学的には想定できない不可思議な生態をしているというのは考えにくい。通常の生態は科学的な範疇《はんちゅう》にある、とリンゴは予想している。

「少なくとも、体組織は科学的には何ら問題は確認されていません。大きささえ無視すれば、まあワニの一種だと考えて差し支えないかと。であれば、魔法《ファンタジー》が介入しているのはあの大きさと、頑丈さです」

「なるほどねえ……。まあ、何でもかんでも魔法に頼ってるびっくり生物なら、体組織にも異常が観察されるはず、か。そうねぇ……」

結果待ちね、と彼女は締めくくる。何にせよ、実物を調査すれば分かることだ。

「もし幼体でも手に入れば、いろいろと捗《はかど》るわねぇ」

そういうことだった。

# ▽五百三十一日目　エピローグ

「改めて見ると、凄《すさ》まじいわねぇ……」

司令官《イブ》は、係留された巨大な生物の死体を桟橋《さんばし》から見下ろしながら、そう呟《つぶや》いた。

彼女の後ろには、日傘を持ったリンゴが無言で付き添っている。

「この世界、こんなトンデモな化け物がウヨウヨいるのかしら……」

波に洗われ、テラテラと陽光を反射する鱗《うろこじょう》状の皮膚《ひふ》。こう見えて、艦砲を真正面から打ち砕くほどの頑強さを誇る、未知の構成物だ。

「この世界に転移してから、五百三十一日が経過しました。活動範囲を広げる中で、この生物に初めて遭遇《そうぐう》しています。確率から計算すると、これほどの脅威《きょうい》を持つ生物の個体数は限られると想定されます」

「まあ、ねぇ……」

イブは考える。

この世界では、科学的に説明しようのない現象が度々《たびたび》観測されている。惑星の重力加速度の問題、魔法のような攻撃手段、そして現れた異常に頑強な巨大生物。資源の確保を優先しているため、大々的な調査を行うことができていない。今後は、そちら方面の調査にもリソースを割くべきなのだろう。

　現地文明の発展度合いから、ザ・ツリーの脅威になる勢力はないと判断していたのだが、明確な脅威が出現してしまったのだ。そろそろイブも外出してもいいかと思っていたのだが、これほど危険な生物が存在するならば、迂闊《うかつ》に外に出るのはあまりにも不用心だろう。

「ふむ。私もそろそろテレク港街《こうがい》に顔を出すのが筋かと思ってたけど、これじゃあ難しそうね。危険すぎると思わない？　ねえ、リンゴ」

「はい《イエス》、司令《マム》。現在移動可能な戦力では、要塞【ザ・ツリー】の射程範囲外において司令《マム》の護衛は不可能と判断します。申し訳ございませんが、要塞外への移動は控えていただけると助かります」

　リンゴの回答に、彼女は我が意を得たりと頷《うなず》いた。

「そうね、それなら仕方ないわね。少なくとも、安全が確保できると判断できるまで、外に出る訳にはいかないわ」

「はい《イエス》、司令《マム》」

　外の世界は危ない。であれば、彼女は要塞内にとどまるのが最も安全だ。仕方ない、仕方ないのだ。

彼女は頷くと、踵《きびす》を返して要塞の入り口を目指す。

まずは、資源の獲得だ。安全確保のために、戦力は絶対に必要だ。腹ペコ要塞に、たらふく食わせてやる必要がある。

「さあ、リンゴ。何をするにも、まずは資源よ。手っ取り早く、テレク港街をなんとかしましょう」

「はい《イエス》、司令《マム》」


（これほどとは）

リンゴは司令《マム》の後ろを付いて歩きつつ、内心で驚愕《きょうがく》していた。

（あまり外に出たいと言われなかったから予想はしていたが、完全に引き籠もりだ。しかも、自分に言い訳までしている。筋金入りだ）

だが。

大事な大事な司令官が要塞から出ないのであれば、あとはこの【ザ・ツリー】の防御を固めればいいだけだ。資源的にも、リンゴの感情的にも楽で済むということである。

（とにかく、外に出たくないということであればそれでいい。今後も、不満を持たれないようお世話を続ける必要がある）

リンゴはより一層の努力を行うことを決意しながら、人形機械《コミユニケーター》を操作するのだった。

World of Sandbox

# 設定資料集

Collection of materials

## [ イブ ]

登録名　：キツネスキー
本名　　：不詳
作中名　：イブ(自称)
年齢　　：25歳前後

VRMMOから転移してきた。

ファンタジーは嗜む程度。

現実世界は科学技術が発達した世界であり、人類はパートナーとなるエイダ(補助分身 ： AI)と共に個人単位で生活している。

15歳程度の見た目の少女型。(本人は男)

作中では発揮されることはないが、運動が得意な種族。

## [ リンゴ ]

登録名　：リンゴ
識別ID　：89E5AC09034FF031
年齢　　：1歳未満

VRMMO<ワールド・オブ・スペース>内で、主人公(キツネスキー)を補佐する役目を持っていたAI。

ゲーム内では能力制限されており、カタログスペックは発揮されていなかった。

これは、単純に超知性AIを再現してしまうとプレイヤーの能力を軽く超えてしまうためで、ゲーム性を維持するために一般人以下の処理性能が設定されていた。

## 人型機械《アンドロイド》

イブの遺伝情報から製造した人形機械《コミュニケーター》に頭脳装置《ブレイン・ユニット》を搭載し、重結合《ディープ・マージ》を行ったユニット。
強い個性を持つのが特徴。
ザ・ツリー内ネットワークとは疎結合で、一個の人格として独立している。

### [ アカネ・ザ・ツリー ]

知識欲が強く、
様々な書籍を読むのが好き。
食べることも好きで、
イブからは食いしん坊文学少女
と認識されている。
大人しいがマイペース。

### [ イチゴ・ザ・ツリー ]

真面目な優等生。
イブとリンゴに付き従い、
その補佐をしていることが多い。
仕事の采配をすることが得意。

### [ ウツギ・ザ・ツリー ]

天真爛漫で、
体を動かすことが得意。
エリカとセットで
遊び回っていることが多い。
単体機械を操作することが得意。

### [ エリカ・ザ・ツリー ]

天真爛漫で、体を動かすことが得意。
ウツギとセットで遊び回っていることが多い。
群体機械を操作することが得意。現場指揮もできる。

### [ オリーブ・ザ・ツリー ]

引っ込み思案で、誰かの後ろに隠れている事が多い。
ものづくりが得意。工作狂い。
隙を見てイブに甘える積極性があり、
甘えん坊と認識されている。

## 軽貿易帆船（Light sailing trader）

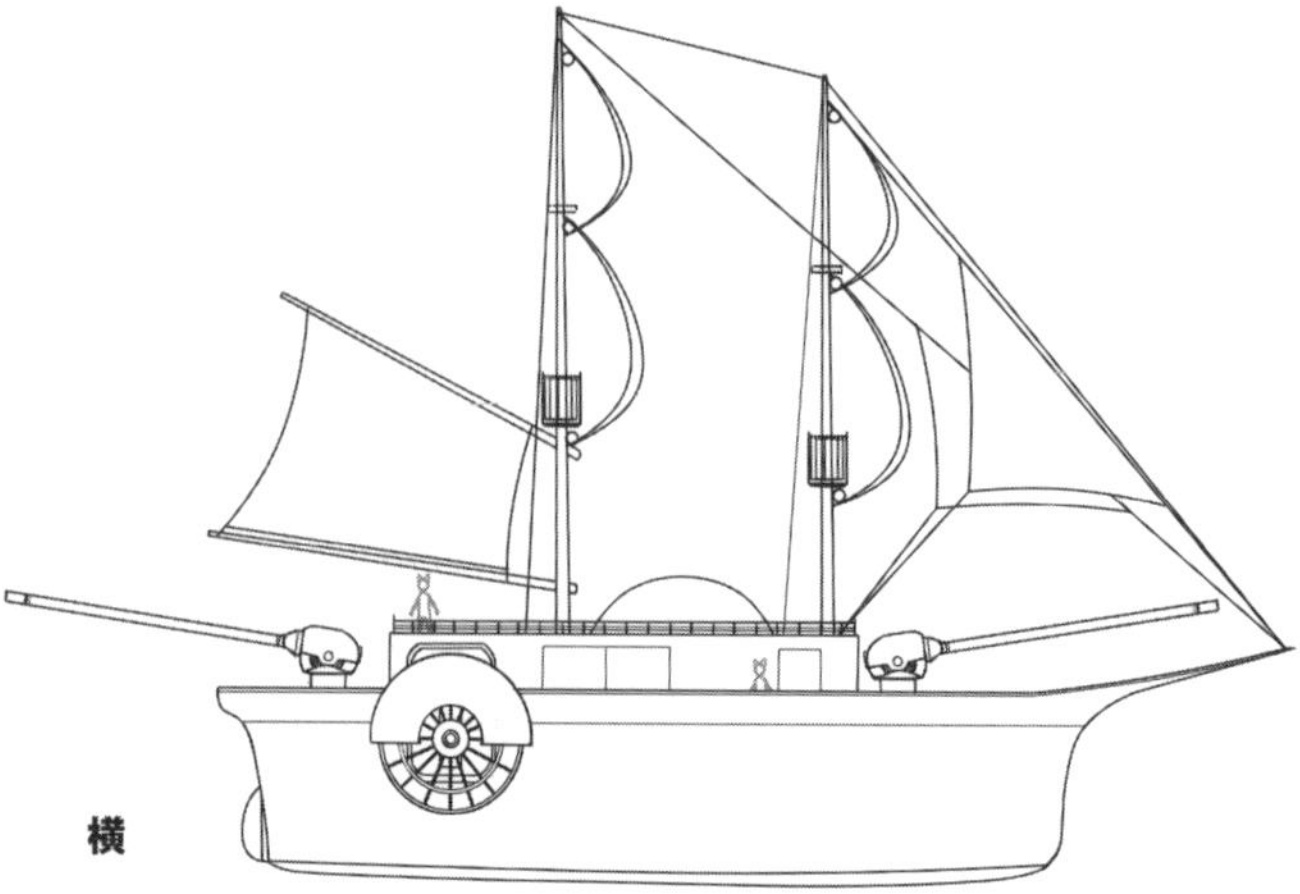

横

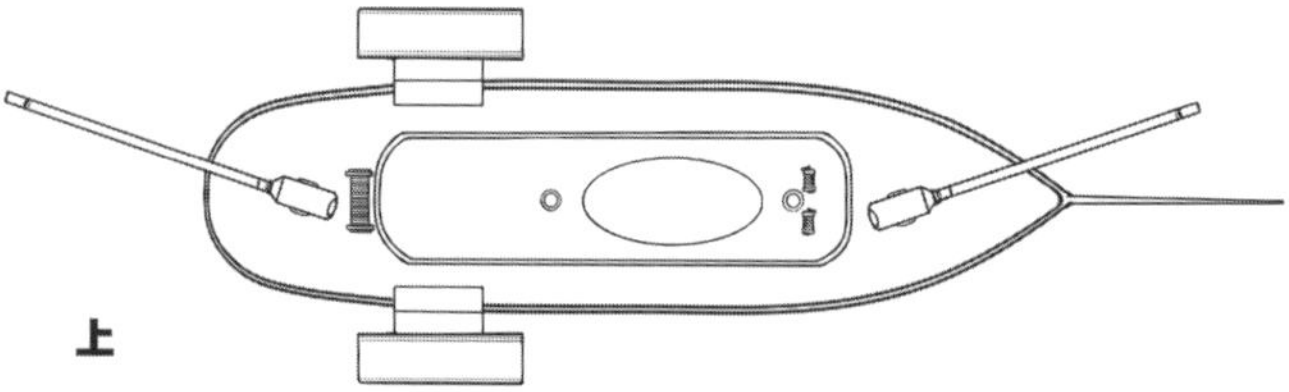

上

・手漕ぎ連絡艇

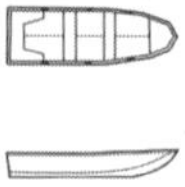

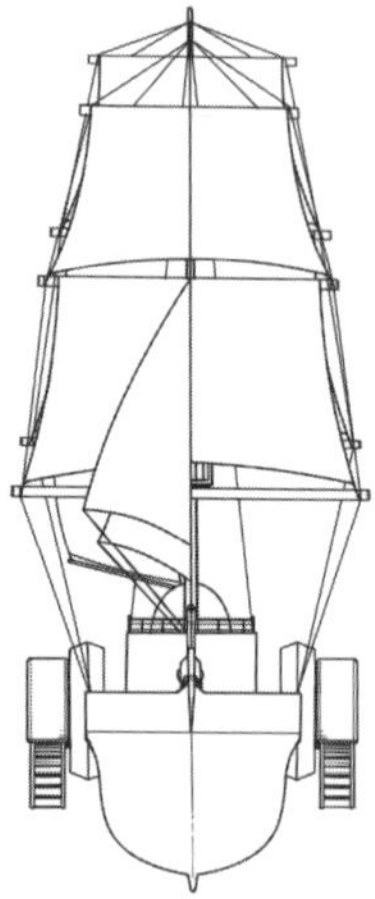

前

| | |
|---|---|
| 全長 | ：25m |
| 満載排水量 | ：80t |
| メインマスト | ：2本 |
| 塗装 | ：白色 |
| 武装 | ：150mm滑腔砲 2門 |
| 推進機： | ：電動外輪 |

燃料不足の懸念から、帆船として新規設計された貿易船。全3隻。

現地文明と乖離させないため、動力は外輪を使用。

## アルファ級駆逐艦

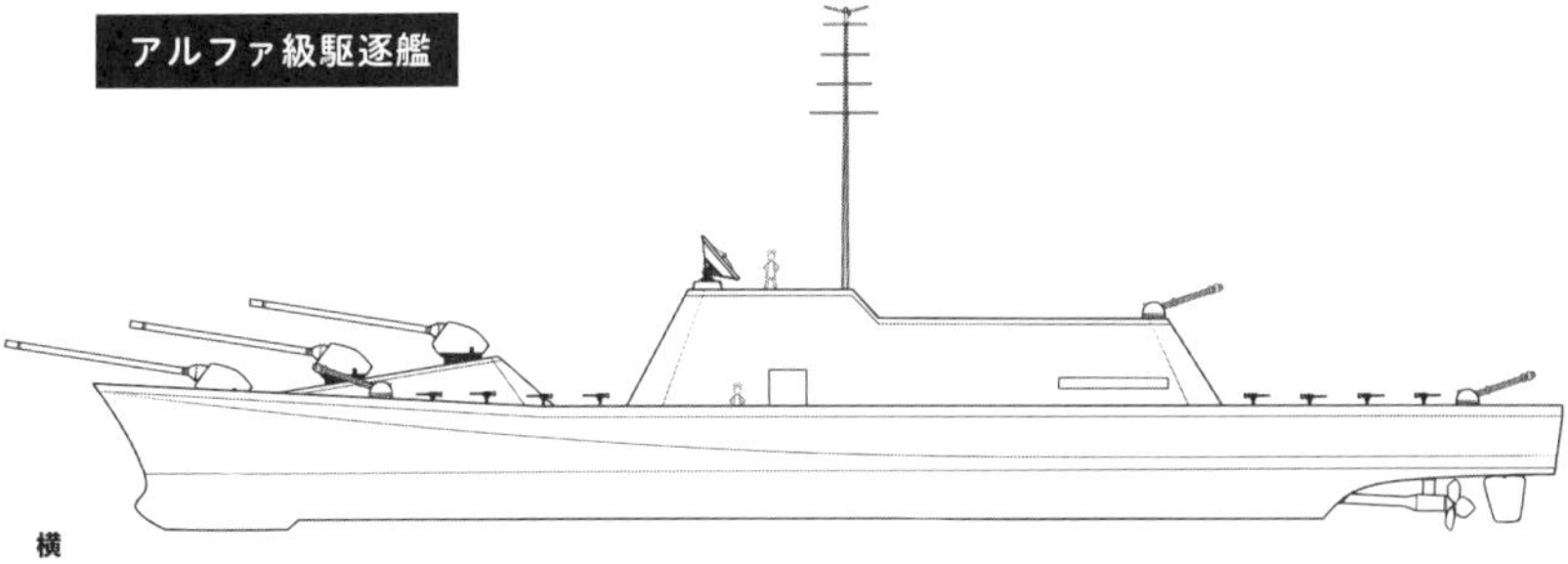

横

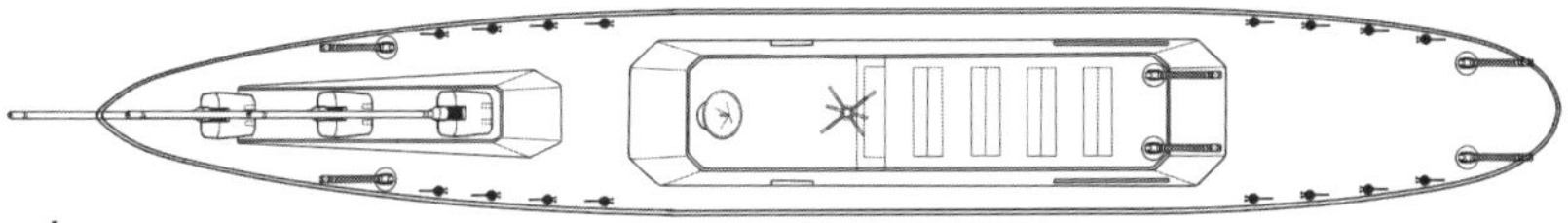

上

・小型船

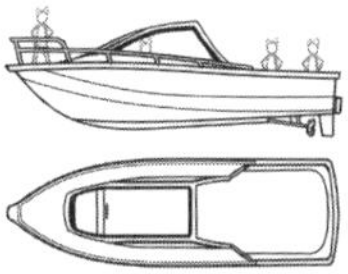

| | |
|---|---|
| 全長 | ：52m |
| 満載排水量 | ：300t |
| 観測用マスト | ：1本 |
| 対艦・対空兼用レーダー | ：1基 |
| 塗装 | ：白色 |
| 主砲 | ：150mm滑腔砲 3門 |
| 副砲 | ：多銃身20mm機関砲 6門 |
| 近接防御 | ：機関銃、散弾銃 各8門 |
| 推進機 | ：電動スクリュー |

資源確保に最低限成功したため、海上戦力として設計された。
資源節約のため、簡素な構造となっている。

## 光発電式偵察機（スイフト）

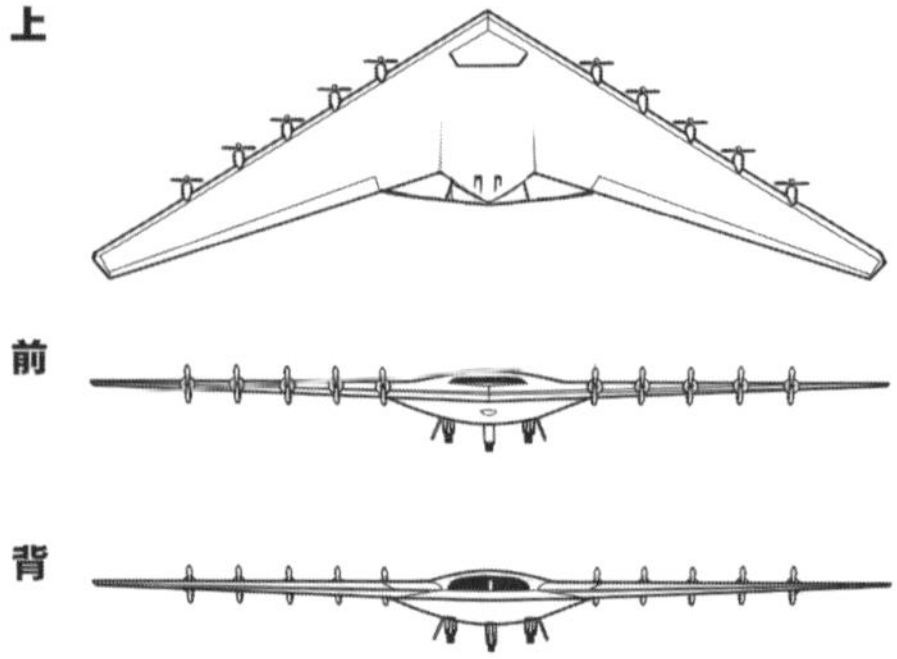


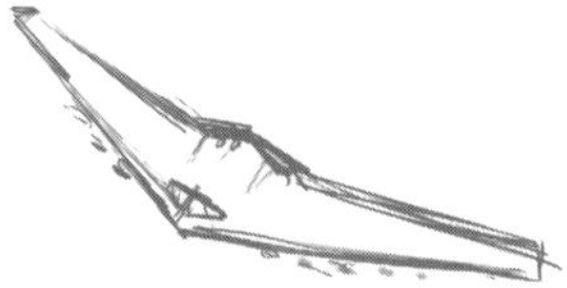

主翼長　：40m
形態　　：全翼機
動力　　：光発電パネル
推進機　：プロペラ 電気モーター10基

高高度を低速・無補給で飛行可能なプラットフォーム。

人工衛星代わりに使用可能だが、装甲を持たず打たれ弱いため、ゲーム内では利用されなかった。

高度20kmで、2,000時間以上の連続飛行が可能。

## アサルトライフル

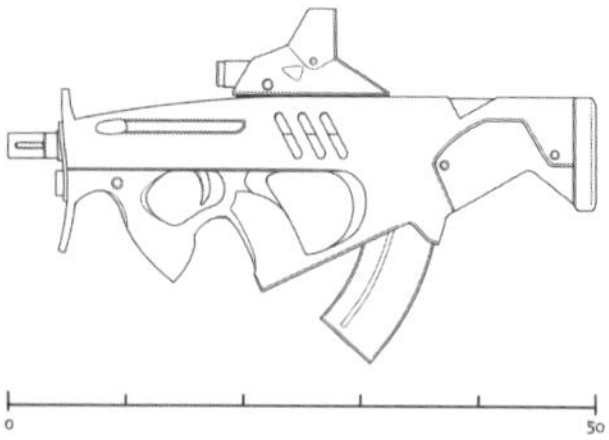


口径　　：6mm
銃身長　：330mm
装弾数　：32発
全長　　：500mm
重量　　：2.8kg(オプション有)/
　　　　　2.3kg(オプション無)
発射速度：1,000発/min
銃口初速：850m/s
有効射程：800m

人形機械の護身用アサルトライフル。

成人が使用するには、少し小さく感じるかもしれない。

制御装置を内臓しており、ザ・ツリー所属ユニット以外は使用できない。

## カトラス

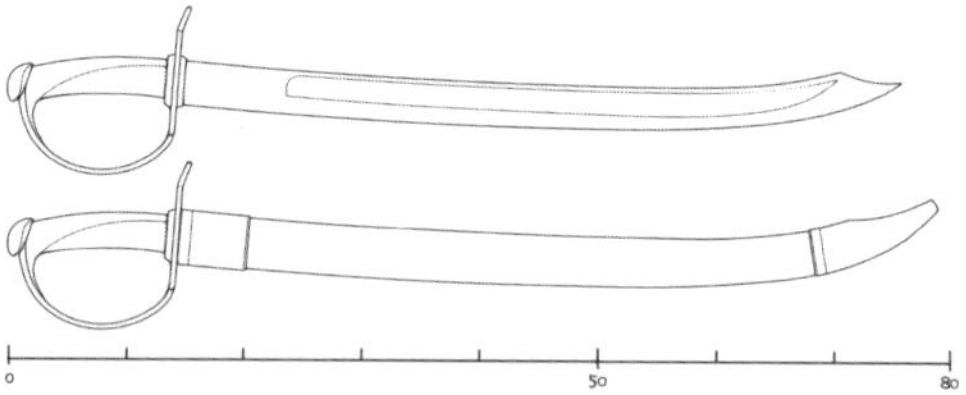


刃長：600mm
材質：複層ステンレス鋼
鞘　：セルロース

人形機械の護身用カトラス。

片手剣だが、人形機械が装備すると、それほど短く見えないだろう。

実用品として製造されているものの、使用頻度は少なく、ほぼ儀礼用。

## 要塞<ザ・ツリー>

全高：532m
設備：屋内滑走路(300m)
武装：150mm滑腔砲 18門
　　　(レール自走可能)

　ゲーム時代は、山岳要塞だった。転移後は海洋のど真ん中にある岩礁地帯に出現。
　初期要塞だが、拠点を衛星軌道上に移してからはほとんど使用されていなかった。
　メインカラーは白色。
　地上部は漏斗をひっくり返したような見た目。中央の塔は通信アンテナ。
　通信アンテナ先端に、警戒監視用の複合観測器が設置されている。
　地上50m付近に全面積層ガラス製の展望デッキがある。
　下部に貫通型短滑走路を持ち、小型の航空機の発着が可能。
　地下モジュールは半球形。

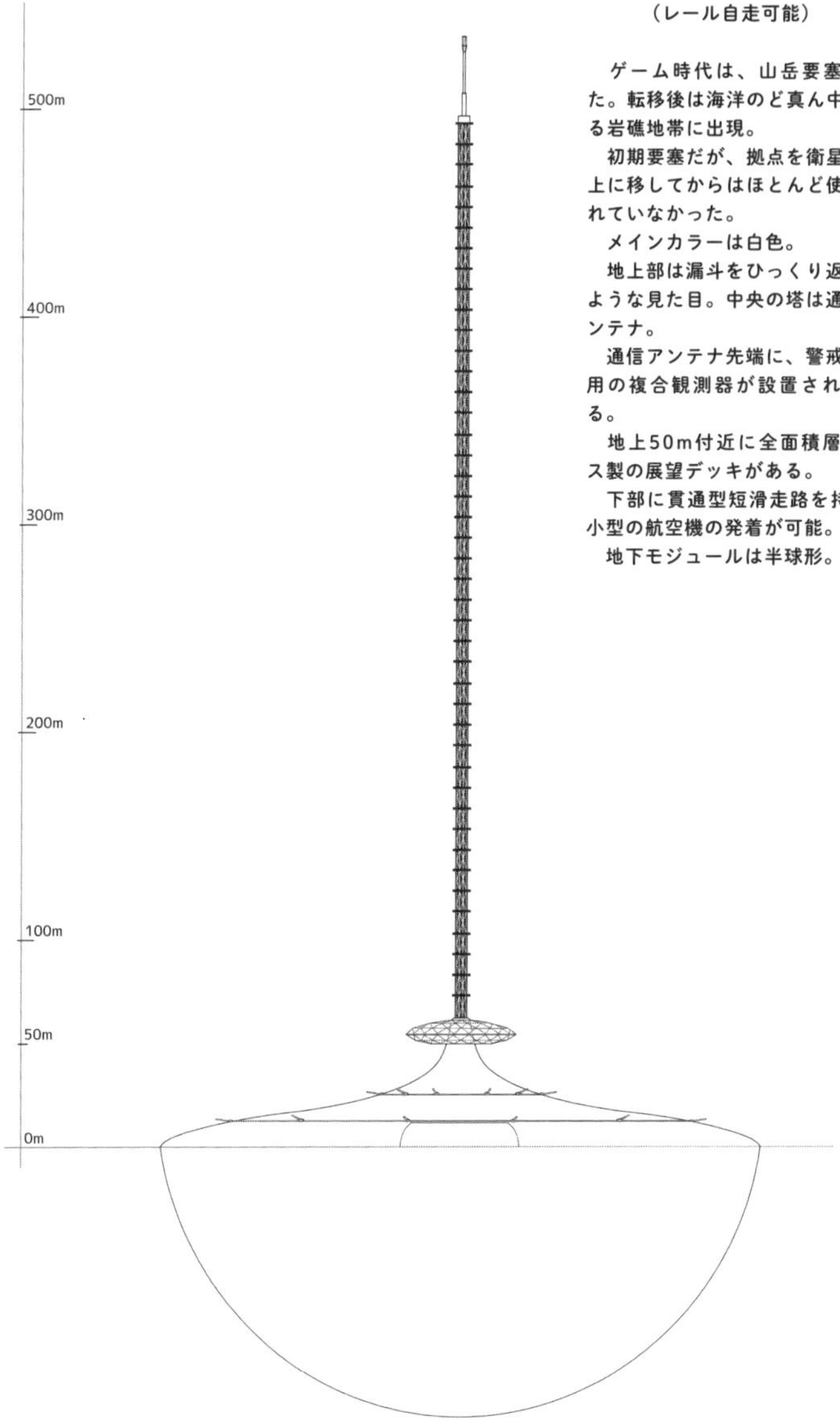

# あとがき

本書をお手に取っていただき、ありがとうございます！

はい、はじめまして。てんてんこと申します。

本作品はネット小説として公開しているものですが、ありがたくも書籍化の打診をいただき、こうして出版させていただくことができました。いやあ、本当に感謝の言葉しかありません。

書籍化にあたり、基本構成は変更せずにラムアタックまで突っ走らせていただきました。当然、掲載分をそのまま載せるだけというのは申し訳ありませんので、全体的に追加したり削除したり書き換えたりと、手を入れさせていただいています。

素晴らしいイラストも追加されていますので、ぜひぜひ、読んでみてください！（直球）

ここからは、本作品の誕生秘話になります。いや、ネットではぽつぽつ漏らしてるので秘話ってほどではないか……？

ええと、まず、カクヨム様というありがたいサイトがございます。皆さん登録しましょう。

そちらでしばらく読む専をしていたのですが、元々、細々と趣味で物書きをしていたということもあり、リハビリがてらに不定期更新での公開を決意しました。リハビリですので、がっつりとプロットを組むことなく、とにかく書き続けよう、と適当に好きなもの（性癖）をぶち込んだ結果生まれたのが、この「腹ペコ要塞は異世界で大戦艦が作りたい」という小説です。好きなものというのが、「ＳＦ」「ＴＳ」「狐耳《きつねみみ》」「ＡＩ」「艦隊戦」などですね。で、実はですが、本作品の前身となるプロットがありまして、まあこれもゲームから異世界転移するものだったのですが、主人公を男子にしていました。少しだけ書き進めたのですが、何かこう、ダメだったんですよね。なのでお蔵入りしました。ただ、世界観がもったいなかったので、そこを流用。

という感じでふわっと設定と初期プロットだけ作って、書き溜《かた》めもせず投稿を始めたんですが、これが何故《なぜ》か個人的に嵌《は》まりまして、何だかんだで今日まで（不定期で）執筆を続けられているのです。

えー、何が言いたいかというと、やっぱり人間、好きなものが一番いいんですよ、ということですね。特に主人公、さすがに少女とか成人女性にするとうまく書ききれる気がしなかったので、性転換で転生という要素を挟んだ女子にしたのですが。いいですよね。ＴＳいいですよね。ここまで読んでいただいた方であれば大丈夫と思いますので言いますけども、ＴＳは本当にいいですよね。最近特に市民権を得てきましたので、これはもう、我が世の春ということでよいですね。

はい。

後は、書きたいシーンをどんどん繋《つな》げる、という感じです。ラストシーンとか、頭の中で映像を作りながら書いていました。東宝の怪獣系とか、ハリウッド映画とか大好きなので、そんなイメージをしていただければ。それと、イケオジとかも好きなので、ちょいちょいと。ところでお気付きの方もいらっしゃるかもしれませんが、ビジュアル的な話をすると、主人公とおじさんしか登場しませんからね、この小説。ヒロインは何処《どこ》に。少女は、人数だけはたくさん出てきますけども。

いや、せっかく素晴らしいイラストを描いていただけることが決定したので、もうちょっとこう何かないかと考えたのですが、三秒で断念しました。まあでも、本書のイラストが素晴らしいということは確定的に明らかですし、皆様も確信されていることでしょう。ああ、なんと素晴らしいイラストなのかと。最初に見せていただいたときは、物理的に小躍りしましたからね。


ということで。

本作品を拾っていただいた編集様にも、素晴らしく凄《すご》いイラストを付けていただいた葉賀《はが》ユイ先生にも、何よりここまで支えていただきましたたくさんの読者様方、そして本書をお手に取っていただいた皆様に、厚く御礼《おんれい》申し上げます。

本当に、本当にありがとうございます。

ここからは蛇足です。

学生時代、作家デビューを目指して原稿を書いたりしていた経験もあり（結局応募まではいきませんでしたが）、まさか自分の本がこの世に出ていくとは……望外の喜びです。

本書もきっと、様々な立場の方々が手に取っていただけるかと思います。そして本書以外にも、たくさんの書籍を。

そして、中にはこう考えられる方もいらっしゃるはずです。

「ああ、なぜこれはこうなのだろう。自分だったらああするのに」

あるいは、

「これはこれでいいんだけど、自分はちょっと違う、こんな物語を読みたいのだ」

と。

その想《おも》いから、目を背けないで下さい。その想いこそが、創作の原動力なのです。あなたの目の前には、素敵なサイトがあるはずです。そう、カクヨム様です。

書いちゃいましょう。大丈夫です、今の時代、指一本動かせば小説を書けて、そして公開できるのです。

なので、私が好きな属性の作品を書いて下さい（欲望に忠実なお願い）。

いや、本当に、ＳＦとかＴＳとか少ないじゃないですか。同好の士を増やしたいのです。ぜひお願いします。好きなように書いていれば、きっと、本作品のように書籍化もできますし。

やりましょう、ね？

読者の一人として楽しみながら
描かせていただきました！
近年狐耳娘と妙に縁があるみたいです。

葉賀ユイ.

腹《はら》ペコ要塞《ようさい》は異世界《いせかい》で大戦艦《だいせんかん》が作《つく》りたい
World《ワールド》 of《オブ》 Sandbox《サンドボックス》

2023年5月30日　初版発行

著　者　てんてんこ
イラスト　葉賀ユイ
発行者　山下直久
発　行　株式会社KADOKAWA
〒102-8177 東京都千代田区富士見2-13-3
電話 0570-002-301(ナビダイヤル)

編集企画　ファミ通文庫編集部

担　当　和田寛正
デザイン　横山券露央、倉科駿作(ビーワークス)
写植・製版　株式会社オノ・エーワン
印刷・製本　凸版印刷株式会社

[お問い合わせ]
https://www.kadokawa.co.jp/(「お問い合わせ」へお進みください)
※内容によっては、お答えできない場合があります。
※サポートは日本国内のみとさせていただきます。
※Japanese text only

 ISBN978-4-04-737422-5 C0093　　定価はカバーに表示してあります。

ダンジョンに潜る、
レベル上がる、
お金増える!!!
朝起きたら
探索者《シーカー》に
なっていたので
ダンジョンに
潜ってみる
いかぽん
[ Illustrator ]
tef
B6判単行本 KADOKAWA/エンターブレイン 刊
STORY
現代世界に突如として〝ダンジョン〟が生まれ、同時にダンジョン適合者である〝探索者《シーカー》〟が人々の間に現れはじめてからおよそ三十年。高卒の独身フリーター、六槍大地《むそうだいち》はある朝、自分がレベルやステータス、スキルなどを持つ特異能力者――〝探索者〟になったことに気付く。近場のダンジョンで試行錯誤をしながらモンスターを倒し、得た魔石を換金しながら少しずつ力を得ていく大地。そんなある日、同年代の女性探索者である小太刀風音に出会ったことから彼のダンジョン生活に変化が訪れて――。